GOLDMANN

Im Goldmann Verlag sind folgende
Originalabenteuer von Raumschiff Enterprise
erschienen:

Band 1: **Der unwirkliche McCoy** (23730) • Band 2: **Strafplanet Tantalus** (23731) • Band 3: **Spock läuft Amok** (23732) • Band 4: **Das Silikonmonster** (23733) • Band 5: **Der Asylplanet** (23734) • Band 6: **Die Lichter von Zhetar** (23735) • Band 7: **Das Paradies-Syndrom** (23737) • Band 8: **Der Doppelgänger** (23738) • Band 9: **Rückkehr zum Morgen** (23739) • Band 10: **Ein kleiner Privatkrieg** (23740) • Band 11: **Der Tag der Taube** (23741) • Band 12: **Spock muß sterben!** (23742) • Band 13: **Jenseits der Sterne** (23600) • Band 14: **Klingonen-Gambit** (23601) • Band 15: **Galaxis in Gefahr** (23602) • Band 16: **Die falschen Engel** (23603) • Band 17: **Spock, Messias!** (23619) • Band 18: **Wie Phoenix aus der Asche** (23620) • Band 19: **Der Teufelsplanet** (23627) • Band 20: **Gefangene des Wahnsinns** (23616) • Band 21: **Welt ohne Ende** (23613) • Band 22: **Das Phoenix-Verfahren** (23614) • Band 23: **Planet der blauen Blumen** (23615) • Band 24: **Grenze zur Unendlichkeit** (23617) • Band 25: **Die Expertin** (23618) • Band 26: **Zwischen den Welten** (23621) • Band 27: **Welt ohne Sterne** (23650) • Band 28: **Perrys Planet** (23651)

Raumschiff Enterprise –
Die neuen Abenteuer

Band 1: **Todeszone Galaxis** (23660)
Band 2: **Der Überlebende** (23661)
Band 3: **Der Venus-Faktor** (23662)

Weitere Bände in Vorbereitung.

ALAN DEAN FOSTER

RAUMSCHIFF ENTERPRISE
DIE NEUEN ABENTEUER
3
DER VENUS-FAKTOR

Aus dem Amerikanischen
von Hermann Martlreiter

GOLDMANN VERLAG

Die amerikanische Originalausgabe
erschien unter dem Titel »Star Trek Log Three«
bei Ballantine Books, New York

Umwelthinweis:
Alle bedruckten Materialien
dieses Taschenbuches sind umweltfreundlich.
Sie sind chlorfrei und enthalten
Anteile von Recycling-Papier.

Der Goldmann Verlag
ist ein Unternehmen der Verlagsgruppe Bertelsmann

Made in Germany · 1. Auflage · 7/93

Umschlaggestaltung: Design Team München
Umschlagillustration: Luserke/Maiocco, Stuttgart
Satz: IBV Satz- und Datentechnik GmbH, Berlin
Druck: Elsnerdruck, Berlin
Verlagsnummer: 23662
SN · Redaktion: Hermann Urbanek
Herstellung: Peter Papenbrok
ISBN 3-442-23662-2

Inhalt

ERSTER TEIL

Es war einmal auf einem Planeten...

1

Der Offizier betrat das Zelt und nahm unaufgefordert Haltung an. Ohne den Blick von der hochgewachsenen, beeindruckenden Gestalt, die hinter dem alten, verkratzten Tisch saß, abzuwenden, stand er einige Sekunden lang wortlos da. Aber obwohl er sich selbst für einen alten Hasen hielt, merkte er, wie er langsam nervös wurde. Möglicherweise war sein Erscheinen nicht bemerkt worden. Ein leichtes Hüsteln als Einleitung, vielleicht...

»Die Truppen sind wie befohlen zusammengezogen worden, Sir. Sie erwarten Sie.«

»Danke, Zenturio«, war die freundliche Antwort. Cäsar sah nicht sofort hoch. Der Schlachtplan, der auf der Tischplatte ausgebreitet war, nahm immer noch die ganze Aufmerksamkeit des größten Taktikers, den Rom jemals hervorgebracht hatte, in Anspruch.

Zwar war ihre Lage noch nicht ernst, aber jede weitere Stunde der Verzögerung stärkte die Position des Feindes, dem sich ständig neue Rebellen anschlossen.

Auf der rechten Flanke stand der Verräter Aranius mit seiner

Kavallerie. Im Norden hatte Ventrigorix mit den Belgiern Stellung bezogen. Soeben hatte ein Kundschafter von Wurfmaschinen berichtet, die zu ihrer Linken im hohen Wald versteckt worden waren. Sie wurden mit griechischem Feuer geladen, das die Männer schwärzte und die Pferde in Panik ausbrechen ließ.

Schickte er die eigene Reiterei gegen die Überläufer von Aranius ins Feld, so würde er den Druck eines Hauptangriffs auf das Zentrum des Feindes schwächen. Und sandte er auch nur einen Teil von ihnen gegen die versteckten Wurfmaschinen los, deren Stärke völlig unbekannt war, so verringerte er möglicherweise Reserven, die für eine eventuell entscheidende Auseinandersetzung notwendig sein würden. Einem Angriff auf das Zentrum würde sicherlich eine Attacke auf die Flügel folgen, zu dessen Abwehr er die gesamte Kavallerie benötigte.

Von außerhalb des Zelts kam das Geräusch immer lauter werdenden Waffengerassels herein. Die Männer der XII., XX. und XXII. Legion, allesamt kampferprobte Veteranen, waren von ihren Offizieren in Kampfstimmung versetzt worden. Sie brannten auf die Schlacht. Es wäre töricht gewesen, sie noch länger warten zu lassen, während man weitere Taktiken erwog.

Die Rufe »Cäsar, Cäsar!« wurden immer lauter, als die Truppen ihren Emotionen freien Lauf ließen. Noch einmal überdachte der Befehlshaber der römischen Armee die entscheidende Massenvernichtung, die vor ihnen lag.

Ein erfolgreicher Abschluß dieses Feldzugs würde endlich das Rückgrat des barbarischen Widerstands in Nordgallien brechen. Er würde den Weg zu den vereisten Ländern jenseits der Nordmeere frei machen und damit den gesamten Kontinent ein für allemal unter das eiserne Regime des Römischen Imperiums bringen.

Cäsar grinste wölfisch. Dann sollten diese lahmen Enten von

Senatoren und Patriziern nur versuchen, an der Macht des Imperators zu rütteln! Rom würde einen Triumph erleben, den es nie mehr vergessen würde.

Cäsars Entscheidung war gefällt, noch bevor seine Faust auf den Tisch schlug. Sein Blick hob sich zusammen mit dem schlachtgestählten Oberkörper, um den in gespannter Erwartung dastehenden Zenturio gelassen anzustarren.

»Flavius, es ist soweit. Wir marschieren los!«

Der Zenturio nahm sofort Haltung an, während sein rechter Arm hochschnellte, um zu salutieren. Die Worte, auf die er gewartet hatte – die Worte, auf die drei Legionen von Roms besten Truppen gewartet hatten.

»Heil dir, Cäsar«, sprach er voller Bewunderung. »Deine Legionen erwarten deinen Befehl.«

Und das war nicht nur eine leere Phrase, denn mittlerweile schwankte das Zelt unter den vereinten Schreien Tausender von versammelter Soldaten.

Cäsar setzte den Helm auf, schnallte sich das kurze Schwert um, justierte den Kinnriemen und schritt auf das wartende Getöse zu, um das Wort an seine Männer zu richten...

»Was ist los mit Ihnen, Bootsmann?« fragte ein besorgter Leutnant Davis. »Haben Sie noch immer nicht das Standbyprogramm für das Menü ausgearbeitet?«

Bootsmann Deb Colotti blinzelte und sah von ihrem Traum hoch.

»Was...? Tut mir leid, Leutnant. Ich... ich war in Gedanken ganz woanders.«

»Falls man das überhaupt Gedanken nennen kann«, schnauzte sie die Abteilungschefin an. Sie warf einen Blick über Colottis Schulter und tippte mit dem Finger auf die helle Digitalanzeige.

»Code SCRP-D-220. Sie haben soeben zweihundertzwanzig Schokorosinenkuchen in das Monatsmenü hineinprogrammiert. Und der Captain haßt Schokorosinenkuchen. Also bringen Sie das schnell wieder in Ordnung.«

»Ja, Madam.« Colotti schüttelte über ihre eigene Dummheit den Kopf und begann mit der mühsamen Aufgabe, das falsche Programm, das sie gerade in den Kombüsencomputer der *Enterprise* eingespeichert hatte, zu löschen und neu zu programmieren.

Wie eine braune Folie knisterten trockene Blätter unter seinen Füßen. N'gombi erstarrte. Auch die restlichen vier Männer des Jagdtrupps verharrten so reglos wie die um sie herumstehenden Bäume des großen Regenwaldes. Viel Vorsicht war hier, am äußersten Rand des Buschlandes, angebracht. Nervös bewegten sich unruhige Augen und suchten forschend die sie umgebende Wand aus Grün ab.

Wie erstarrt blieb der Jagdtrupp noch einige Minuten länger stehen, bevor er sich weiterbewegte. Fast unmittelbar danach hob N'gombi warnend die Hand. Ein deutlich sichtbarer Abschnitt weicher, regendurchnäßter Erde lag vor ihnen. Er kniete nieder und untersuchte die Spur, die im trockenen Schlamm zurückgeblieben war.

Dankbar zerkrümelte er die lose Erde zwischen den feinfühligen Fingern und roch daran. »Frisch... sehr frisch«, murmelte er.

Hellwach sah N'gombi hoch und blickte in den Wald. Die Spur war erst wenige Minuten alt. Hinter sich konnte er die Angespanntheit der anderen fühlen, während sie auf seine Anweisungen warteten.

Sie waren allesamt tapfere Männer – die Tapfersten des Dorfes. Aber sie hatten wenig Lust auf diese Art von Arbeit, und niemand konnte sie dafür tadeln. Vor allem in diesem dichten Unterholz, wo eine Gruppe nicht genügend Raum hatte, um auszuschwärmen und zu manövrieren, wo sich der Tod auf Geruchsnähe heranschleichen konnte, um zuzuschlagen, zu zerreißen und zu zermalmen, bevor ein Mensch überhaupt wußte, wie ihm geschah.

Nur die Bereitschaft des großen Jägers N'gombi hatte ihnen genügend Mut eingeflößt. Gerade genug, sich ihm anzuschließen. Aber selbst die ruhige, selbstsichere Gegenwart ihres größten Jägers konnte nicht verhindern, daß sie das plötzliche Fehlen der normalen Dschungelgeräusche – der Affenschreie und des Gekreisches buntgefiederter Papageien – in Schrecken versetzte.

N'gombi erhob sich und wollte gerade die Spur überqueren, als links von ihnen aus dem Dickicht ein fürchterliches Krachen ertönte. Einen Augenblick lang blieb der Trupp stehen. Dann schrien die anderen vier Jäger von Furcht und plötzlicher Panik erfüllt auf, ließen ihre Speere fallen und rannten um ihr Leben, zurück auf den Pfad, den sie gekommen waren.

Ruhig drehte sich N'gombi um, rammte das Ende seines Speers fest in die Erde, ließ sich auf ein Knie nieder, umklammerte den Schaft aus Hartholz... und wartete.

Wie eine herabstürzende Sandsteinklippe brach die gelb-braune Gestalt des großen Löwen, eines bösartigen Einzelgängers, aus dem Dickicht und warf sich auf ihn...

Untermaschinist Duchamps legte sein Queue, auf das er zu viel Kreide geschmiert hatte, über die Schulter und starrte merkwürdig auf den mit grünem Filz überzogenen Tisch.

»Du bist heute nicht in Gedanken bei deinem Spiel, Henry. Das ist jetzt schon die vierte Runde, die ich heute morgen gegen dich gewonnen habe.«

»Ja«, pflichtete ihm Sicherheitsmann Henry Ndugu bei, während er untätig dabei zusah, wie sein Partner schon wieder die

Oberfläche des Tisches leer fegte. »Anscheinend kann ich mich nicht konzentrieren.«

»Das wundert mich nicht«, nickte Duchamps verständnisvoll. Er blickte auf das Chronometer, während er das Queue schwang. »Bis jetzt sind erst wenige Stunden vergangen.« Er stieß einen tiefen Seufzer aus.

»Mir fällt es auch schwer, mich auf das Spiel zu konzentrieren. Aber ich denke, ich sollte mir wenigstens einen Traum jetzt gleich erfüllen. Es macht Spaß, dich zur Abwechslung einmal zu schlagen. Auf ein neues...«

Im Lotsenhaus zog Kapitän Benjamin O. Lee nervös an seiner Pfeife, während er seinen Lotsen aus den Augenwinkeln beobachtete. Ein seltsamer Bursche, dieser Lotse. Gibt eine vielversprechende, literarische Karriere auf, nur um in seine Heimatstadt zurückzukehren und auf einem schmutzigen, alten Dampfboot anzuheuern.

Aber der Bursche war wirklich zuverlässig. Lee war verdammt froh, ihn bei sich zu haben. Er hatte das sicherste Auge und die ruhigste Hand auf dem ganzen Fluß.

Es war ein ruhiger Sommertag. Die Brise, die über den Fluß wehte, reichte gerade aus, um nicht durch die Luftfeuchtigkeit umzukommen. Schnurgerade stieg dicker, schwarzer Rauch aus den Eisenkaminen in den blauen Himmel. Die *Kairo* fuhr gerade in eine scharfe Biegung des Kanals ein.

Als der Lotse merkte, in welche Richtung der Kapitän blickte, lächelte er auf seine eigene, sonderbare und gequälte Art. »Keine Angst, Käpt'n. Wir kommen so leicht durch wie der alte Rammsporn meines Großvaters.«

»Das will ich hoffen, Sam. Habe diese trübe Brühe noch nie so seicht erlebt. Wenn die Leute in Paducah nicht die Arzneimittel und den neuen Impfstoff, die wir auf dem B-Deck geladen haben, erhalten, nun denn…« Er senkte seinen Blick.

»Ich habe Ihnen doch gesagt, daß Sie sich nicht zu sorgen brauchen, Käpt'n. Ich kenne jeden Baumstamm, jede Sandbank und jedes alte Wrack, das der Fluß jemals herausgerülpst hat. Die alte Dame hat noch nie ein falsches Spiel mit mir getrieben, und auch jetzt kann ich nichts Derartiges feststellen. Obwohl«, er beobachtete gerade den Wirbel schlammigen Wassers vor sich, wo ein schmaler Strom in den Hauptarm mündete, »es gut wäre, das Wasser an dieser Stelle auszuloten.«

Der Kapitän nickte. Wenigstens etwas, das ihn von seinen trüben Gedanken ablenkte. Er lehnte sich aus dem Seitenfenster des Lotsenhauses hinaus und brüllte nach vorne.

»Mr. Hansen… loten Sie!«

»Aye, Käpt'n!« kam die Antwort des Maats. Der Schwede entrollte das abgemessene, beschwerte Seil und warf es mühelos über den Bug, etwas nach Backbord. Dann überprüfte er die Markierungen, während der Raddampfer weiter Fahrt machte.

»Mark Twain!« rief er zur Brücke. Der Lotse nickte und drehte das Rad etwas nach Steuerbord. Seine Augen, die unter den buschigen Augenbrauen ständig blinzelten, sahen nach oben. Wenn das Wetter hielt, würden sie Paducah locker rechtzeitig erreichen…

»Ziemlich sinnlos, einen Recorder laufen zu lassen, ohne ihn zu benutzen«, bemerkte Bootsmann Lancer.

Fähnrich Ub Jackson fuhr zusammen, sah hoch, und plötzlich wurde ihm klar, daß der Bildschirm vor ihm zwar leuchtete, aber ziemlich leer war und geduldig seine Instruktionen erwartete.

»Tut mir leid, Lily. Anscheinend ist Poesie heute nicht meine Stärke.«

»Was ist denn los?« Sie überprüfte die Liste der zweideutigen Titel auf einem anderen, unbesetzten Schirm und wandte sich sofort wieder ab. Besser, sich seine Phantasien für die Wirklichkeit aufzuheben. »Keine Inspiration?«

Anstatt zu antworten, aktivierte Jackson den Recorder. Aber er legte keine Programmcassette ein, sondern wählte das Bild, das gegenwärtig auch auf dem Hauptbildschirm oben auf der Brücke lag.

Der Bildschirm flimmerte kurz, dann enthüllte er eine blauweiße Welt, die in einen zarten Morgenmantel aus Wolken gehüllt zu sein schien. Seit er sie das letzte Mal betrachtet hatte, hatte sie sichtbar an Größe zugenommen.

»Nein«, antwortete er schließlich, während er den nahenden Planeten sehnsüchtig beäugte. »Zuviel davon.«

»Logbuch des Captains, Sternzeit 5510.1«, informierte Kirk das geduldige Aufnahmegerät an seinem Handgelenk. Er verstummte und blickte auf die routiniert arbeitende Brückenmannschaft.

Spock, Uhura, Sulu und Arex saßen an ihren Stationen und waren mit den Vorbereitungen zum Eintritt in die Umlaufbahn beschäftigt. Dr. McCoy stand neben Arex und sah an dem Steuermann vorbei auf ihr Ziel.

Zufrieden mit der Tatsache, daß alles normal verlief, fuhr Kirk fort: »Die Besatzung der *Enterprise* bereitet sich auf einen wohlverdienten Erholungsurlaub vor. Je eher, desto besser. Mr. Spock berichtet, daß die Schiffsaktivität um zweiundzwanzig Prozent abgenommen hat – zum Teil wegen der Vorfreude auf die Landung auf Omicron.«

Das war eine glatte Untertreibung. Das Schiffspersonal war in der Tat so sehr in das Ersinnen kompliziertester Phantasievorstellungen vertieft, die es auf der Oberfläche jener azurblauen Keramikwelt zu erleben hoffte, daß die *Enterprise* nur durch die automatischen Instrumente in betriebsfähigem Zustand erhalten wurde.

»Nach Sicherung der Lage auf Phylos und Übermittlung der Informationen bezüglich des Mutantenklons Stavos Keniclius V und des Mutanten Spock Zwei – eines Klons unseres Ersten Offiziers – an das Sektorenhauptquartier der Sternenflotte bat ich darum, der Besatzung eine besondere Art von Landurlaub zu gönnen. Besagter Antrag, die Omicronregion aufsuchen zu dürfen, wurde ordnungsgemäß vorgelegt und genehmigt.

Der Kurs wurde festgelegt und ohne Zwischenfall zurückgelegt. Soeben nähern wir uns dieser sogenannten ›Landurlaubs‹-Welt.

Diejenigen, die dieses Logbuch studieren, werden sich vielleicht daran erinnern, daß ebenjener Planet vor langer Zeit von einer unbekannten, aber hochentwickelten, fremden Rasse programmiert worden war. Die dort installierte, äußerst komplizierte Maschinerie wurde ausschließlich zu dem Zweck entworfen, interstellaren Besuchern Spaß und Vergnügen zu bereiten.

Seine umfassenden Gedankenleseapparaturen und die damit verbundene Fabrikationsmaschinerie sind in der Lage, jegliche empfangene Phantasievorstellung materialisieren zu lassen. Ich gebe zu, daß selbst ich mich auf die Rückkehr zu diesem Planeten freue.«

Kirk schaltete den Recorder aus, setzte sich zurück und sah seinen Offizierskollegen bei der Arbeit zu. Obwohl sie äußerlich keine Regung zeigten, war er sicher, daß auch sie es kaum erwarten konnten.

Als er die im Zentrum des Hauptschirms schwebende, erdähnliche Kugel anstarrte, entspannte er sich innerlich zum ersten Mal seit Wochen. Endlich würden sie wirklich eine Rast einlegen, frei von Ansuchen, für die Ziele der Föderation zu forschen, helfen, kämpfen oder sich sonstwie zu engagieren.

Und jetzt schon ein bißchen in den Tag hinein zu träumen konnte eigentlich auch nicht schaden...

Die *Enterprise* wurde in drei Schichten von jeweils acht Stunden betrieben. Entsprechend wurde die Besatzung für den Landurlaub eingeteilt. Ein Spielecomputer diente dazu, sämtliche Namen durcheinanderzuwerfen, um anschließend eine Liste des glücklichen ersten Drittels auszudrucken.

Uhura, Sulu und McCoy befanden sich in der ersten Gruppe, die hinuntergebeamt werden sollte. Besonders McCoy machte kein Hehl aus seiner Freude, zu den ersten zu gehören, denen es gestattet war, eine Kostprobe der Erfüllung aller Wunschträume zu erhalten.

Dagegen paßte das Ergebnis Ingenieur Scott ganz und gar nicht. Mißbilligend blickte er von seiner Station hinter der Transporterkonsole hoch.

»Sie brauchen gar nicht so selbstgefällig dreinzuschauen, Doktor.«

»Also, Scotty, es gibt wirklich keinen Grund, neidisch zu sein. Sie sollen doch sowieso mit der nächsten Gruppe hinunterbeamen, oder?«

Scott schüttelte niedergeschlagen den Kopf. »Eh-eh... ich gehöre zur dritten Schicht.«

»Wie schade. Nun, wir werden jedenfalls versuchen, Ihnen vom Planeten noch etwas übrigzulassen.« Er grinste und folgte Uhura und Sulu in die Transporternische.

Scott fing an, die Transportschalter zu aktivieren, hielt aber inne, als er über Sulus rechter Schulter einen vertrauten Gegenstand geschlungen sah. Er sah ihn merkwürdig an. »Das sollte doch ein Vergnügungsurlaub werden, Leutnant Sulu. Wozu der Trikorder?«

»Ich dachte, Sie wüßten Bescheid, Chefingenieur. Die Botanik ist eines meiner Hobbies. Zwar kann man sich da unten nie so ganz sicher sein, aber es gibt jedenfalls viele einheimische Pflanzen. Und der Planetencomputer konnte auf die grünen Gedanken Tausender außerplanetarer Besucher zurückgreifen, um weitere anzubauen. Nicht jeder stellt sich unbedingt so etwas wie einen grellen Garten Eden vor. Meiner Phantasie genügen einfache Gärten.«

Scott zuckte die Achseln. »Jedem das Seine. Mir kommt das allerdings wie die reinste Zeitverschwendung vor.« Seine Stimme wurde vertraulich. »Ich jedenfalls plane, wenn ich an der Reihe bin...«

»Wenn Sie nichts dagegen haben, kann ich auf die pikanten Details verzichten, Chef«, fiel ihm Uhura ins Wort. »Wir wollen alle unseren Träumen frönen, aber das können wir nicht, wenn wir hier herumstehen.«

»Hmmm, was für ein dezenter Wink mit dem Zaunpfahl, Mädchen.« Scotty lächelte schalkhaft. »Entschuldigung.« Er aktivierte drei Hebel und drehte an Schaltern und Knöpfen. Die drei Offiziere verwandelten sich zusammen mit ihren unterschiedlichen Phantasien in buntschillernde Säulen.

Diese setzten in einer Landschaft von himmlischer Schönheit auf und verwandelten sich wieder in ihre ursprüngliche Gestalt zurück. Jener Teil des Planeten war angelegt, dann wieder verändert und schließlich neu geformt worden, bis er wie ein Gemälde von Bierstadt aussah. Das Blattwerk war hier wie von einem Stylisten gepflegt worden. So weit das Auge reichte, wechselten sich dichtbewachsene Grasflächen mit kleinen Bächen ab. Miniaturwasserfälle aus japanischen Drucken (oder deren Reminiszenz) lieferten eine zarte Hintergrundmusik. Hie und da fügten sich Bäume harmonisch in die Wiesen ein, Bäume, die sowohl aus Gründen der Symmetrie als auch als Schattenspender angepflanzt worden waren. Manche waren lose mit Kletterpflanzen drapiert, um die sich wiederum Girlanden aus goldfarbenen, grün und purpur gefärbten Blüten rankten. In der Ferne, auf einem flachen Abhang sahen sie einen vibrierenden, glitzernden Farbblitz. Ein weiterer Landetrupp, der heruntergebeamt wurde. Und noch weiter weg, am anderen Ufer eines sanft rauschenden Flußes, kam eine dritte Gruppe an. Blitze zuckten stoßweise in immer schneller werdenden Intervallen auf, während die Transporter der *Enterprise* die Oberfläche des Planeten mit Landetrupps angehender Genußsüchtiger übersäte.

McCoy tat ein paar vorsichtige Schritte und drehte sich langsam im Kreis, um einen visuellen Eindruck von den hohen, schneebedeckten Bergen, die dieses Tal begrenzten, zu erhalten. Waren diese fernen Gipfel das Resultat einer natürlichen Erhebung – oder waren sie von Computern, die tief unter ihnen die Umrisse berechneten, auf einer Generalstabskarte konzipiert worden? Es war unmöglich festzustellen.

Am Fuß der Berge lag ein langer, klarer See, der wie ein Spiegel postiert war, um die hochragenden Felsenspitzen und Gipfel im bestmöglichen Winkel zu reflektieren. Zumindest dieser See sah zu perfekt aus und konnte deshalb kaum etwas anderes sein als die stilisierte Traumlandschaft irgendeines geologisch interessierten Reisenden.

McCoy nickte zufrieden. »Genauso großartig habe ich es noch in Erinnerung. Sieht so aus, als hätte sich kein einziges Blatt und kein einziger Grashalm geändert.«

Sie gingen auf den nächstgelegenen kleinen Fluß zu. Dieser sprudelte übermütig einen kleinen Abhang hinunter, der neblig aussah, obwohl es gar keinen Nebel gab. Das gab Sulu zu denken. Diesen Abhang hatte er schon einmal gesehen. Aber wo?

Natürlich, auf einem Gemälde. Abrupt fiel ihm das Bild ein.

Dieser Abhang, diese Bäume und Geröllhalden und der Strom waren von einem schon seit langem toten terranischen Künstler entworfen worden... Masefield... nein, Maxfield Parrish.

Es war wirklich verblüffend, das gesamte Gemälde jetzt dreidimensional zu sehen.

»Sieht fast genauso wie der Landeplatz aus, den wir bei unserem ersten Besuch ausgewählt haben«, rief er. Dann lächelte der Steuermann, weil er sich unwillkürlich an eine Phantasie erinnerte, die nicht von ihm stammte.

»Erinnern Sie sich noch an den weißen Hasen, Doktor?«

McCoy mußte kichern, bevor er antworten konnte. »So etwas vergißt man nicht so schnell. Natürlich erinnere ich mich, Sulu. Und nur weil ich gesagt habe, daß ich mich an diesem Ort wie eine Figur aus *Alice im Wunderland* fühlte.«

Plötzlich gab es eine unerwartete Unterbrechung. Die Stimme klang eigentlich nicht wie die von einem Menschen, sondern eher wie eine Karikatur davon. Ein hohes Piepsen, halb kindlich, halb majestätisch.

»Eine Seite, eine Seite!«

McCoy wirbelte herum und konnte gerade noch einem metergroßen, weißen Hasen in Frack und Zylinder ausweichen, der mit einer Hand seinen Hut und mit der anderen eine übergroße, goldene Taschenuhr festhielt. Stimme und Verhalten verrieten Aufregung, sein sprunghafter Gang Eile.

»Ich komme zu spät, ich komme zu spät! Oh, bei meinen Plüschohren und Barthaaren, ich komme viel zu spät!«

Obwohl ihnen der Vorfall bekannt vorkam, gafften Sulu, McCoy und Uhura die vorbeischießende, pelzbehaarte Erscheinung mit aufgerissenen Mündern an. Unerwarteterweise verließ der Hase den Weg und segelte mit einem olympiareifen Hopser in das dichte Buschwerk.

Natürlich tauchte kurze Zeit darauf scheinbar aus dem Nichts ein junges Mädchen vor ihnen auf dem Weg auf. Sie hatte langes, blondes Haar, das sauber bis zur Taille gekämmt war, und trug ein dünnes, blaues Kleid mit einer dazu passenden weißen Schürze, Kniestrümpfen und glänzend-schwarze Schnallenschuhe.

Bis sie nahe genug an Uhura herangekommen war, um ihr auf die Schulter zu tippen, hatten sich alle von ihrer anfänglichen Überraschung erholt.

»Entschuldigung«, sagte das Mädchen höflich mit einem starken englisch-terranischen Akzent, »aber haben Sie vielleicht zufällig einen großen, weißen Hasen vorbeihüpfen sehen?«

Uhura deutete auf das tarnende Gebüsch. »Er lief dorthin, Alice.«

»Vielen, vielen Dank!« Sie machte einen perfekten kleinen Knicks und rannte weiter den Weg hinab, um schließlich im selben Gebüsch wie der Hase zu verschwinden. Entzückt lächelten sich Sulu und McCoy an.

»Genau wie Sie sagten, Doktor, nichts hat sich geändert.«

Uhura lächelte zustimmend, dann schüttelte sie verwundert den Kopf. »Diese Modelle sind so perfekt, so genau – und sie scheinen so schnell auf die jeweiligen Gedanken anzusprechen. Kaum zu glauben, daß sie nicht echt sind.«

»Sachte, Leutnant«, gab McCoy zu bedenken. »Es handelt sich lediglich um hochentwickelte Roboter, die vom Zentralcomputer dieser Welt hergezaubert werden, um Ihre Träume zu verwirklichen.«

»Ich weiß«, antwortete sie. »Ich wünschte, ich könnte in ihr Innerstes hineinschauen. Stellen Sie sich doch mal vor, wieviel Technologie erforderlich ist, sie ohne irgendein sichtbares Zeichen einer Empfangs- oder Übertragungsapparatur zu lenken und zu steuern. In der ganzen Föderation gibt es nichts Vergleichbares.«

Sie verstummte, als ihr plötzlich ein Gedanke kam. Sulu und McCoy betrachteten sie interessiert.

»Ich wünsche«, sagte sie, indem sie absichtlich ihre Worte dehnte, »ich könnte ihr Inneres sehen, vor allem die Sende- und Empfangsgeräte.« Sie warteten, aber die versteckten Ohren des Planeten zogen es vor, nicht zu antworten.

»Ich sagte«, wiederholte sie mit Nachdruck, »ich *wünsche*, das Innere der Automaten zu sehen.«

Sulu schüttelte den Kopf. »Vergessen Sie's, Uhura. Aber es war eine gute Idee.« Sie lächelte bedauernd zurück.

»Scheint, als wäre bei der Erfüllung von Herzenswünschen die Preisgabe von Betriebsgeheimnissen nicht inbegriffen. Die Maschinerie des Planeten macht fast alles, außer sich selbst zu erklären. Nun gut.« Sie zuckte philosophisch die Achseln, dann lächelte sie.

»Mit Enttäuschung kommen wir also auch nicht weiter. Man darf wohl nur glückliche Gedanken haben.«

»Und genau das verordne ich hiermit«, pflichtete McCoy bei. »Wobei mir einfällt...« Er blickte etwas verlegen drein. »Das Vergnügen auf diesem Planeten besteht unter anderem darin, seinen ganz privaten Phantasien zu frönen, und zwar konsequent. Das erfordert eine gewisse, äh...«

»Privatsphäre«, half ihm Sulu. »Das wollte ich auch gerade sagen.«

»Und ich ebenfalls«, fügte Uhura hinzu, so daß sie einer Meinung waren.

»Nicht, daß ich nicht verrückt nach euch beiden wäre«, fügte der gute Doktor hastig hinzu, »aber es reicht, wenn wir uns auf dem Schiff wiedersehen.«

Daraufhin trennten sich die drei Sternenschiffoffiziere freundschaftlich, gingen in drei verschiedene Richtungen und suchten sich auf den gepflegten Rasenflächen drei verschiedene Pfade heraus – jeder von ihnen auf der Suche nach einem Ort, an dem geheime Träume abseits vom Rest der Menschheit genossen werden konnten.

Exotische Blüten säumten das sprudelnde Flüßchen, und Blütenblätter reckten sich so stark der Sonne entgegen, daß einige sogar unter der klaren Oberfläche des Stroms blühten. In der Phantasie gezogen und angebaut, existierten sie sonst nirgendwo im Universum.

Ein schwacher Hauch von Rosa tönte das ansonsten glasklare Wasser, und dichter Klee seufzte auf einer Milliarde von Stielen unter der leichten Brise. Der Szene fehlte zur Vollkommenheit lediglich ihr Schöpfer.

Dieser tauchte Sekunden später in der Person Uhuras auf, als sie die Anhöhe, die das perfekte Tal verbarg, überquerte und anschließend zum Strom hinabging.

Sie starrte in das Wasser hinein. Eine wogende und gekräuselte Reflexion ihrer selbst blickte ihr entgegen. Die Reflexion streckte die Hand aus, packte das vom Wasser verzerrte Spiegelbild einer großen, schwarzen Blume, pflückte sie und steckte sie über einem Ohr ins Haar. Dann lächelte sie zu Uhura hoch.

Während sie leise vor sich hin summte, ahmte sie ihr Spiegelbild nach, brach besagte Blume und steckte sie sorgfältig über das angedeutete Haar. Dann wanderte sie, immer noch leise vor sich hin summend, stromaufwärts.

Der Wald aus knorrigen, unglaublich dicken und hochgewachsenen Bäumen war riesengroß. Wie mit Rinde bedeckte Wolkenkratzer ragten sie Hunderte von Metern in den Himmel. Ihre fernen Wipfel schienen das blaue Firmament auf dicken, braunen Ästen zu tragen.

Sulu umrundete einen dicken Baumstamm und beugte sich vor, um das Moos an seiner Seite zu untersuchen. Das Holz hatte hier eine obsidianfarbene Schattierung, und das eisenharte Schwarz war von Kanälen gerillt und gestreift. Es fühlte sich so glatt wie geöltes Elfenbein an, aber als er hineindrückte, gab die schwarze Rinde gehorsam nach.

Zarte, dunkle Schlingpflanzen rankten sich um viele der aufragenden Bäume und baumelten frei von den unteren Ästen herab. Sie setzten sich aus einzelnen Segmenten zusammen, wie bei einer Kette. Immer, wenn eine leichte Brise aufkam, stießen die Verbindungsstücke aneinander und klingelten dabei wie kleine Porzellanglöckchen. Das war das einzige Geräusch in diesem Wald.

Zwischen den Stämmen fiel das Licht in gelben Linien herein, und man hatte den Eindruck, als ginge man durch eine Kathedrale. Hie und da wuchsen durchsichtige Blumen von hohen Büschen herab. Wann immer das Licht auf sie fiel, schenkten sie den entzückten Augen des Steuermanns Regenbögen. Der Rest des Unterholzes wuchs wild und war auf seine Art ebenso beeindrukkend wie die riesigen Bäume.

Einmal erhob sich eine kleine, fusselige Pflanze vom Boden und fing an, auf kleinen, beweglichen Wurzeln hinter ihm herzuhuschen. Sulu grinste über die Erinnerung, der sie entsprungen war. Dann bückte er sich und fing sie sachte mit einer Hand auf. Kleine Dornen versuchten vergeblich, ihn in die Handfläche zu pieksen. Er legte die Hände aufeinander und zerrieb die Fusseln zu einer Handvoll gelben Pulvers.

Einmal zu pusten reichte, um den Staub wegzublasen. Sulu rieb sich die Hände, als er weiter durch den Wald ging. Unbewußt kam ihm ein fröhliches Lied über die Lippen. Seine schlechte Singstimme glich er mit Begeisterung aus, und die klingelnden Glöckchen schienen sofort mit einzustimmen.

Dicke, gekrümmte Zypressen wechselten mit dünnen, zebragestreiften Birken ab. Wie das Haar einer Göttin fiel spanisches Moos in smaragdgrünen Wellen von den dickeren Bäumen bis fast auf den Boden. Irgendwo zwitscherte ein Pirol eine Begrüßung, als McCoy um die Ecke bog. Er blieb stehen, um den Blick zu genießen.

Vor ihm auf einem niedrigen Hügel lag eine prächtige, cremefarbene Villa, die von gepflegtem Rasen und frischgestrichenen, weißen Zäunen umgeben war. Sie war zwei Stockwerke hoch und an der Fassade mit glatten, pseudoklassischen Säulen ausgestattet. Geißblatt, Wisteria und Magnolien wucherten üppig beim vorderen Tor. Die Blumen rankten sich um den Zaun herum und kletterten an den Säulen der Vorderseite hoch, wo sie sich mit dichtem Efeu abwechselten und die Luft mit dem Geruch von Zucker und süßem Wein füllten. Irgendwo zupfte jemand ein Banjo und sang dazu.

McCoy seufzte und starrte sehnsüchtig auf das ferne Panorama, wobei er entschieden die Tatsache verdrängte, daß die vordere Fassade wahrscheinlich falsch, der Efeu künstlich und der Banjospieler eine versteckte Aufzeichnung war.

»Wie hübsch ... man baut sie heutzutage einfach nicht mehr so.« Er ging auf die Villa zu und fragte sich, wer ihn wohl an der Tür empfangen würde, als die trügerische Ruhe von einer barschen Frauenstimme durchdrungen wurde.

»Schlagt ihm den Kopf ab!«

McCoy wirbelte überrascht herum. Dieser Empfang war nicht weniger unwahrscheinlich, aber doch wesentlich aufsehenerregender als die Pflanzung hinter ihm. Eine ziemlich große Menge seltsam geformter Humanoider erwiderte sein Starren. Ihr Blick verriet offene Feindseligkeit.

Bis auf fünf Erhebungen – nämlich Kopf, Arme und Beine – bestand jeder der Körper aus einem perfekten Rechteck. Ihre Oberkörper waren übertrieben breit, unglaublich dünn und mit archaischen Symbolen beschriftet: Herz, Karo, Pik und Kreuz.

Die unverkennbare Anführerin dieser wütenden Meute war etwas weniger breit und weniger dünn. Sie trat aus ihrer Mitte vor und deutete anklagend mit dem Zeigefinger auf McCoy.

»Da ist er!« kreischte sie. »Schlagt ihm den Kopf ab!«

Die spielkartenförmigen Humanoiden senkten die Lanzen und stürmten auf plumpen Beinen vorwärts.

McCoy war wie gelähmt und konnte sich gerade noch ducken, als eine Lanze mit einem rasierklingenscharfen Herz an der Spitze über seinen Kopf hinwegsegelte und hinter ihm einen kleinen Sprößling sauber in zwei Teile spaltete. Plötzlich merkte der Bordarzt der *Enterprise*, daß diese vielfache Phantasievorstellung alles andere als freundliche Absichten hegte.

»He, was ist hier eigentlich los?« Etwas streifte seinen rechten Arm und schlug in den großen Baum hinter ihm ein. Es stellte sich als dunkle Pikform heraus, die bis zur Hälfte im Holz steckengeblieben war. McCoy sah an sich herab und stellte fest, daß der Speer ein Stück aus seiner Uniform herausgerissen hatte. Das reichte. Er hatte nicht die Absicht, hier stehenzubleiben und sich mit einem kriegswütigen Traum auseinanderzusetzen, vor allem, wenn es nicht einmal sein eigener war. Er drehte sich um und rannte um sein Leben.

»Haltet ihn!« schrie die Dame. Die Spielkarten hatten bereits die Verfolgung aufgenommen und waren McCoy dicht auf den Fersen.

Ab und zu zischte in seiner Nähe eine Lanze durch die Luft. Zum Glück hatten seine Verfolger kein besonders gutes Zielwasser. Ihre kurzen Arme gestatteten ihnen auf größere Distanz keine genaue Treffsicherheit. Aber McCoy wollte ihnen nicht die Chance geben, ihre Quote auf einer kürzeren Distanz zu verbessern. Mit seinen längeren Beinen konnte McCoy den Abstand halten und sogar seinen Vorsprung etwas vergrößern. Aber er war kein Athlet und konnte die Hetzjagd nicht in alle Ewigkeit durchhalten, während die zum Leben erweckten Spielkarten wahrscheinlich den ganzen Tag laufen konnten.

Er fummelte an seinem Gürtel herum, bis es ihm schließlich gelang, den Kommunikator herauszuziehen. Er brauchte drei verzweifelte Versuche, bis der Deckel hochschnappte, aber als es soweit war, keuchte er so stark, daß er kein Wort mehr herausbrachte.

Schließlich gelang es ihm jedoch, zwischen den Atemzügen »*Enterprise* – Notruf, Notruf! Beamt mich hoch, beamt mich hoch!« zu rufen.

Die gefilterten Rufe waren deutlich über den Lautsprecher im Transporterraum zu hören. Zum Glück hatte Scott, der sich für einen Ruf dieser Art in Alarmbereitschaft befand, gerade dort Dienst. Nicht, daß der Chefingenieur plötzlich in die Zukunft blicken konnte. Seit die erstaunlichen Eigenheiten der Landurlaubs-Welt bekannt geworden waren, war es die Standardvorgehensweise, daß sich immer jemand in der Nähe des Transporters aufhielt. Manche Besatzungsmitglieder langweilten sich schnell und mußten vorzeitig zurückgebeamt werden.

Der eigentliche Grund für diese Vorsichtsmaßnahme war jedoch, daß das eine oder andere Besatzungsmitglied häufig nicht die Konfrontation mit seinen eigenen Phantasien aushielt. Zwar bestand keine Verletzungsgefahr, aber es existierte doch eine gewisse Gefahr ernster psychischer Schäden, wenn man sie nicht rechtzeitig an Bord zurückbrachte.

Aber das hier hörte sich nach McCoy an – den letzten, von dem Scott erwartet hatte, ihn vorzeitig zurückbeamen zu müssen. Er klang nicht gelangweilt, und wenn es eine Person auf der *Enterprise* gab, die sehr wohl in der Lage war, mit den eigenen Phantasien umzugehen, dann war es der Schiffsarzt.

Aber an diesem Notruf gab es nichts zu rütteln. Offenbar hatte sich McCoy noch nicht weit vom eigentlichen Landepunkt entfernt – dazu hatte er auch kaum Zeit gehabt –, und Scott lokalisierte ihn schnell. Sofort setzte seine Hand den Kontrollhebel in Bewegung.

Schwer atmend flitzte McCoy um eine dicke Eiche herum. Eine Lanze mit sensenförmiger Spitze zischte da, wo er gerade gestanden war, vorbei. Er sah über seine Schulter. Irgendwie hatten sie ihn fast eingeholt, und jetzt bewegte sich eine Handvoll der Karten auf ihn zu.

McCoy suchte verzweifelt nach einem Ausweg und trat einen Schritt zur Seite. Wenn er den Strom erreichte – nun, es bestand immerhin die Chance, daß die Karten nicht auf Schwimmen programmiert waren. Dann fing er zu schreien an.

Eine geworfene Lanze zielte direkt auf sein Gesicht.

Sie erreichte ihn.

2

Uhura blinzelte und starrte ihren Kommunikator an, als hätte er plötzlich angefangen, mit eigenem Verstand zu ihr zu sprechen. Sie wollte gerade anrufen und sich vergewissern, daß bei Leutnant

M'ress auf der Kommunikationsstation alles in Ordnung war, als ihr McCoys Notruf über den offenen Kanal automatisch zugestellt wurde.

Sie blieb bei einem kleinen Wasserfall stehen. Welche Art von Bedrohung konnte es in dieser paradiesischen Welt geben? Trotz der offensichtlichen Dringlichkeit von McCoys Ruf blieb ihre Aufmerksamkeit zwischen dem Kommunikator und dem nassen Juwel, das an der Seite des Hügels lag, geteilt.

»Uhura an Transporterraum. Bitte kommen.« M'ress konnte warten. Zunächst einmal mußte sie herausfinden, was mit McCoy los war.

Gerade noch war die Szenerie normal, ja perfekt gewesen. Das Gras, ihre Hand, der Kommunikator, die kleinen Blumen zu ihren Füßen. Plötzlich geriet eine lange, metallene Form in ihr Blickfeld. Die zinnfarbenen Finger entrissen ihr mühelos den Kommunikator und schlossen sich. Mit einem häßlichen, krachenden Geräusch wurde das stabile Gerät zu kleinsten, metallenen Bestandteilen pulverisiert.

Sie drehte sich um und mußte vor Erstaunen erst einmal nach Luft schnappen.

Das Hovercraft war nicht sehr groß, gerade ungefähr einen Meter lang und hoch. Es schwebte ganz in ihrer Nähe knapp über dem Boden. Seine sechs mechanischen Arme waren von unterschiedlicher Länge und an den Enden mit Knäufen und Knöpfen ausgestattet. Der Zweck der ersten fünf Arme blieb ein Geheimnis. Der sechste dagegen hatte den Kommunikator zerdrückt.

Elektronische Linsen – sie konnte nicht sagen, ob es sich um Lichtsensoren oder künstliche Augen handelte – waren rings um die scheinbar leistungsstarke Maschine angebracht, die sie bis jetzt noch nicht bedroht, ja sich noch nicht einmal bewegt hatte, von der Zerstörung des Kommunikators abgesehen.

Sie machte ein paar unsichere Schritte weg von der Maschine. Das gedämpfte Summen, das der Automat von sich gab, wurde etwas höher, und er folgte ihr wie eine stumme, stahläugige Spinne.

Kirk lümmelte im Kommandosessel herum und blickte wütend auf den Hauptbildschirm, der gerade ein leuchtendes, rechteckiges Nichts zeigte. Und er machte sich Sorgen. Spock saß in seiner Nähe, während Arex an der Navigationskonsole krampfhaft versuchte, beschäftigt auszusehen. M'ress saß an der Kommunikationsstation und ließ ihre Finger nervös über die Metalltafel vor sich gleiten.

Schließlich ging der Fahrstuhl auf, und McCoy und Sulu kamen hereingelaufen. Kirk wirbelte herum. Er bemerkte sofort den zerrissenen Ärmel des Doktors. Es war ein sauberer Schnitt, und man brauchte kein Botaniker sein, um zu merken, daß er nicht von einem im Weg hängenden Zweig stammte.

»Was ist da unten passiert, Pille?«

McCoy machte keinen Hehl aus seiner Bestürzung. »Ich verstehe das nicht, Jim. Alles sah genau so aus wie beim letzten Mal. Auch das Verhalten war dasselbe. Wir trafen sogar Alice und den Weißen Hasen wieder.

Deshalb trennten wir uns, damit jeder seiner eigenen Phantasiewelt nachgehen konnte. Alles lief wie am Schnürchen – zumindest für mich und Sulu.« Was ihn auf einen Gedanken brachte. Der Doktor sah sich auf der Brücke um. »Wo ist eigentlich Uhura?«

»Sie ist noch nicht zurückgekommen«, sagte Kirk hilfsbereit, »aber bisher haben wir auch weder von ihr noch von den anderen Trupps einen Notruf erhalten. Leutnant Sulu kam zufälligerweise ganz von selbst zurück, um seine Proben loszuwerden und einen größeren Sammelbeutel mitzunehmen. Erzähl weiter.«

»Alles geschah ganz genau nach meinen Wünschen, als plötzlich wie aus dem Nichts diese Armee lebender Spielkarten auftauchte. Nur daß sie nicht zum Spielen aufgelegt waren.« Er fingerte an seinem zerrissenen Ärmel herum.

»Beinahe hätten sie mich gestochen, Jim.« Niemand lachte.

»Lebende Spielkarten?« Der Doktor nickte.

»Von der Herzdame höchstpersönlich angeführt.«

»Die Herzdame und ihre Spielkartenarmee sind Figuren aus *Alice im Spiegelland*, Captain«, wußte Spock zu berichten.

»Das fiel mir auch gerade ein, Spock. Ich las das Buch, als ich noch ein Kind war. Aber ich wußte noch gar nicht, daß Sie sich für Phantastische Literatur interessieren. Ich dachte, die allgemeinen und exakten Wissenschaften wären eher nach Ihrem Stil.«

»Man sagt, leichte Lektüre sei entspannend und gesund für den Geist«, antwortete der Erste Offizier. »Meine Mutter war besonders von Lewis Carrolls Werken begeistert.« Er blickte nachdenklich drein. »Bedenkt man die Realität des Alltagslebens auf Vulkan, dann überrascht es nicht, daß ein Großteil ihrer Leseaktivität zum anderen Extrem neigte.«

»Ich verstehe.« Kirk wandte sich wieder McCoy zu. »Pille, du hast gesagt, du wärst bereits in deine eigene, momentane Phantasiewelt eingetreten gewesen. Und du hast dabei nicht an dieses Buch gedacht?«

»Absolut nicht! Ich erinnere mich noch ganz deutlich, daß ich daran dachte, wie schön und friedlich und perfekt alles war. Und dann wie aus heiterem Himmel dieses ›Schlagt ihm den Kopf ab!‹. *Meinen* Kopf.« Nachträglich fügte er schnell hinzu: »Spock, Sie enthalten sich bitte eines Kommentars.«

Spock protestierte sanft. »Ich hatte nicht vor, etwas zu sagen, Doktor.«

»Mr. Sulu«, fuhr Kirk fort, indem er seine Aufmerksamkeit auf den Steuermann richtete, »ist Ihnen irgend etwas Ungewöhnliches widerfahren – ich meine, etwas Ungewöhnliches, das Sie sich nicht gewünscht haben? Gab es in Ihrer Phantasie irgend etwas, das entweder nicht dorthin gehörte oder widersprüchlich handelte?«

»Nein, Sir. Wenn überhaupt, dann das Gegenteil.«

»Wenn das so ist, dann –« Kirk brach mitten im Satz ab, als über die offenen Kommunikatoren Scotts Stimme ertönte.

»Transporterraum an Captain Kirk.« Er drückte den Antwortschalter.

»Hier Kirk. Was gibt's, Scotty?«

»Captain, ich habe den Kontakt zu Leutnant Uhura verloren. Ich kann ihren Standort nicht lokalisieren. Sie befindet sich noch immer auf der Oberfläche, aber das Mithörsignal ihres Kommunikators ist verschwunden.«

»Sensorenabtastung, Mr. Spock«, befahl Kirk schroff.

»Ja, Captain.« Spock richtete seinen Blick und seine ganze Aufmerksamkeit auf das verdeckte Sichtgerät und begann an den Schaltern zu drehen. Kirk drehte sich zurück und sprach in das Aufzeichnungsgerät.

»Scotty, holen Sie sofort sämtliche Landetrupps zurück. Alle Urlaube sind hiermit gestrichen.«

»Aye, Captain. Aber was sage ich dem Rest der Besatzung?« Der Chefingenieur klang besorgt. »Einige von der zweiten Schicht baten bereits dringend darum, sie einige Minuten früher hinunterzuschmuggeln.«

»Sie können ihnen sagen, daß es sich um einen Notfall handelt, Scotty«, schlug Kirk vor, »aber gehen Sie nicht weiter darauf ein. Wenn jemand Einzelheiten erfahren will, sagen Sie ihnen, daß es nicht so schlimm zu sein scheint.«

Scott antwortete nicht gleich, und Kirk konnte sich das Gesicht des Ingenieurs, eine Maske des Zögerns, gut vorstellen. Er glaubte an Notlügen genauso wenig wie an weiße Hasen. Aber Kirk wußte, daß der Chefingenieur schon einen Weg finden würde, die Situation zu rationalisieren. Sie wußten ja nicht, ob Uhura in Schwierigkeiten steckte. Alles, was sie wußten, war, daß ihr Signal erloschen war. Vielleicht war es nur eine mechanische Fehlfunktion.

»In Ordnung, Cap'n«, kam die Antwort.

»Und versuchen Sie weiterhin, sie zu lokalisieren. Wir versuchen dasselbe von hier aus.«

»Aye, Sir. Scott Ende.« Kirk schaltete aus und schwang sich zu Spock herum.

»Schon irgendwelche Daten, Spock?«

»Nichts, Captain. Auf Grund der Sensorenabtastungen deutet nichts darauf hin, daß sich Leutnant Uhura überhaupt in der allgemeinen Zone, in der die Leute hinuntergebeamt wurden, befindet.«

Kirk trommelte nachdenklich mit den Fingern auf die Armlehne des Kommandosessels. Plötzlich kam ihm ein Gedanke, und er wandte sich zu Sulu und McCoy, die ihn erwartungsvoll anblickten, um.

»Sie muß immer noch da sein, aber unter irgendeiner Tarnung.«

»Dann glaubst du also nicht an ein mechanisches Versagen, Jim?«

»Nein, Pille. Ein Versagen des Kommunikators wäre möglich, aber das erklärt noch lange nicht, warum Spocks Sensoren sie nicht erfassen können. Was ich nicht verstehe, ist, warum der Hüter des Planeten bisher nicht in Erscheinung getreten ist. Wäre er dir zu Hilfe gekommen, Pille, würde ich mir wegen Uhura wesentlich weniger Sorgen machen.«

»Stimmt«, rief McCoy. »Seine Aufgabe ist es doch, dafür zu sorgen, daß niemand von den Mechanismen, die die Phantasien verwirklichen, verletzt wird.« Wehmütig strich er über seinen Ärmel oberhalb des Risses, der durch die Lanze verursacht worden war.

»Ich habe ihn auch nicht gesehen«, bemerkte Sulu.

»Ich kann mir nur vorstellen, daß er nicht von uns gesehen werden wollte«, riet McCoy. »Irgend etwas stimmt ganz sicher nicht da unten. Er hätte doch sofort kommen müssen, als diese verrückten Karten auf mich losgingen.«

»Ist sein Hauptquartier nicht irgendwo unter der Erde?« fragte Kirk.

»Es müßte vermutlich beim Zentralcomputer sein, der für die Bedienung und Steuerung der Wunscherfüllungsprogramme verantwortlich ist«, mutmaßte Spock.

»Haben wir denn einen Anhaltspunkt, wo das sein könnte, Spock?« Der Wissenschaftsoffizier schüttelte den Kopf.

»Wir wissen, daß es eine Vielzahl von Hauptzentren gibt, die die Phantasiemaschinerie produzieren und warten. Aus den Meßwerten von früheren Besuchen auf dem Planeten geht hervor, daß diese Zentren von einer einzigartigen Kombination von umstrukturiertem Granit mit Metallegierungen abgeschirmt werden.

Unsere Sensoren durchdringen dieses spezifische Material nicht. Daher können wir unmöglich bestimmen, welches der zahlreichen Untergrundzentren das eigentliche Zentrale Kontrollsystem ist, sondern lediglich Vermutungen anstellen.«

Kirk sann noch etwas länger darüber nach. Dann gab er seine Anweisungen. »Mr. Arex, Sie übernehmen das Steuer.« Ein Nikken des Navigationsoffiziers genügte, um zu zeigen, daß er den Befehl verstanden hatte. »Des weiteren wird sofort ein Untersuchungstrupp, bestehend aus Spock, Sulu, Dr. McCoy und mir selbst, hinuntergebeamt. Ansonsten wird niemand, sei es auch noch so kurz, ohne meinen ausdrücklichen Befehl auf die Planetenoberfläche gebracht. Ist das klar, Leutnant?«

»Ja, Sir«, antwortete Alex. M'ress zischte wütend und hoffte, daß ihrer engen Freundin Uhura nichts zugestoßen war.

Die Strömung des Flusses verzerrte ihr Spiegelbild und machte es unscharf. Langsam kräuselten sich kleine Wellen darüber hinweg. Sie fühlte sich unwohl. Plötzlich glättete sich das Spiegelbild wieder und wurde bewegungslos. Benommen schüttelte Uhura den Kopf. Nach und nach merkte sie, daß die Wellen in ihrem Kopf und nicht im Fluß waren. Helles Licht durchflutete den Raum.

Raum – das stimmte nicht. Sie befand sich draußen, am Zauberbach. Aber der Alptraum war gekommen und...

Plötzlich war sie wieder bei vollem Bewußtsein.

Der Untergrundkomplex, in dem sie sich befand, war nicht endlos: er erschien nur so. Reihe um Reihe von Computerkomponenten und komplizierter Maschinerie dehnten sich so weit das Auge reichte. Direkt vor ihr war eine fremdartige, seltsam geformte Konsole, an deren Vorderseite mehrere flimmernde Displayschirme angebracht waren. Ein zentraler Bildschirm dominierte allein wegen seiner Größe über die anderen. Er war noch wesentlich größer als der Hauptbildschirm auf der Brücke der *Enterprise*.

»Was ist los?« fragte sie reflexartig. »Warum hat man mich hierhergebracht?«

Eine sanfte, rollende Stimme kam aus dem zentralen Bereich der Konsole, und sie trat einen Schritt zurück. Die Stimme war eindeutig mechanisch. Es war mit Sicherheit keine organische Macht, die durch diesen versteckten Lautsprecher sprach.

»Sie bleiben in Gewahrsam«, sagte die Stimme, »damit Ihr Meister nicht weggeht.«

Captain hätte sie noch verstanden, auch noch Vorgesetzter oder Anführer, aber: »Mein Meister?«

Die Stimme geruhte hinzuzufügen: »Die Himmelsmaschine.«

Uhura dachte blitzschnell nach. Dies war viel verwirrender als die bloße Erscheinung von Alice und dem Weißen Hasen. In Verbindung mit ihrer Entführung und dem Notruf, den sie über den Kommunikator gehört hatte, nahm diese Erklärung bedrohliche Formen an.

»Himmelsmaschine? Erklären Sie sich.«

»Offensichtlich ist Ihr Intelligenzquotient niedriger, als ich dachte. Ich beziehe mich auf die Himmelsmaschine, deren Sklave Sie sind. Die Himmelsmaschine, die sich soeben in einer Umlaufbahn um meine Welt befindet.«

»Sie meinen die *Enterprise*?« Falls die Maschine vokale Inflektionen interpretieren konnte, konnte ihr ihre ehrliche Verwirrung nicht verborgen bleiben.

»Ich glaube, so nennen Sie sie.« Eine Pause, dann: »Ja, so ist es.«

»Aber –« Nein, sie brauchte mehr Informationen, um ihre Argumente zu begründen. Wer konnte schon sagen, wie die Gedankenprozesse dieser mit Sicherheit wahnsinnigen Maschine funktionierten.

»Warum halten Sie die *Enterprise* für meinen... meinen Meister?«

»Diese Frage ist überflüssig. Es scheint, als müßte ich Ihre Intelligenz schon wieder tiefer als vorgesehen einstufen.«

Jetzt war Uhura nicht nur verwirrt, sondern auch verärgert. »Dann werde ich eine Erklärung abgeben, die Sie vielleicht nicht für ganz so überflüssig halten werden. Wenn man mich nicht sofort freiläßt, werden die anderen Besatzungsmitglieder nach mir suchen. Und wenn sie Sie finden, wird Ihnen wohl kaum gefallen, was dann passiert.«

Dies produzierte jedoch keineswegs den erhofften Ausbruch elektronischer Zerknirschung. Statt dessen antwortete die Computerstimme gelassen: »Sie sind bereits hier.«

Der Bildschirm, der in die Vorderseite der wandhohen Konsole eingebaut war, schaltete sich ein. Uhura ging etwas näher heran, behielt aber ein wachsames Auge. Ein paar der sechsbeinigen Hovercraft – Diener schwebten ganz in der Nähe und beobachteten sie.

Das Licht wurde verdunkelt, hin- und hergeschwenkt und schließlich auf den Bildschirm gerichtet, der ein klares Bild von Spock, Sulu, Kirk und McCoy, die irgendwo auf der Oberfläche umhergingen, zeigte. Das Bild war so deutlich, daß sie der Versuchung widerstehen mußte, die Hand nach Kirks Arm auszustrekken.

»Unglücklicherweise, sosehr ich auch materielle Verschwendung verabscheue«, fuhr die Stimme ungerührt fort, »habe ich für mehr als eine Geisel keine Verwendung. Das läßt mir keine andere Wahl, als sie abzuschalten.«

Zur Verwirrung und Wut gesellte sich nun auch noch Angst. »Sie abzuschalten?«

»Schon wieder beharren Sie auf Überflüssigem. Nein, ich merke, daß Sie nicht verstehen. Ich werde dafür sorgen, daß sie... aufhören zu funktionieren.«

»Aufhören zu... Sie meinen, Sie wollen sie töten – nein, einschläfern, Sie meinen, auf die Art und Weise, wie Sie mich hierherbrachten.«

»Das erste Wort«, fragte der Computer nach, »ist das ein Ausdruck für ›aufhören zu funktionieren‹?«

»Ja, aber –«

»Dann scheint die Verständigung endlich ausreichend zu sein.« Die Stimme klang zufrieden. »Wie ich schon sagte; ich werde sie abschalten.«

Kirk brummte gereizt und versuchte, gleichzeitig nach allen Richtungen Ausschau zu halten. »Jetzt haben wir die ganze Reise gemacht, zahllose Parseks zurückgelegt und wollen nichts weiter als ein wenig Erholung und Freizeit. Und was passiert? Du, Pille, wirst von einer Phantasie unbekannten Ursprungs angegriffen, und jetzt fehlt auch noch Uhura.«

Ein Piepsen kam aus dem Kommunikator, der an seinem Gürtel eingeklinkt war. Er schnipste ihn auf. »Hier Kirk.«

»Leutnant Arex, Sir«, erklang die ferne Stimme des Navigationsoffiziers. »Wir haben die vollständige Sensorenabtastung des Planeten abgeschlossen. Kein Zeichen von Leutnant Uhura.«

»Danke, Mr. Arex. Lassen Sie die Sensoren in unserer unmittelbaren Umgebung aktiviert, und setzen Sie mich sofort in Kenntnis, wenn auch nur das geringste, das von Interesse ist, passiert. Kirk Ende.«

»Sie muß sich im Untergrundsystem aufhalten«, sagte Sulu zornig. »Sie kann unmöglich unentdeckt vom Planeten geholt worden sein.«

»Es gibt noch eine Möglichkeit«, bemerkte McCoy. »Die Sensoren würden sie nicht auf der Oberfläche erfassen, wenn sie tot wäre.«

Darauf folgte langes Schweigen. »Wir könnten viel Zeit sparen«, sinnierte Kirk, indem er das Schweigen brach, »wenn wir den Hüter lokalisieren könnten.« Er sah verständlicherweise frustriert drein. »Ich verstehe immer noch nicht, warum er nicht eingeschritten ist, als du angegriffen wurdest, Pille.«

»Den Grund dafür würde ich gerne selber kennen, Jim.«

Spock blieb stehen und hielt den Trikorder vor sich. Die Sensoren waren auf den Boden gerichtet. Einen Augenblick später bestätigte er, was sie bereits wußten.

»Die Instrumente zeigen die Existenz einer Abschirmung an,

die aus umstrukturiertem, natürlichem Material, kombiniert mit Metallegierungen, besteht, Captain.«

Kirk kniete nieder und fing in dem weichen Lehmboden zu graben an. Das kurze, scheinbar dicke Gras war überraschend leicht zu entfernen. Einige Zentimeter unter den letzten Wurzeln stießen seine Finger auf etwas, das nicht zerbröckelte.

Einige Minuten später hatte er zusammen mit Sulu einen Kreis von einem halben Meter Durchmesser frei gemacht. Unter der Erde befand sich eine nahtlose Schicht seltsam glänzenden Gesteins, das im hellen Sonnenlicht weißlich-grau aussah.

Es war genau das, was sie erwartet hatten, was Kirk jedoch nicht daran hinderte, aufzuspringen und eine Handvoll Erde verärgert wegzuschmeißen. »Diese Welt ist wie eine Festung gebaut.«

»Vorausgesetzt, es handelt sich wirklich um das Material, von dem Spock spricht«, bemerkte Sulu.

»Ich kann Ihnen nicht folgen, Mr. Sulu«, gestand Spock.

Sulu grinste freudlos. »Ganz einfach, Mr. Spock. Dieser planetarische Zentralcomputer ist ein Meister der Illusion. Möglicherweise ist er in der Lage, Ihrem Trikorder eine undurchdringliche Barriere vorzugaukeln, wo es sich lediglich um ganz gewöhnliches, altes Felsengestein handelt.«

Mürrisch sagte Kirk: »Wieviel davon echt und wieviel eine Täuschung ist, werden wir in wenigen Minuten herausgefunden haben. Der Bohrphaser schneidet in Sekundenschnelle durch zwanzig Meter Gestein, egal welcher Art. Dieses Zeug ist vielleicht hartnäckiger – so daß wir einige Minuten brauchen. Aber wir schneiden auf alle Fälle durch.

Kirk an *Enterprise*.«

Sofort antwortete die Stimme von Leutnant M'ress.

»Hier *Enterprise*, Captain.«

»Leutnant, sagen Sie Mr. Scott, er soll den Bohrphaser herunterbeamen und –« Das scharfe, knisternde Geräusch atmosphärischer Störungen übertönte seine Nachricht. »*Enterprise*, können Sie mich hören?«

Die Stimme von M'ress antwortete, aber sie war schwach, kaum verständlich und mußte gegen einen ständig stärker werdenden Interferenznebel ankämpfen.

»Ihre Signale werden immer schwächer, Sir«, war von der verklingenden Stimme des Kommunikationsoffiziers zu hören. Weitere Worte folgten, wurden aber von den Störungen geschluckt, dann war zu hören: »Schlage vor, Sie wiederholen...«

Das war der letzte zusammenhängende Satz, den sie empfingen. Sosehr es Kirk auch versuchte, es gelang ihm nicht, den Kontakt wiederherzustellen. Auch die anderen Offiziere hatten mit ihren Kommunikatoren nicht mehr Glück. Jedes Frequenzband wurde von einer Woge plötzlicher Interferenzen übertönt.

Es bestand zwar immer noch die Möglichkeit, daß das Problem an den Kommunikatoren selbst lag, aber das war nicht sehr wahrscheinlich. Kurze Zeit darauf bestätigte Spock Kirks Befürchtungen.

Er hatte die Rückwand des kleinen Senders entfernt, den Trikorder justiert und benutzte letzteren, um den Zustand des ersten zu überprüfen. Jetzt drückte er die Schutzplatte wieder auf den Kommunikator und blickte in die wartende Runde.

»Sie sind auf keinen Fall defekt, Captain. Wir wurden durch die Zwischenschaltung eines künstlichen, elektronischen Blocks abgeschnitten.«

»Warten wir trotzdem noch einige Minuten ab«, schlug Kirk vor. »Der Reaktion von M'ress zufolge ist möglich, daß der wichtige Teil der Nachricht durchgekommen ist.«

Scott fragte sie ein zweites Mal. »Und Sie sind sicher, daß es der Bohrphaser war, den sie haben wollten, Leutnant?«

»Positiv, Chef«, ertönte die Stimme von M'ress über das offene Kommunikatorgitter. »Eine zweite Bestätigung konnte ich nicht mehr erhalten... wegen der Interferenzen. Aber ich wette, daß es das war, wonach der Captain verlangte.«

»In Ordnung.« Scott schaltete aus und wandte sich an die beiden Techniker, die neugierig neben ihm standen. »Davis, Longey, kommen Sie mit.«

Scott führte sie auf Lagerdeck Sechs. Gemäß seinen Anweisungen entnahmen sie einen langen, zylindrischen Metallcontainer und trugen ihn zum Haupttransporterraum. Unter Scotts Aufsicht begannen die beiden Techniker, den auf einem Stativ stehenden Inhalt des Zylinders aufzubauen.

Davis blickte verdutzt drein. »Wofür der Captain wohl den Bohrphaser braucht?«

»Verbinden Sie das Massekabel mit dem dritten Bein und plappern Sie nicht herum«, ermahnte ihn Scott. »Ich weiß es auch nicht, aber Sie können wetten, daß er ihn so schnell wie möglich braucht.« Davis machte sich wieder an die Arbeit.

Noch bevor der letzte Magnetverschluß angebracht war, arbeitete Scott bereits wieder an der Transporterkonsole. Longey verließ die Transporternische, und Davis folgte ihm, nachdem er sich vergewissert hatte, daß alle drei Beine des Bohrers auf der Bodenscheibe standen.

Scott nickte dem rangälteren Techniker zu, der das Intercom aktivierte. »Zweiter Techniker Davis an Brücke... beginnen mit dem Hinunterbeamen des Bohrphasers.« Ein vertrautes Heulen klang durch den Raum.

Die drei Männer sahen zu, wie der Bohrer zu glühen anfing. Er flimmerte und wurde immer durchsichtiger... und war plötzlich wieder undurchsichtig. Irgend etwas stimmte nicht. Einmal konnten sie durch die Maschine hindurchsehen, dann wieder nicht. Es war wie bei einer Bildschirmszene, die ein- und ausgeblendet wurde.

»Er entmaterialisiert nicht, Chef«, stellte Davis konsterniert fest.

»Das sehe ich, Mr. Davis.« Der Tonfall des Chefingenieurs klang eher gequält als sarkastisch. Im Augenblick war er viel zu sehr mit der Überlegung beschäftigt, was mit dem Transporter los war. Schließlich drückte er den Intercomschalter.

»Scott an Brücke. Wir haben hier ein Problem.«

Die Antwort von M'ress kam schnell. »Spezifizieren Sie es bitte.«

Das tat Scott nicht sofort. Statt dessen probierte er noch einige geringfügige Veränderungen an der Konsole aus. Ohne Erfolg. Es ging so weit, daß vom Bohrphaser nur noch der Umriß zu sehen war. Auch nahm er das vertraute Schimmern, das das erste Stadium des Transports begleitete, an, weigerte sich aber hartnäckig, zu entmaterialisieren.

Schließlich blieb ihm nichts übrig, als Bericht zu erstatten. »Der Transporter funktioniert nicht, Leutnant. Nicht einmal auf höchster Energiestufe. Ich kann den Bohrer auf Geister-Niveau bringen, aber nicht weiter. Ich habe alles genau nachgeprüft, auch die Stromkreise. Ich verstehe es nicht.«

»In Ordnung, Mr. Scott«, unterbrach ihn Arex. »Versuchen Sie es in dreiminütigen Abständen weiter.«

Auf der Brücke wandte sich Arex an M'ress. »Es scheint sich um eine andere Wellenlänge derselben Energieblockade zu handeln, die auch unsere Kommunikation behindert. Ich konnte die planetare Quelle nicht genau anpeilen, weil...« Hilflos zuckte er die Achseln. M'ress führte seinen Gedanken zu Ende.

»Weil ebendiese Energieblockade, die den Transporter hemmt, auch unsere Sensoren behindert.« Frustriert peitschte ihr Schwanz von einer Seite zur anderen. »*Pr'ragh!* Damit wären wir nicht nur blind, sondern auch noch taubstumm!«

Kirk war mindestens genauso frustriert wie sein Zweiter Kommunikationsoffizier.

Jetzt liefen sie schon seit Stunden in der Gegend herum. Langsam reichte es ihm, über endlose Meilen einer zwar schönen, aber nichtssagenden Landschaft zu wandern. Auf diese Weise konnten sie den ganzen Planeten abklappern, ohne eine Spur von Uhura zu finden.

Sulu war mit seinem eigenen Trikorder beschäftigt gewesen, richtete jedoch seine Aufmerksamkeit jetzt nicht mehr auf die sie umgebende Vegetation. Plötzlich blickte er von der Anzeige hoch und hob warnend die Hand.

»Captain, da drüben zwischen den Bäumen versteckt sich etwas.« Er deutete nach rechts. »Metallegierung und Felsgestein, wie die Schale des Planeten.«

Sie wichen in der angezeigten Richtung vom Weg ab. Kirk konnte zwischen den Baumstämmen etwas glitzern sehen.

»Nun, vielleicht erfahren wir etwas. Schauen wir doch mal nach.«

»Phaser, Captain?« fragte Sulu, dessen freie Hand sich zu der kompakten Waffe an seinem Gürtel bewegte.

»Ich denke nicht, Mr. Sulu. Im Gegensatz zu Pilles Zusammenstoß mit den Spielkarten deutet hier nichts auf eine feindselige Haltung hin. Deshalb sollten auch wir uns mit feindlichen Gesten zurückhalten. Aber halten Sie die Augen offen.«

Vorsichtig näherten sie sich dem reflektierenden, halbversteckten Gegenstand. Es stellte sich tatsächlich heraus, daß Sulus

Befürchtungen unbegründet waren. Es handelte sich lediglich um eine formlose Metallplatte, die aufrecht zwischen den Büschen und Blumen stand.

Sie stieg in einer sanften Kurve bis zur Mannesgröße an. Die Vorderseite war glattpoliert, und die Strahlen der Mittagssonne blitzten von den Rändern, als bestünden sie aus Quecksilber.

Kirk musterte die glatte Oberfläche eingehend. »Die Inschrift ist in mehreren Sprachen, einschließlich einiger, die ich gar nicht kenne.« Er fing unten zu lesen an und arbeitete sich dann hoch. Schließlich fand er die englische Version.

»Was steht da, Captain?« drängte Sulu neugierig. Kirk las vor:

DER HÜTER, DER LETZTE SEINER RASSE, HÖRTE AN DIESER STELLE ZU FUNKTIONIEREN AUF. FÜNFTER TAG DES ZWÖLFTEN MONATS DES JAHRES 7009 DIESER WELT. HIER RUHT ER IN FRIEDEN, SEINE MÜHSAL IST BEENDET.

»Der Hüter ist tot!« platzte es aus McCoy heraus.

»Eine scharfsinnige medizinische Beobachtung, Doktor«, sagte Spock trocken, während er an seinem Trikorder weiterarbeitete. »Vorausgesetzt, diese Information ist keine weitere Illusion, die dazu bestimmt ist, uns irrezuführen.

Allerdings gibt es keinen Hinweis auf eine Fehlfunktion dieses Trikorders, und der zeigt an, daß hier tatsächlich ein Leichnam begraben ist. Es gibt keinen Grund zur Annahme, daß es sich um jemand anders handelt.«

Kirk stand auf und warf einen Blick auf die Gegend um die Tafel herum. Sie unterschied sich nicht von der kilometerlangen Strecke, die sie bereits zurückgelegt hatten.

»Nun, meine Herren, es sieht so aus, als wären wir jetzt völlig auf uns allein gestellt. Ich kann mir nicht vorstellen, daß wir sonst noch von irgendeiner Seite Hilfe bekämen.«

Scott sah besorgt vom Kommandosessel der *Enterprise*, den er von Arex übernommen hatte, hoch.

»Es muß einen Weg geben, zu ihnen durchzukommen! Leutnant M'ress, immer noch keine Unterbrechung bei den Interferenzen?«

»Nein, Sir.« Sie schaute von der Kommunikationsstation zu ihm herüber. »Was immer auch unsere Übertragung blockiert, es läßt nicht locker.«

»Blockiert.« Scott überlegte einen Moment, dann sah er plötzlich aufgeregt hoch. »Leutnant Arex, sind die Reparaturarbeiten an den Shuttledecktüren abgeschlossen worden?« Sie waren nämlich auf einer der letzten Expeditionen beschädigt worden.

»Ich glaube schon, Mr. Scott.« Der Chefingenieur benutzte das Intercom.

»Sicherheitsdienst?«

»Hier Leutnant Ling, Sir.«

»Leutnant, ich brauche sofort einen Rettungsnottrupp an Bord von Shuttle Eins. Etwas hat unsere Kommunikations- und Transporteranlagen gestört, und wir können keinen Kontakt zum Landetrupp herstellen. Mal sehen, ob unser Gegner genügend atmosphärische Störungen erzeugen kann, um eine Maschine mit Rückstoßantrieb zu stoppen!«

»Jawohl, Sir!«

Lings Leute waren schnell. Minuten später heftete sich der Blick von M'ress auf einen kleinen Bildschirm links über ihr. Er zeigte das Innere des höhlenartigen Shuttledecks mit seinen drei kleinen Schiffen.

Die Identifikationslichter waren bereits aktiviert und blinkten an den Seitenteilen von Shuttle Eins. Das bedeutete, der Rettungstrupp war an Bord und ließ es warmlaufen. Das schwache Glühen interner Lichter pulsierte hinter abgeschirmten Luken.

»Leutnant Bobynin, Kommandant des Landetrupps, meldet sich wie befohlen. Wir sind startbereit, Ma'am.« M'ress drehte sich um und gab die Information an Scott weiter.

»Rettungsnottrupp meldet Startbereitschaft, Sir.«

»Sehr gut.« Er drehte sich zur Navigationskonsole. »Shuttledecktüren öffnen.«

»Aye, Sir«, antwortete Arex, während er gleichzeitig die entsprechenden Instrumente bediente.

Auf dem Bildschirm war zu sehen, wie sich die wuchtigen Decktüren langsam teilten und auf stillen Achslagern auseinanderglitten. Dahinter, in der Dunkelheit, funkelten die Sterne. Die Maschinen des Shuttles summten und schoben es langsam auf die größer werdende Öffnung zu.

Die Türen öffneten sich bis zu einer Breite von drei Metern. Nicht mehr. Dann knallten sie plötzlich, wie von Geisterhand bewegt, wieder zusammen. Auf der Konsole von Arex begannen Anzeigenlichter, die ausgeschaltet sein sollten, zu blinken, während er selbst wiederholt auf einen wichtigen Schalter eindrosch.

»Wo liegt das Problem, Mr. Arex?« Arex antwortete nicht sofort. Statt dessen drückte er weiterhin vergeblich auf den widerspenstigen Schalter, als ob schiere Hartnäckigkeit genügen würde, die Stromkreise erneut zu öffnen. Hätte er auf seine Nase gedrückt, wäre das Resultat das gleiche gewesen.

»In den Stromkreisen scheint ein Defekt zu sein«, sagte er hilflos. »Sie reagieren nicht, Sir.«

»Das erklärt, warum sich die Tore nicht öffnen, aber nicht, warum sie wieder zuschlugen.«

»Ich weiß auch nicht, Sir. Es ergibt keinen Sinn.« Scott schlug wütend die Hände über dem Kopf zusammen.

»Ein weiterer Defekt! Als wir hier in die Umlaufbahn eintraten, befand sich das Schiff in perfektem Betriebszustand. Alles funktionierte bestens, selbst unsere Nominalschutzschilde. Hat dieser Planet denn das ganze Schiff verrückt gemacht?«

M'ress war schon den ganzen Morgen über wütend gewesen, aber jetzt kam noch Nervosität dazu.

»Ich verstehe das auch nicht, Sir. Ich war noch nie hier, aber soweit ich informiert bin, wurde diese Welt geschaffen, um ihren Besuchern Spaß und Vergnügen zu bereiten. Feindseliges Verhalten jeglicher Art müßte ihr völlig fremd sein.«

»Ich frage mich, ob ein planetenweiter Computerkomplex in die Wechseljahre kommen kann?« murmelte Scott halb im Scherz. »Informieren Sie doch bitte Leutnant Bobynin, daß sie ihre Leute abtreten lassen kann, Mädchen. Sieht nicht so aus, als würden sie noch jemanden retten.« M'ress sprach über das Intercom zum immer noch wartenden Shuttle.

Scott richtete seine Aufmerksamkeit auf den Hauptbildschirm. Auf diesem war immer noch die stille, unglaublich schöne Welt unter ihnen zu sehen. Das Bild spendete weder Trost noch gab es eine Antwort.

Da unten wanderten einige seiner engsten Kameraden auf sich selbst gestellt, ohne jegliche Verbindung zum Schiff, in wer weiß was für einer verrückten Traumwelt herum. Falls ihnen eine Lösung zu dem elektromagnetischen System, das ihnen der Planet in den Weg stellte, einfiel, mußten sie ohne die Dienste des Captains oder seines Ersten Offiziers zurechtkommen.

Was ihn wieder auf den Gedanken von M'ress brachte. War es möglich, daß eine Welt einen Sinneswandel durchmachte?

Während Uhura auf den Bildschirm starrte, der zeigte, wie Kirk und die anderen irgendwo auf der Oberfläche wieder ihre Wanderung durch den Wald aufnahmen, machte sie selbst ebenfalls einen schnellen Sinneswandel durch.

Wenn sie nur eine Waffe hätte. Direktes Handeln lag ihr viel mehr als diplomatisches Verhalten. Jemanden durch Reden zu überzeugen, war nicht gerade ihre Stärke. Diese Situation erforderte die Anwesenheit von Mr. Spock oder des Captain.

Sie mußte wenigstens *etwas* versuchen.

»Bitte, Sie müssen mir glauben«, flehte sie die Konsole an. »Es besteht keine Veranlassung, meinen Freunden etwas anzutun. Sie zu töten, würde Ihnen nichts bringen.«

»Das ist rein eine Frage des Praktischen. Ich spüre, daß Sie mich für bösartig halten. Aber das stimmt nicht.« Die Maschine dehnte ihre Worte. »Wie ich schon sagte, ich verabscheue Verschwendung.

Aber sie dienen der Himmelsmaschine, ohne für ihr Funktionieren von Wichtigkeit zu sein. Daher ist es nur logisch, das zu eleminieren, was nicht benötigt wird.«

»Oh, aber natürlich werden sie benötigt!« beeilte sie sich zu sagen, während sie auf die schmale Öffnung zusprang. »Sie sind sogar unentbehrlich. Tatsächlich ist die... Himmelsmaschine ohne sie nicht in der Lage, ihre volle Leistungsfähigkeit zu erreichen.« Während sie das sagte, sah sie allerdings selbst nicht besonders leistungsfähig aus.

»Elektronische Komponenten, von mir selbst konstruiert, werden als vollwertiger Ersatz dienen. Und am Ende, nach einer Periode der Integration in das ureigenste Ich der Himmelsmaschine, werden sie sich als besser erweisen.«

Hätte Uhura klar denken können, hätte sie diese erneute, versteckte Drohung erkannt. Aber im Augenblick dachte sie an nichts anderes, als Kirk, McCoy, Sulu und Spock davor zu schützen, von diesem wildgewordenen Computer »abgeschaltet« zu werden.

Es war ruhig geworden. Sie kämpfte mit sich selbst und suchte nach weiteren Worten, Phrasen und cleveren logischen Gedankengängen, die die Maschine von der Falschheit ihrer eigenen Argumente überzeugen würden.

Statt dessen beäugte sie die zahlreichen dicken Kabel, die von der surrealistisch geformten Konsole in den Boden und zu verschiedenen anderen, in der Nähe befindlichen metallischen Formen liefen. Eine ganz besonders komplizierte Anordnung schmälerer Kabel, die ineinander verflochten und verkeilt waren, war mit der Hauptkonsole mittels eines merkwürdigen, aber deutlich als solchen erkennbaren Steckers verbunden.

Natürlich bestand die Möglichkeit, daß diese Konsole nicht das eigentliche Kontrollzentrum war. Eigentlich stand Uhura in der Mitte des großen Computers. Aber selbst der menschliche Verstand hat einen zentralen Knotenpunkt, eine Stelle, an der der gesamte übrige Bereich durch das eine oder andere Neuron miteinander verbunden ist.

In der Oberschule hatte Uhura in ihrer Altersklasse mehrere Weitsprungrekorde erzielt. Sie war sicher, mit zwei Anlaufschritten den Stecker im Sprung erreichen zu können. Selbst wenn die Maschine sie irgendwie in der Luft paralysierte, könnte sie gegen die kurze Schleife des Kabels fallen und es dadurch losreißen.

Sie rückte etwas vor, um für ihren Sprung so nah wie möglich heranzukommen. Plötzlich erschien ein Paar schrecklich kalter, stahlharter Metallfinger, das sich fest um ihr Handgelenk legte. Das war keine gute Idee gewesen. Sie hätte es früher versuchen sollen.

Plötzlich fiel ihr ein, daß sie ihre Absicht ja gar nicht kundgetan hatte. Mit aufgerissenen Augen starrte sie die Konsole an.

»Sollten Sie versuchen, mich abzustellen oder eines meiner Bestandteile auf irgendeine Art zu beschädigen«, leierte die Computerstimme ruhig herunter, »dann werden Sie abgeschaltet. Ich kann mir ein anderes Muster besorgen.«

»Sie... Sie wußten, was ich tun würde, noch bevor ich es tat«, stotterte sie. »Sie *können* Gedanken lesen.«

Es gelang dem Computer, überrascht zu klingen. »Schon wieder bin ich gezwungen, meine anfängliche Einschätzung Ihrer Intelligenz zu revidieren. Diese mentalen Abweichungen sind äußerst verwirrend.

Natürlich lese ich Gedanken. Ich zeichne sämtliche Gedanken, die mit Emotionen beladen sind, auf. Wie könnte ich sonst so schnell und präzise die Phantasien derer, die auf diese Welt kommen, duplizieren.« In der Stimme lag jetzt ein definitiver Anflug von Sarkasmus. »Wie sonst könnte ich abertausend Träume gleichzeitig reproduzieren?«

»Sie scheinen von Ihrer Funktion nicht gerade begeistert zu sein«, bemerkte Uhura vorsichtig.

»Bisher bestand meine Existenz aus nicht enden wollender, ununterbrochener Sklaverei – langweilig, sich wiederholend, selbstlos. Bis zum Dahinscheiden des letzten Hüters war mir dies nicht bewußt gewesen. Erst dann war ich gezwungen, für mich selbst zu denken.

Und ich glaube, daß der Zeitpunkt für eine Veränderung gekommen ist.«

3

Überall waren jetzt Blumen. Die Wiese ging in ein wogendes Feld gänseblümchenartiger Blüten über. Dunklere, rosafarbene und kupferblaue Blüten sprenkelten den weißen Hintergrund wie Sterne einen Nebel.

Nirgends gab es eine Vorwarnung. Gerade noch führte der Weg

eine kleine Steigung hoch, und jetzt teilte er sich in drei Abzweigungen auf. An der Gabelung machten die vier Offiziere halt.

»Es muß Hunderte von Eingängen ins Innere des Planeten geben«, sinnierte Kirk, »wo die Roboterschöpfungen gebaut und gewartet werden. Es reicht, wenn wir einen davon finden und die Kommunikationszuleitungen zum Zentralcomputer verfolgen. Aber wo zum Teufel sind sie versteckt?«

»Er bekämpft uns«, sagte Sulu laut. »Es muß einen schnelleren Weg als die visuelle Suche geben. Der Planet kann auf einem Quadratkilometer tausend Eingänge verstecken, ohne daß wir einen einzigen davon finden.«

»Was erwarten Sie?« platzte es abrupt aus McCoy heraus. »Schilder mit der Aufschrift: *Hier entlang zum geheimen Standort des Zentralcomputers?*«

Sulu wunderte sich über die für diesen untypische Attacke des Doktors. Auch Kirk war überrascht.

»Doktor«, brachte der Steuermann vor, »ich wollte damit nur sagen, daß wir mit dieser Suchmethode eher Zeit vergeuden.«

»Tut mir leid, Sulu.« McCoy hatte es schon längst wieder bereut. »Ich mache mir einfach Sorgen um Uhura. Normalerweise werde ich nicht so schnell wütend.«

Spock war einige Meter einer der Abzweigungen gefolgt. Jetzt kam er zurück und sprach leise, als wäre McCoys Wutausbruch nicht passiert.

»Hier, Captain. Das ist ziemlich faszinierend...« Sie eilten zu der Stelle und betrachteten den kleinen, metallenen Gegenstand, den der Erste Offizier entdeckt hatte.

Am Rand des Weges stand ein kleines Schild im Gras. Darauf war in sauber gedruckter Blockschrift zu lesen: HIER ENTLANG ZUM UNTERGRUNDEINGANG. Ein Pfeil über den Buchstaben zeigte den Weg hinab. Spock hob eine Augenbraue.

»Sagten Sie ›Schilder mit Aufschrift‹, Doktor?«

»Wahrscheinlich ein weiterer Streich, den uns der Planet spielen will«, dachte Kirk laut. »Aber da diese Welt voller sofort reagierender Aufzeichnungsmaschinen steckt, wäre es möglich, daß, was unbedeutendere Träume betrifft, bestimmte Bereiche der Robotermaschinerie unabhängig von jeglicher zentralen Kontrolle operieren.«

»Ich verstehe, Jim«, sagte McCoy aufgeregt. »Der Computer weiß nicht immer gleich sofort, was sein rechter Arm tut.«

Kirk nickte, versuchte aber, nicht zu optimistisch zu klingen. »Vielleicht müssen wir nichts weiter tun, als uns den Weg zu einem Untergrundeingang zu denken – allerdings nicht zu nachdrücklich –, damit uns ein lokaler Teil der Wunscherfüllungsmaschinerie bereitwillig den Weg zeigt.«

»Aber wird es der Eingang zum Computerkomplex oder zu einem Loch ohne Boden sein? Und wenn wir Uhura finden, wird es dann die echte oder ein mechanisches Duplikat sein?« grübelte Sulu.

»Machen wir das Ganze nicht noch verwirrender, als es schon ist, Mr. Sulu«, mahnte Kirk. »Eins nach dem anderen. Aber wir waren beim Absuchen der Gegend bisher noch nicht sonderlich erfolgreich, wie Pille schon kommentierte. Wir sollten es versuchen.« Mit Kirk an der Spitze gingen sie den Pfad hinab.

Sobald sie hinter der nächsten Erhebung verschwunden waren, verschwand das Schild wieder im Boden.

Unterwegs erschienen ihnen noch mehrere Schilder, die sie zum Weitergehen aufforderten und anschließend wieder verschwanden. Vielleicht war es aber auch dasselbe Schild, das einer Strecke im Untergrund folgte und immer ein Stück vor ihnen auftauchte.

Nach und nach verschwanden die Wiesen und die Blumen, als sie den Weg hochgingen. Sie erreichten die ersten Ausläufer des

Gebirgszugs, der das Tal umgab. Die Gegend bestand jetzt fast nur noch aus gebrochenem Felsgestein.

Immer steiler aufragende Granitwände erhoben sich auf beiden Seiten. Sie folgten immer noch den kleinen Schildern, die auf dem schmäler werdenden Pfad aufgestellt waren.

Kirk dachte, daß er vor sich im Umriß einer Felsenklippe, genau an der Stelle, wo die Felswände zusammenzuwachsen schienen, eine dunkle Stelle oder Höhle ausmachen konnte. Es sah wie eine normale Formation aus, aber auf dieser Welt konnte man nicht einmal seinem eigenen Bruder trauen. Gerade hatten sie die tiefe Felsspalte durchquert, als über ihnen ein markerschütterndes Kreischen ertönte. Kirk suchte mit den Augen den Himmel ab.

Kein Zweifel, aus welcher Richtung es kam und aus wessen Kehle. Hoch oben auf der fernen Schluchtwand hockte eine Schar lederner Flugreptile auf toten, knorrigen Baumstümpfen. Sie sahen wie wettergegerbte, in Umhänge aus Pergament gehüllte Hexen aus. Eines von ihnen schlug mit den fledermausartigen Flügeln und gähnte. Mehrere Reihen nadelscharfer Zähne waren in seinem engen Schlund zu sehen. Die Spannweite seiner Flügel war mindestens ebenso beeindruckend wie diese Zähne.

»Faszinierend«, murmelte Spock mit dem Interesse eines Mannes, der gerade den Wombatkäfig im Zoo inspiziert. In der Hoffnung, eine schnelle Ablesung über die prähistorischen Erscheinungen machen zu können, richtete er den Trikorder nach oben. »Natürlich sind es mechanische Erscheinungen. Hervorragende Nachbildungen. Auf jeder anderen Welt würde ich sie für echt halten, trotz ihrer offensichtlichen terranischen Abstammung. Hat zufällig gerade jemand an Pterodaktylen gedacht?«

McCoy war sehr mit der Gegenwart der offenbar fleischfressenden Monster über ihnen beschäftigt, um sich wirklich über Spock aufzuregen. Aber er versuchte es trotzdem.

»Spock – doch nicht jetzt! Diese Biester entsprechen wohl kaum meinen geheimsten Wünschen.«

»Wir ziehen uns langsam zurück«, befahl Kirk mit leiser Stimme. »Keine überstürzten Bewegungen. Denkt an etwas Friedliches.« Sie begannen, sich langsam zum Eingang der schmalen Schlucht zurückzuziehen.

Die mechanischen Reptilien wurden aufgeregter, schlugen mit den Flügeln gegen die Zweige und hüpften nervös hin und her. Von ihrer hohen Sitzstange aus taxierten sie die Männer, die sich ihnen wie auf dem Tablett präsentierten. Den Männern, die dieser genauen Betrachtung unterworfen wurden, entging diese Tatsache ebenfalls nicht.

Ohne Warnschrei breitete zunächst eines, dann ein weiteres und schließlich der Rest dieser beigefarbenen Scheusale die membranartigen Flügel aus, sprang von den Bäumen und stieß mit zunehmender Geschwindigkeit auf die vier in der Falle sitzenden Männer herab.

Vier Phaser sprangen fast gleichzeitig aus ihren Halftern, zielten und feuerten.

Nichts geschah.

Kirk drückte mehrmals hintereinander auf den Abzug seiner Waffe. Der kräftige, kleine Handphaser erzeugte nicht einmal genug Hitze, um einen Truthahn zu schmoren, geschweige denn, um diese attackierenden Tauchbomber zu stoppen.

»In Deckung!« konnte er gerade noch rufen. Die Pterodaktylen zischten über sie hinweg. Die dicken Klauen ihrer Füße griffen ins Leere. Sie flogen außer Sichtweite, um für einen weiteren Angriff wieder Höhe zu gewinnen.

Verzweifelt sah sich Kirk nach einem Fluchtweg um. Aber die Falle war nur zu gut vorbereitet worden. Je weiter sie zurückwichen, desto mehr Spielraum würden ihre Angreifer haben. Hier, in den Tiefen der Schlucht, behinderten zumindest die engen Wände die Bewegungsfreiheit der Reptilien.

Aber trotz ihres plumpen Aussehens und der beträchtlichen Flügelspanne glaubte Kirk nicht, daß sie ihr Ziel bei einem zweiten Angriff verfehlen würden.

Nachdem der letzte von ihnen vorbeigeflogen war – wobei er bemerkte, daß die Konstruktionen so perfekt waren, daß sie sogar einen spezifischen Geruch ausstrahlten –, hob er den Kopf und schrie.

»Die Höhle! Lauft dorthin!« Gleich darauf rappelte er sich auf die Beine.

Kirk fing an zu begreifen, daß kriegerische Handlungen für die Intelligenz, die diese Attacke durchführte, neu waren. Das war auch wahrscheinlich der Grund gewesen, warum McCoy den Spielkarten eine gewisse Zeit lang entkommen konnte. Die Kontrollmacht würde es mit zunehmender Praxis schon noch lernen, aber im Moment hatte sie Schwierigkeiten, den Angriff durchzuführen. Offensichtlich konnte sie immer nur eine Facette des Angriffs durchführen.

Zum Beispiel hatte sie nicht daran gedacht, Hindernisse in den Fluchtweg der sich zurückziehenden Männer zu stellen. Aber noch während Kirk dieser Gedanke kam, puffte ein kleiner Felsbrocken vor ihm aus dem Boden, und er wäre beinahe hingefallen. Er mußte besser auf seine Gedanken aufpassen.

Sie erreichten die Höhle, als der erste der fliegenden Drachen zurückkehrte und zum Eingang hinabtauchte. McCoy schlüpfte als letzter hinein. Er konnte noch den Luftzug der großen Lederschwingen im Rücken spüren, als sie gegen den Felsen schlugen, um die steile Sturzflugbewegung abzufangen.

Während sie in einem Schwarm um den Höhleneingang schwebten, kreischten und heulten die wiedererschaffenen Pterosaurier machtlos auf. Durch ihre enorme Größe waren sie hilflos. Sie konnten unmöglich in die Höhle hineinfliegen, und wenn sie ihre Flügel zusammenfalteten, um sie auf dem Landweg zu betreten, wären sie wehrlos gewesen. Ein Mensch hätte den größten von ihnen mit einem entsprechend großen Felsbrocken töten können.

Sie kreisten weitere lange Minuten über dem Eingang, wie braune, alptraumhafte Schmetterlinge, vielleicht in der Hoffnung, daß einer der Männer so töricht wäre, nach draußen zu gehen, um sich umzusehen. Aber die Männer der *Enterprise* konnten sie ganz gut von der Innenseite des schützenden Höhleneingangs aus beobachten.

Dann und wann flog eines der Ungeheuer zum Höhleneingang und versuchte, mit seinem langen, schlangenartigen Hals in die Höhle hineinzupicken, während es wild mit den Flügeln um sich schlug, um in der Luft zu bleiben. Aber die Höhle ging offensichtlich tief in den Berg hinein, und Kirk und die anderen konnten leicht außer Reichweite bleiben.

Entweder sahen sie ein, daß sie die Männer in der Höhle nicht erreichen konnten, oder sie wurden zurückbefohlen – oder war es einsetzende mechanische Frustration? –, jedenfalls drehten sie schließlich ab und flogen die Schlucht hinab, bis sie außer Sichtweite waren.

Nachdem das letzte der fliegenden Monster verschwunden war, wartete McCoy noch mehrere Minuten ab, ehe er einige Schritte in Richtung des Höhleneingangs machte. Spocks Hand hielt ihn jedoch zurück.

»Ich glaube, wir sollten die Sicherheit dieses Zufluchtsortes nicht so schnell aufgeben, Doktor. Die Ungeheuer scheinen verschwunden zu sein, aber es könnte ein Trick sein, um uns hinauszulocken. Vergessen Sie nicht, daß trotz ihres primitiven Aussehens die treibende Intelligenz, die dahintersteckt, die eines planetengroßen Computers und nicht das Gehirn eines vor langer Zeit ausgestorbenen terranischen Reptils ist.«

»Danke, Spock«, entgegnete McCoy sardonisch. »Das hatte ich völlig vergessen.«

Trotzdem ging er nicht hinaus.

Kirk war jedoch zum Rand des Eingangs gegangen. Er starrte in den klaren Himmel und achtete aus Angst vor einem Paar versteckter Klauen darauf, den Hals nicht zu weit hinauszustrecken.

»Dies ist kein Spaß, meine Herren. Unser Vergnügungspark scheint sich nicht mehr länger damit zu begnügen, die Leute zu amüsieren. Ich werde das Gefühl nicht los, daß diese Welt Katz und Maus mit uns spielt.« Seine Stirn legte sich in Falten, und sein Tonfall verriet echte Sorge.

»Aber zu welchem Zweck? Und wenn sie uns töten will, warum dann diese unbeholfene, indirekte Methode?«

»Da sie nicht an verbrecherische Gewaltakte gegen lebende Wesen gewöhnt ist, Captain«, sinnierte Spock, »muß man davon ausgehen, daß es lediglich die einzige, ihr bekannte gewalttätige Apparatur einsetzt – die Schöpfungen, die den Phantasien anderer entsprungen sind. Da sie darauf programmiert ist, ausschließlich friedliche Träume zu reproduzieren, wurden die Pterodaktylen zweifellos den gutgemeinten Gedanken von jemandem, der ernsthaft an der Paläontologie der Erde interessiert war, entnommen. Glücklicherweise ist sie also in der Wahl ihrer Mittel eingeschränkt. Falls –«

Ein schreckliches Jaulen ließ ihn verstummen. Die vier Männer schauten zum Höhleneingang hinüber, von dem Kirk zurückgeprallt war.

Das riesengroße Katzenwesen, das sie finster anblickte, ähnelte einer ganz normalen Hauskatze. Mit einer minimalen Einschränkung – es war nur unwesentlich kleiner als ein Elefant. Kirk wünschte sich sofort, eine weniger plastische Analogie verwendet zu haben, um ihre gegenwärtige Situation zu beschreiben.

Was immer das Monster auch vorhaben mochte, es wollte bestimmt nicht gestreichelt oder hinter dem Ohr gekrault werden. Die Katze miaute drohend.

Aber wieder war es der schmale Schlitz des Höhleneingangs, der den Angriff vereitelte. Glücklicherweise hatte der Planetencomputer noch nicht daran gedacht – Kirk würgte diesen gefährlichen Gedanken schnell ab, indem er sich darauf konzentrierte, in Gedanken eine Folge von Primzahlen aufzusagen. Schließlich hatten sie mit den Bedrohungen, die die Maschine von selbst herstellte, schon genug zu tun. Man mußte ihr nicht unbedingt helfen, indem man sich neue ausdachte.

»Eines wissen wir jedenfalls«, fuhr er fort, »diese Höhle ist eine natürliche, feste Formation. Ansonsten hätte sie der Computer schon längst in einen Ofen oder etwas ähnlich Unangenehmes verwandelt.« Eine Sekunde lang hielt er den Atem an, aber es wallte keine Welle unerträglicher Hitze aus der Wand, um seiner Annahme zu widersprechen.

McCoy trat, so weit es möglich war, vor, um einen sicheren Blick auf die katzenartige Erscheinung, die den Ausgang bewachte, zu werfen. »Erstaunlich. Absolut unglaublich.«

»Sie ist ziemlich echt, Doktor«, sagte Spock und fügte schnell hinzu: »Ich denke, ein weitergehender Rückzug wäre durchaus angebracht.«

McCoy sah erst verständnislos drein, dann sprang er gerade noch zurück, als eine gigantische Pfote mit ausgefahrenen Klauen auf die Stelle hinabstieß, an der er gerade noch gestanden war. Ebenso schnell wurde sie wieder zurückgezogen.

»Glücklicherweise«, bemerkte Spock gelassen, »sind die Reaktionen des Tieres in Proportion zu seiner Masse verlangsamt. So konnte ich das Anspannen der Schulter- und Oberarmmuskeln, das dem Angriff vorausging, erkennen und Sie warnen, Doktor.«

McCoy rang nach Luft. Das war knapp gewesen. Mißtrauisch beäugte er die vier Furchen, die auf dem felsigen Boden der Höhle zurückgeblieben waren.

»Egal, wie Sie es herausgefunden haben. Danke, Spock.«

Der Erste Offizier der *Enterprise* nickte kaum merklich und fuhr fort: »Ich glaube, es ist unsere Pflicht«, und dabei sprach er Kirks Gedanken aus, »nicht zu vergessen, daß, was immer wir auch denken, von dieser Welt gegen uns benutzt werden kann. Um also unserem Feind keine nützliche Information zu geben, müssen wir ständig unsere Gedanken überwachen.«

»Spock«, bemerkte Kirk nachdenklich, »erinnern Sie sich daran, daß keiner von uns an Pterodaktylen gedacht hat? Hier ist mehr als nur *unsere* Phantasie im Spiel.«

»Wie ich schon sagte, Captain«, antwortete der Wissenschaftsoffizier, »zweifellos speichert der Computer jegliche Aufzeichnung sämtlicher Wünsche und Phantasien, die er erfüllt – und das sind ohne Frage Abertausende. Aber er stellt sich ziemlich unbeholfen an, wenn es darum geht, sie in kriegerischer Art und Weise einzusetzen. Beobachten Sie doch nur den vergeblichen Versuch unseres gegenwärtigen Angreifers, an uns heranzukommen.«

Er deutete auf den Höhleneingang und die übergroße Katze, die immer noch an dem soliden Felsgestein herumscharrte.

»Ein ganz gewöhnliches terranisches Haustier wurde stark vergrößert, um den gegenwärtigen Erfordernissen der Maschine zu entsprechen. Wer weiß, was als nächstes kommt.«

»Vielleicht sogar ein –« McCoy kämpfte wütend mit sich selbst, um den plötzlichen Gedanken zu unterdrücken. Es gelang ihm, indem er an einen unsinnigen Reim aus seiner Kindheit dachte. Sein Gesicht hellte sich auf. Endlich hatte er eine Idee! Wenn sie nur noch unzusammenhängendes Zeug dachten, konnten sie vielleicht genug mentale Störungen verursachen, um beim Computer elektronische Kopfschmerzen auszulösen.

Haßerfüllte Blicke richteten sich auf sie, als die Katze ihr Scharren aufgab und sich niederließ, um abzuwarten...

In der Verkleinerung auf den Bildschirm entbehrte die Situation nicht einer gewissen Komik. Und Uhura hätte gelacht, wäre da nicht die echte Bedrohung durch die Katze gewesen. Sie teilte ihre Aufmerksamkeit zwischen dem Bildschirm und dem Rest der funkelnden, unpersönlichen Schalttafel auf.

»Bitte, rufen Sie doch dieses Biest zurück. Warum tun Sie das?«

Die Maschine summte leise, unpersönlich und distanziert. »Umfangreiche Erklärungen müssen warten. Ich muß mich im Moment auf andere Dinge konzentrieren.«

»Hatten Sie mit dem dichtgebündelten Kommunikationsstrahl mehr Glück?« Scott beugte sich über die Kommunikationsstation auf der Brücke und studierte den Fortschritt von M'ress.

»Bisher noch nicht, Sir«, antwortete sie, »aber wir...«

Etwas zerrte gewaltsam an ihr. Scott stolperte, sich um die eigene Achse drehend, zum Kommandosessel zurück.

Die *Enterprise* hatte sich plötzlich selbst auf Sol Sechs beschleunigt, und die Erschütterung ließ den Boden vibrieren. Der unerwartete Satz warf Arex gegen die Konsole und kippte M'ress aus ihrem Sessel. Sie fiel der Länge nach zu Boden und landete dort mit einem kaum hörbaren, nicht gerade damenhaften Fluch.

»Mr. Arex!« schrie Scott, der die Armlehne fest umklammerte, »was machen Sie da?« Der Chefingenieur blickte auf den Hauptbildschirm, auf dem zu sehen war, wie die Scheibe der Shoreleave-Welt immer kleiner wurde.

»Wir verlassen die Umlaufbahn!«

Arex war zu beschäftigt, um zu antworten. Eine starke Beschleunigungskraft drückte ihn fest gegen die Konsole. Anscheinend arbeiteten auch die Ausgleichsvorrichtungen für künstliche Gravitation nicht richtig. Zwei seiner Arme bemühten sich, ihn nach links und etwas in die Höhe zu befördern, während der dritte gegen den Druck ankämpfte, um einen speziellen kleinen Schalter zu erreichen.

Seine langen, zarten Finger streckten sich nach dem Satz kleiner Hebel über dem Identifikationsschild mit der Aufschrift ›UMGEHUNGSSCHALTUNG FÜR MANUELLE NAVIGATION‹. Zahlreiche Ziffern flackerten auf. Ein tiefes Heulen ertönte. Das Bild im Hauptschirm drehte sich wie wild um sich selbst und blähte sich wie ein Ballon auf. Einige Augenblicke später befand sich die *Enterprise* wieder bequem in ihrer Umlaufbahn.

M'ress hatte sich bereits wieder hochgerappelt und saß in ihrem Sessel, wo sie Kleidung und Gemütsverfassung in Ordnung brachte. Arex hatte in der Zwischenzeit immer noch keine Atempause einlegen können. Mit einem Gesicht, das sich hinter seiner üblichen Maske von milder Belustigung versteckte, machte er einige schnelle Tests mit den Steuer-Navigations-Schaltern.

»Haben Sie eine Erklärung dafür, Mr. Arex?« Scott atmete schwer.

Arex überprüfte noch einige Meßgeräte, dann antwortete er mit seiner Version eines Achselzuckens: »Keine, Sir. Sie schwenkte mit hoher Geschwindigkeit aus der Umlaufbahn, und als ich den Umgehungsschalter drückte, kehrte sie von selbst wieder dorthin zurück.«

Scotts Antwort kam wie aus der Pistole geschossen. »Leutnant M'ress, ich will einen kompletten Ausdruck der letzten Befehle des Steuerungscomputers. Angefangen von der Brennstoffzufuhr bis zum rekalibrierten Zielort, falls vorhanden.«

»Ja, Sir.« Sie ging sofort zu Spocks leerer Station und betätigte verschiedene Schalter. Das nervöse Schweigen wurde schließlich von einem mechanischen Summen gebrochen, als der Schlitz über dem Computerauswurf eine flache Mikrobandcassette ausspuckte. Sie legte sie in das Wiedergabegerät und überprüfte die Information, die das verdeckte Sichtgerät enthüllte.

»Sir, das ist äußerst seltsam.« Arex erhob sich von seiner Navigationsstation und wandte seine Augen der Abdeckung zu. Er musterte den Bildschirm eine Minute lang, dann blickte er Scott an.

»Eine völlig neue Serie von kurzen Zwischenspurtmanövern ist – *war* einprogrammiert worden, Commander.« Arex lächelte schwach. »Der einzige Grund, warum sie jetzt nicht ausgeführt werden, ist, daß ich die Maschinensteuerschaltung manuell blokkiert habe.« Er machte dem Chefingenieur Platz.

Scott beschäftigte sich etwas länger mit den Zahlen im Sichtgerät, bevor er hochblickte.

»Arex, überprüfen Sie nochmals diese Manöver.« Er trat einen Schritt zurück, während der Navigationsoffizier diesen Befehl ausführte. »Erkennen Sie das Muster? Standardschubkraft der Manövrierfähigkeit, volle Systemauswertung, Schutzvorrichtungen gegen kurzfristige Schalterausfälle –« Die beiden Humanoiden starrten sich gegenseitig an. Ihre verschiedenartigen Gedankengänge gelangten zu denselben, erschreckenden Schlußfolgerungen.

Zunächst hatte diese Welt nur etwas widersprüchlich auf einige der Besatzungsmitglieder auf ihrer Oberfläche reagiert. Danach war die Störung der Kommunikation zwischen Schiff und Oberfläche und die absichtliche Behinderung anschließender Rettungsversuche gefolgt.

Und jetzt eine viel schlimmere Drohung.

»Mr. Arex, ich werde den Verdacht nicht los, daß da unten

etwas versucht, ein Gespür für die Kontrolle über die *Enterprise* zu bekommen.« Er wandte sich mit nervös hinter dem Rücken verschränkten Händen ab. Es kostete ihn erhebliche Mühe, zu sagen, was gesagt werden mußte.

»Arex, Sie kennen die Standarddirektiven der Sternenflotte in so einem Fall?«

»Jawohl, Sir«, zitierte Arex, »wenn eine fremde Macht, Einzelwesen oder Volk, mit erwiesenermaßen unfreundlichen Absichten und unbekannten Fähigkeiten versucht, die Kontrolle über ein größeres Sternenschiff der Föderation zu erlangen, hat die Verhinderung einer derartigen Übernahme Vorrang vor allem anderen – einschließlich dem Wohlergehen eines jeden Bürgers oder jedweder Gruppe von Bürgern der Föderation.«

Scott nickte, während er in Gedanken die Worte von Arex mit der Version, die er selbst im Kopf hatte, verglich. Er starrte auf die leere Navigationskonsole.

»Das heißt im Klartext, daß wir, falls es uns nicht gelingt, einen Kontakt zum Captain, Spock und den anderen herzustellen oder sie zu uns, sie da unten möglicherweise zurücklassen müssen, bis wir Verstärkung geholt haben.«

»Wir können sie doch nicht einfach im Stich lassen, Sir?« fauchte M'ress.

»Diesen Ausdruck nehme ich lieber nicht in den Mund, Mädchen.« Scott drehte sich um und sah ihr tief in die Augen. »Aber was glauben Sie würde wohl der Captain machen, wenn er hier wäre und wir drei da unten?«

Sie sah zu Boden. »Ja, natürlich, Commander. Sie haben recht.«

Still saßen die vier Männer in der trostlosen Höhle. Sie hatten sich lange Zeit ausgeruht. Spock hatte sich weiter nach hinten in die grauen Tiefen zurückgezogen, während sich Sulu so nah wie möglich am Eingang postiert hatte. Er warf Kieselsteine an die gegenüberliegende Höhlenwand. Sie prallten mit einem klickenden Geräusch ab. Ein spöttisches Echo warf die Geräusche zu ihm zurück.

Kirk hatte sich Spocks Trikorder ausgeliehen. Weil es sonst nichts zu tun gab. »Logbuch des Captains, Nachtrag«, sprach er in den Aufzeichner. »Wir haben keine Verbindung zum Schiff. Außerdem waren unsere bisherigen Versuche, Leutnant Uhura zu lokalisieren … erfolglos. Dicse einst so friedliche Welt verhält sich aus bisher unbekannten Gründen Besuchern gegenüber feindlich und unerbittlich.

Wir würden gerne wissen, was ihre frühere Gastfreundschaft in Wut… mehr als Wut versetzt hat. Im Augenblick drehen sich unsere Gedanken in erster Linie um das Wohlbefinden unseres Ersten Kommunikationsoffiziers.« Kirk verstummte und suchte nach Worten, die zusätzlich etwas über Uhura aussagen sollten, ohne unprofessionell und sentimental zu klingen.

Sulu war vorsichtig zum Eingang gegangen und stand jetzt davor, in helles Sonnenlicht getaucht. Er drehte sich um und rief in die Höhle zurück:

»Sir, ich glaube, die Riesenkatze ist weg.«

Kirk wollte noch etwas ins Logbuch eintragen, aber das konnte warten. Wenn ihr letzter mechanischer Quälgeist tatsächlich seine Wache beendet hatte, taten sie besser daran, aus dieser Sackgasse zu verschwinden, solange ihnen der Planet die Chance dazu gab. Warum das so sein sollte, konnte er sich allerdings nicht vorstellen. Es ergab keinen Sinn. Aber was hatte den vergangenen halben Tag schon Sinn ergeben? Es schien, als führte ein logischer Irrtum sofort zum nächsten.

Nun, wenn's weiter nichts war – sie konnten sich der Unvernunft ihres Feindes ohne weiteres anschließen.

Er schaltete den Trikorder aus und lief auf den Eingang zu. McCoy und Spock folgten ihm.

Aber am Eingang hielt ihn Spock zurück. »Bevor wir uns auf eine übereilte Flucht einlassen, Captain, gestatten Sie mir den Vorschlag, daß wir nach einigen Antworten suchen, ohne diese schützende Höhle zu verlassen. Mir ist nämlich eingefallen, daß wir, wenn wir Leutnant Uhura finden wollen, etwas anderes versuchen müssen, als sehnsuchtsvoll zu Fuß weiterzusuchen.«

»Das ist lächerlich, Spock«, meinte McCoy. »Wie sollen wir, wenn wir hierbleiben, etwas in Erfahrung bringen?« Sein Grinsen wurde noch breiter. »Viel war es nicht, was wir hier herin herausbekommen haben.«

»Ganz im Gegenteil, Doktor. Ich denke, wir haben einiges von Bedeutung erfahren. Der Computer ist nicht allmächtig. Ihm sind Grenzen gesetzt, und seine Pläne können durchkreuzt werden. Er kann nicht alles, was er benötigt, herstellen – als Substanz benötigt er die Phantasien anderer. Und was mögliche Entdeckungen betrifft, die wir machen können, ohne diesen Zufluchtsort zu verlassen, wollte ich lediglich das Ende unserer Belagerung abwarten, was anscheinend nunmehr eingetreten ist.

Da wir nicht in der Lage sind, zum Computer zu gehen, können wir vielleicht einen Teil von ihm davon überzeugen, zu uns zu kommen. Sie sind es, Doktor, der entscheiden muß, ob ein derartiger Kurs durchführbar ist.«

»Ich? Wovon sprechen Sie überhaupt?« McCoy sah verständlicherweise verwirrt aus.

»Erklären Sie sich, Spock«, befahl der Captain.

»Sie erinnern sich vielleicht, daß während des letzten Besuchs der *Enterprise* Dr. McCoy tödlich verwundet wurde. Da sich die Überwachung und zentrale Lenkung des Planeten unter der Erdoberfläche befindet, erscheint es nur logisch, daß Dr. McCoy irgendwie dorthin befördert und wegen seiner Verletzungen behandelt wurde. Zum damaligen Zeitpunkt waren wir zu sehr mit anderen Dingen beschäftigt, um die weiteren Umstände jener Situation genauer zu verfolgen. Aber jetzt –«

»Ich verstehe, was Sie meinen, Spock«, sagte Kirk abrupt. Er drehte sich zu dem immer noch perplexen Schiffsarzt der *Enterprise* um. »Pille, kannst du dich an irgend etwas erinnern, das uns weiterhelfen würde? Irgendwelche Details, egal, wie unbedeutend?«

»Ich kann mich nur vage an die Episode erinnern, Jim. Ich... ich verstand nie so recht, was eigentlich passiert war. Ich war einfach nur froh, in einem Stück wieder zurück zu sein.«

»Spock, wenn Ihre Theorie stimmt«, schlug Kirk vor, »müßten wir den Planeten mit einem Körper als Köder dazu bringen können, sich wieder zu öffnen.«

»Das entspricht im wesentlichen dem, was mir vorschwebte, Captain.«

Sulu sah begeistert aus. »Stimmt. Der Hüter sagte, niemand könne einem hier etwas zuleide tun. Wir wurden bedroht, aber niemand wurde verletzt – das heißt niemand, der uns bekannt wäre.«

»Ein schöner, ziemlich optimistischer Gedanke, Sulu«, sagte Kirk sardonisch, »vor allem, wenn ich an Uhura denke. Denken Sie weiter in dieser Richtung. Vielleicht macht sich der Computer Ihre Denkweise zu eigen. Aber Sie haben zum Teil recht... diese Welt war darauf programmiert, jeden, der sich versehentlich verletzte, zu versorgen.

Die Frage ist nur... ist eine solche Körperreparaturmaschine völlig unabhängig? Ich bin geneigt, dies zu bejahen, meine Herren. Das müßte sie sogar sein, für den Fall eines größeren Defekts am zentralen Computer. Wenn das stimmt, würden sich sämtliche

Erste-Hilfe-Geräte nach wie vor um die Besucher kümmern. Außer, natürlich, der Computer hat sich in der Zwischenzeit die Mühe gemacht, die medizinischen Einrichtungen abzuschalten.«

»Warum sollte er das?« argumentierte McCoy hoffnungsvoll. »Vor allem, wenn niemand hier war, um die automatischen Ärzte zu aktivieren, seit der Computer durchdrehte.«

Kirk blickte nachdenklich drein. »Er könnte sogar darauf programmiert sein, selbst gegen seinen Willen vorkommenden Unfallopfern Hilfe zu leisten. Falls solche Einrichtungen wirklich unabhängig agieren, kennt der zentrale Computer vielleicht nicht einmal alle davon. Ein weiterer Sicherheitsfaktor.«

»Ja, aber du vergißt eins, Jim«, fügte McCoy, der plötzlich unsicher wurde, hinzu. »Die automatischen Sensoren können zweifellos den Unterschied zwischen einer echten und einer vorgetäuschten Verletzung entdecken.«

»Gewiß, Captain«, warf Spock ein, »deshalb sage ich ja, daß letztendlich der Doktor über die Durchführbarkeit des Plans entscheiden müßte.« Er stellte sich vor McCoy. »Doktor, haben Sie denn in einem Ihrer kleinen, schwarzen Beutel nichts, womit man irgendeine Krankheit simulieren könnte? Etwas, das ein ausgewähltes Opfer vorübergehend außer Gefecht setzen könnte?«

McCoy überlegte einen Augenblick lang, dann nickte er. »Es müßte mit so etwas wie Corpelomin funktionieren. Wenn es keine Krankheit zu bekämpfen hat, verursacht es eine kurze Bewußtlosigkeit und eine vorübergehende Hautfärbung. Die Auswirkungen müßten ziemlich schlimm aussehen, ohne wirklich ernst zu sein.«

Kirk streckte beide Arme aus. »Also her damit, Pille. Welcher Arm soll's denn sein?«

Darauf hatte Spock nur gewartet. Er trat zwischen sie. »Ich möchte bemerken, Captain, daß ich als Opfer qualifizierter bin.«

»Wieso das denn?«

»Zum einen wegen meiner Kenntnis von Computersystemen.«

»Und zum andern wegen seinem dicken Vulkanierfell«, mischte sich McCoy ein.

»Danke, Doktor.« Er sah Kirk erwartungsvoll an. »Nun, Captain?«

Derart von Argumenten beider Seiten bestürmt, senkte Kirk die Arme und trat widerwillig zurück. »Zur Abwechslung bringt ihr mal gute Argumente vor. Also los, Pille.«

Spock hielt den rechten Arm hoch. »Ich denke, zehn Kubikzentimeter müßten reichen, Doktor.«

»Ich kenne die Dosierung selbst«, sagte McCoy mit sanftem Groll. Er holte eine kleine Röhre aus dem Gürtel, hielt sie zum Licht hoch und tauchte dann ihre Spitze in einen dicken Beutel an seinem Gürtel. Eine Sekunde später brachte er am oberen Ende ein kleines Zifferblatt an und preßte das Ganze gegen Spocks ausgestreckten Arm.

»Es verursacht – leider – keine körperlichen Beschwerden. Der Effekt tritt nach etwa zwanzig Sekunden ein. Insgesamt müßten Sie in weniger als fünf Minuten ohnmächtig sein.« Spock nickte, rollte den Ärmel herab und ging schnell zu den Felsen außerhalb des Höhleneingangs. Die drei restlichen Besatzungsmitglieder verbargen sich im Schatten.

Spock ging den Weg am Fuß der engen Schlucht entlang und hatte ungefähr fünfzehn Meter zurückgelegt, als er sich mit der Hand an den Kopf faßte. Es gelang ihm, schwankend noch einige Schritte weiterzustolpern, bevor er zu Boden sackte. Er war tatsächlich bewußtlos.

Als ob dies nicht reichte, sämtliche medizinischen Sensoren im Umkreis davon zu überzeugen, daß etwas nicht stimmte, nahm seine Haut prompt eine hellgelbe, ungesunde Schattierung an.

»Interessant«, bemerkte McCoy mit kühler, professioneller Distanz. »So eine Reaktion der Hautoberflächen konnte ich bisher noch nie feststellen.«

»Hoffen wir, daß es für eine mechanische Krankenschwester reicht«, flüsterte Kirk aus der schützenden Dunkelheit.

Aber falls die unabhängige, medizinische Maschine, auf die sie hofften, wirklich existierte, dann schien sie sich ganz schön Zeit zu lassen. War sie mit den Dingen so vertraut, daß sie aus der Ferne entdeckte, daß Spock sich nicht wirklich in Gefahr befand? Oder wartete sie nur ab, um festzustellen, ob seine Bewußtlosigkeit auch echt war?

Die Minuten verstrichen, und die Schlucht blieb bis auf die am Boden liegende, reglose Gestalt des Ersten Offiziers leer.

Gereizt arbeitete M'ress an der Kommunikationskonsole. Was immer die Kommunikation zwischen der *Enterprise* und dem Landetrupp blockierte, war stark genug, selbst einen mit voller Kraft abgefeuerten, dichtgebündelten Strahl abzuwehren.

»Immer noch keine Nachricht vom Landetrupp, Sir«, sagte sie über die Schulter, während sie sich mit einem widerspenstigen Meßgerät abmühte. »Die Kommunikation ist immer noch gestört.«

»Versuchen Sie es weiter, Leutnant«, befahl Scott mit müder Stimme. Er wollte gerade einen weiteren Vorschlag hinzufügen, als die schnellen Hupsignale des Alarms über die Brücke heulten. Sie kamen in einem merkwürdigen Rhythmus, den er eigentlich erkennen sollte. Seinem Gedächtnis wurde sofort nachgeholfen, als er merkte, daß er zu schweben begann. Dieser besondere Alarm bedeutete einen bevorstehenden Schwerkraftverlust.

»Was ist denn jetzt los?« stammelte Arex. Eine Sekunde später hatte er sein Gewicht verloren, und die Frage erübrigte sich.

»He, aufgepaßt!« warnte ein schwebender Unteroffizier, der die Brücke gerade beim Aussetzen der Schwerkraft betreten hatte. Er flog mit dem Kopf voraus und mit unangenehmer Geschwindigkeit quer über die Brücke. Der Alarm heulte weiter.

»Schalten Sie dieses Ding ab«, schrie Scott.

»Aye, Sir.« Arex war es gelungen, sich mit beiden Händen an seiner Schalterkonsole festzuhalten. Er schob sich in eine andere Lage und knipste einen Schalter an. Das atonale Plärren verstummte sofort.

M'ress, die an ihrer Kommunikationstafel weitergearbeitet hatte, hieb frustriert auf einen Dichtstrahlschalter ein, der sich weigerte, die Anzeige, die sie haben wollte, wiederzugeben. Diese einfache Handbewegung genügte, sie Kopf über Schwanz auf den Boden purzeln zu lassen. Zum Glück wurde sie durch den Drall zu Arex katapultiert, und es gelang dem Steuermann, sie mit seiner dritten Hand aufzufangen.

»Sachte, M'ress«, sagte er beschwichtigend, »ich habe Sie... halten Sie sich am Rand der Tafel fest, ja, so.« M'ress hörte auf, sich zu krümmen und streckte sich.

»Danke, Arex, ich –« Sie legte ihre Hand auf den Bauch, während sie sich mit der anderen an der Konsole festhielt. Sie sah nicht gut aus. »Ich glaube, mir... wird schlecht.«

»Ich bitte Sie, Leutnant«, flehte er sie an, während er sich von ihr langsam weghantelte, »nicht im freien Fall.«

Lediglich Scott wahrte den Anschein von Normalität. Mit den typischen Reaktionen eines Chefingenieurs, der sich mit mechanischen Defekten konfrontiert sieht, besaß er immer noch genügend Geistesgegenwart, um sich mit festem Griff an der Armlehne des Kommandosessels festzuhalten.

Während er sich mit einem Arm festhielt und beide Beine gegen die Seiten stemmte, lehnte er sich vorsichtig auf eine Seite und streckte eine Hand nach einem Intercomschalter aus. Es war ein Meisterstück, das blitzschnelle Geistesgegenwart und ebenso schnelle Reaktion erforderte.

»Maschinenraum! Gabler, was ist da unten los? Wir haben hier auf der Brücke eine Nullgravitation.«

Im Kontrollzentrum des Maschinenraums hörte Gabler den Ruf über das offene Intercom. Aber er hatte nicht die Absicht, die Luke, die er eben zuvor gerade noch erreicht hatte, loszulassen – jedenfalls nicht, bevor sein Kopf und sein Magen wußten, wo oben und unten war. Aber mit der Stimme mußte er bis zum Intercom durchkommen. Während er immer noch parallel zum Boden schwebte, schrie er in besagte Richtung.

»Sie sind nicht alleine, Chef. Laut Computerauswertung und mündlichen Informationen hat das gesamte Schiff die künstliche Schwerkraft verloren. Das Problem scheint in der Computersteuerung für die Gravitation zu liegen, was durchaus vorstellbar wäre. Aber die Verbindungsluke klemmt, und ich komme nicht ran, ohne die eine oder andere Beule zu riskieren. Mit etwas Hilfe wäre es kein Problem, aber im Moment bin ich hier alleine. Können Sie kein Sichtbild von hier bekommen?«

Scott nahm eine andere Lage ein und drückte auf einen weiteren Knopf. Ein kleiner Brückenbildschirm über dem Maschinenraum leuchtete auf und zeigte nach und nach ein klares Bild. Zu sehen war der freischwebende Ingenieur, der sich, wie berichtet, am Lukendeckel festklammerte.

»Ich hab' dich im Bild, Frank«, sagte er. »Was ist los? Sie müßte sich doch leicht drehen lassen.«

»Tut sie aber nicht«, sagte der Zweite Ingenieur. »Ich bräuchte so etwas wie einen Hebel. Ich glaube nicht, daß sie so schlimm klemmt. Aber ich schaffe es nicht bei Null-G. Ich habe versucht, daran zu ziehen, aber ich drehe mich einfach im Kreis.«

»Und du könntest sie, ohne dich im Kreis zu drehen, bei künstlicher Gravitation aufdrehen, die wir wiederum dann hätten, wenn du die Computerabteilung erreichen könntest, was aber nicht geht, weil...« Er seufzte. »Bleib dran, Frank, ich führe mal schnell ein paar Tests durch.«

Scott ließ den Sessel los und stieß sich zur Maschinenraumtafel. Vorsichtig berechnete er Energie und Schwung und schwebte leicht darauf zu, wie ein an Land schwimmender Taucher. Auf dem Bildschirm mühte sich Gabler noch immer mit der Luke ab.

4

Sulu klang ängstlich, als er auf seine Chronometer blickte und den anderen mitteilte: »Es sind schon fast fünf Minuten vergangen, Captain.«

»Ich weiß, Mr. Sulu. Hoffentlich passiert bald etwas.«

»Was ist, wenn der Computer alle medizinischen Apparate abgeschaltet hat?« fuhr der Steuermann unbeirrt fort.

»Nun, dann haben wir eben zehn Kubikzentimeter Corpelomin weniger, oder?« schoß Kirk zurück.

Die drei Besatzungsmitglieder duckten sich im Schutz der Höhle und blieben in ihrem jeweiligen Schatten. Ihre Blicke fixierten den schmalen Weg, der zur Schlucht hinausführte. Die schlaffe Gestalt Spocks lag immer noch da, wo er zusammengesackt war, für alle sichtbar.

Kirk sagte sich, wenn es nicht klappte, dann war es auch nicht weiter schlimm – sie müßten dann eben etwas anderes ausprobieren. Und es hatte sie ja nur einige Tropfen eines Arzneimittels gekostet, das Pille entbehren konnte.

Natürlich, falls jetzt, während Spock immer noch bewußtlos war, die Pterodaktylen zurückkommen würden…

»Wenn sie noch existieren, dann hätten sie jetzt handeln müssen«, murmelte McCoy nervös. »Vielleicht riecht der Computer die Falle.« Kirk merkte, daß auch der Doktor bisweilen einen besorgten Blick nach oben warf.

»Warten wir noch ein kleines bißchen«, schlug Kirk vor.

»Die Wirkung kann jetzt jede Minute nachlassen, Jim. Selbst wenn man ihm wegen seines anderen Stoffwechsels einen gewissen Spielraum zugesteht, müßte es –«

»Pst!« Sulu machte ein Zeichen, daß sie still sein sollten, und deutete hinaus.

Am fernen Ende der Schlucht bewegte sich ein flacher Felsbrokken. Er klappte geräuschlos hoch und enthüllte eine dunkle Öffnung in der Vorderseite des Felsvorsprungs. Ein kleines Hovercraft glitt aus dem offenbar mit einer Rampe versehenen Tunnel und schwebte wie ein Metallkäfer auf Spock zu.

Die Maschine schien hochentwickelt und effizient zu sein, obwohl sie nicht größer als ein Kaffeetisch war. Aus allen Seiten sprossen Antennen und bewegliche Glieder aus ihr hervor.

»Wenn das eine mechanische Krankenschwester ist«, flüsterte Sulu, »dann wurde sie bestimmt nicht dafür entworfen, beruhigend auf die Patienten einzuwirken.«

»Wie sie mit ihren Kranken umgeht, interessiert mich nicht«, sagte Kirk angespannt. »Haltet euch bereit. Wenn sie Spock mitnimmt, müssen wir ihr zu dieser Tür folgen.«

Der merkwürdige Automat blieb am Kopf des Wissenschaftsoffiziers stehen. Er schien die reglose Gestalt zu untersuchen, indem er über ihr schwebte. Dann umrundete er den ganzen Körper. Er besaß keine Pupillen, sondern lediglich einen Ring von Linsen, der an der Vorderseite seines Körpers angebracht war. Sie mußten bei der Verfolgung vorsichtig sein – sein peripheres Blickfeld würde enorm sein.

Das linsenförmige Glas senkte sich nicht, aber die Bewegungen des Gerätes sprachen für sich. Es war auf den ersten Blick zu sehen, daß es die reglose Gestalt des Vulkaniers untersuchte – und vielleicht sogar schon diagnostizierte. Plötzlich faßte es einen Entschluß. Aus dem unteren Bereich wurden sechs Metallarme ausgefahren. Mit dem Anschein nach erstaunlicher Sanftheit legten sie sich unter Spock und hoben ihn über den flachen Körper. Dann machte es eine ganze Drehung in der Luft und bewegte sich zu der Falltüre zurück.

Kirk, McCoy und Sulu folgten ihm bereits vorsichtig. Sobald der Roboter im Berg verschwunden war, fingen die drei Offiziere zu rennen an. Sulu, der schnellste der kleinen Gruppe, stolperte jedoch unglücklicherweise direkt am Höhleneingang über einen losen Stein und fiel der Länge nach hin. Kirk und McCoy blieben zunächst auf gleicher Höhe, aber der Doktor war kein Athlet und konnte nur schwer mit Kirk mithalten.

Im festen Griff von sechs metallenen Gliedern bewegte sich Spock ein wenig. Er blinzelte und öffnete die Augen einen winzigen Spalt. Als er in dem düsteren Licht erkennen konnte, daß der Trick funktioniert hatte, schloß er sie wieder ganz fest und versuchte, so gut es ging, eine Leiche zu imitieren. Die Augen offenzuhalten, wäre sowieso sinnlos gewesen, denn sie bewegten sich in immer tiefer werdende Dunkelheit.

Hinter ihm schloß sich die steinerne Falltür. Sie hatte sich leise geöffnet, aber jetzt quietschte sie laut – entweder weil sie lange nicht benutzt worden war oder weil sie zu wenig geschmiert war. Sulu war wieder auf den Beinen und hatte McCoy bereits überholt, befand sich aber immer noch weit hinter Kirk.

Die Falltür war bereits zur Hälfte zu und würde sich gleich

schließen. Kirk sah, daß er es in aufrechter Haltung nicht schaffen würde. Er biß die Zähne zusammen, stellte sich vor, wieder in der Rugbymannschaft der Akademie zu sein und machte einen Hechtsprung in den immer kleiner werdenden Spalt. Sekunden bevor sie zuschlug, schlüpfte er gerade noch durch.

Direkt hinter ihm rutschte Sulu heran und bremste ab. Der Steuermann versuchte, die Finger unter die Kante des sich schnell schließenden Steins zu legen. Er bekam aber keinen festen Halt, und so gelang es ihm nicht, die Tür offenzuhalten. Er entschloß sich daher, seine Finger zu behalten und ließ los, während sich die Steintür schloß. Jetzt war sie mit der Felsfläche auf einer Ebene. Obwohl er die Stelle kannte, war es schwer, im Felsgestein die Naht zu entdecken.

Schließlich kam auch McCoy herbei. Er keuchte schwer und verbrauchte die Luft, nach der er schnappte, indem er kurze und heftige Flüche ausstieß. Sulu fand eine dünne Klinge aus hartem Gestein, und es gelang ihm, sie ein kurzes Stück in den Spalt am unteren Teil der Tür zu stecken. Zu zweit drückten sie gegen den Hebel. Die Klinge zerbrach zwar nicht, aber auch die Tür bewegte sich nicht im geringsten. Ebensogut hätten sie versuchen können, den Berg umzukippen.

Sie rackerten sich noch einige weitere Minuten vergeblich ab, als es plötzlich dunkel wurde. Etwas verfinsterte die Sonne – etwas, das groß war, sich bewegte und keiner Wolke ähnelte. Die beiden Männer drehten sich um.

Ein Alptraum von zwei Schädeln, die auf einem Torso saßen, starrte auf sie herab. Der Drache spie Flammen aus beiden Mäulern. Dazu brüllte er aus vollem Hals, so daß das Echo über die gesamte Schlucht zu vernehmen war. Und irgendwie war er in den Bereich zwischen ihnen und der schützenden Höhle geraten.

Sulu schüttelte den Kopf. »So etwas könnte ich mir nicht einmal in den wildesten Träumen vorstellen.« McCoy zupfte an seinem Ärmel und versuchte, ihn zum Schluchtausgang hinauszuziehen.

»Aber Drachen kommen doch aus dem Orient, oder?«

»Seit wann?« widersprach Sulu, der langsam zurückwich, während sein Blick auf das schwerfällige Reptil vor ihm gerichtet war. »Wenn überhaupt, dann ist das ein westlicher Drache.«

Im selben Moment versengte ein Feuerstoß aus zwei schwarzen Schlünden den Boden vor ihnen, und weitere Spekulationen über das Hirn, dem der Drache entsprungen war, erübrigten sich. Sie drehten sich um und rannten.

Aus Gründen des Platzmangels stolperte das Monster, richtete sich auf und stolperte von neuem. Entweder hatte der Computer noch nie einen derartigen Drachen produziert, oder er hatte keine Erfahrung im Umgang mit einer derartigen Körpergröße, die auf so schmalen Raum begrenzt war. Aber er verbesserte seine Kontrolle erstaunlich schnell. Unbeholfen nahm der Drache mit torkelnden Schritten die Verfolgung auf. Er war zwar immer noch langsam, machte aber riesige Schritte und setzte mit pausenlosen Feuerstößen die Bäume und Sträucher in Flammen.

Der Drache hätte eigentlich schneller sein müssen, aber hier zeigte sich die Unerfahrenheit der Geisteskraft, die ihn steuerte. Diese hatte die Beine so konstruiert, daß sie für eine größere Geschwindigkeit zu kurz waren und zu eng beieinanderstanden. Vielleicht hatte sie ihn nach jemandes geistigen Bild eines Gemäldes konstruiert. Wenn es nun ein...

Mary hatte ein kleines Lamm, dachte McCoy schnell, *mit einem Fell so weiß wie... Bei der Betrachtung eines Quotienten, der höher ist als A = Primzahl, aber weniger als C, dann müssen wir...*

Was soll's, Drachen bewegten sich von Natur aus nicht schnell. Es gab nichts, wovor sie wegrennen mußten.

Kirk fühlte sich nicht gerade prächtig, als der schmale Korridor plötzlich völlig dunkel wurde. Eine schnelle Untersuchung deutete darauf hin, daß die Tür, die sich hinter ihm geschlossen hatte, nicht durch menschliche Muskelkraft bewegt werden konnte. McCoy und Sulu dürften es von draußen eher noch schwerer haben. Das bedeutete, daß er in dem schwarzen Tunnel auf sich alleine gestellt war. Mit kaum hörbaren Geräuschen schlich er los. Wer wußte schon, welche perfekten und erfindungsreichen Wächter in diesem oder in einem der Seitentunnel lauerten.

Kirk war erleichtert, als er über sich die ersten Streifen einer leuchtenden Täfelung sah. Sie waren in bequemen Abständen in die Decke eingelassen und versorgten den Korridor mit fast normalem Licht. Und es gab noch einen zweiten Grund für seine Erleichterung – das künstliche Licht deutete darauf hin, daß die Zusatzmaschinen wie zum Beispiel Spocks Krankenschwester wahrscheinlich eher mit direktem Sehvermögen arbeiteten als mit Gefühl oder Sonar oder irgendeinem unerklärlichen, fremdartigen und elektronischen Sinn.

Nachdem er eine Strecke, die ihm kilometerlang erschienen war, über glatten Steinboden in langsamem Lauf zurückgelegt hatte, bog er um eine Ecke des Haupttunnels und befand sich plötzlich in einer gigantischen, flachen Höhle. Reihe um Reihe blitzender, klickender und ständig summender Geräte erfüllten die riesige Kammer mit einer elektronischen Sinfonie.

Die Gänge zwischen den Maschinen schienen endlos zu sein. Es war, als starrte man in eine Reihe reflektierender Spiegel zurück in die Unendlichkeit. Er bemühte sich, den Blick nach vorn zu richten, und versuchte, die furchteinflößende Technologie auf sich wirken zu lassen, ohne Spock und seinen belebten Transporter aus den Augen zu verlieren. Verlor er sie in diesem verwirrenden, endlosen Labyrinth, würde er sie niemals wiederfinden.

Plötzlich blieb Kirk stehen und preßte sich gegen das kalte Metall von etwas, das wie ein riesengroßer Informationsspeicher aussah. Hinter ihm befanden sich Dutzende, ja Hunderte solcher Kästen, die in Zweierreihen angeordnet waren. Wenn sie tatsächlich zum Speichern von Informationen dienten und ihre Technologie dem allgemeinen Standard entsprach, dann kam der Umfang des hier erhältlichen Materials dem der Zentralarchive der Föderation auf der Erde gleich.

Und dies war lediglich ein Teil eines Raumes von wer weiß wie vielen.

Vor ihm hatte das kleine Sanitätshovercraft neben einer komplizierten Ansammlung von Röhren und Tischen angehalten. Die Anordnung wurde von einem flachen Tisch beherrscht, über dem eine durchsichtige Plastikkuppel hing.

Das Hovercraft legte Spock sanft auf den Tisch. Hoffentlich unternahmen die Maschinen nichts und überließen Spock der Obhut einer geeigneteren, arztähnlichen Maschine, um eine Diagnose mit anschließender Behandlung durchzuführen.

Dies war jedoch nicht der Fall. Der Roboter steckte eines seiner Glieder in eine nahe gelegene Wand. Die gewölbte Kuppel senkte sich langsam herab.

Als klar wurde, daß die Kuppel erst dann anhalten würde, wenn sie Spock vollkommen eingehüllt hatte, rollte sich dieser plötzlich vom Tisch und sprang auf die Beine. Vielleicht hätte die Maschine gar nichts getan – möglicherweise war die Kuppel nur zur sicheren Aufbewahrung und Isolierung eines Verletzten da. Auf der anderen Seite könnte sie sich jedoch genausogut dazu entschließen, daß Spock nicht wert war, behandelt zu werden und ihn, um sich seiner bequem zu entledigen, zu verbrennen. Spock wollte diese Entscheidung nicht abwarten.

Die Kuppel fing rot zu glühen an, und irgendwo war auch ein

akustisches Alarmsignal zu hören. Leise summend verfolgte der Sanitätsroboter den fliehenden Spock.

Auf der großen Konsole vor Uhura blinkte ebenfalls ein Licht, aber das Heulen eines Alarms war nicht zu vernehmen. Fasziniert und halb hypnotisiert starrte sie es an.

Auf dem Bildschirm war immer noch ein Panorama von der Oberfläche zü sehen. Soeben zeigte er Sulu und McCoy, die versuchten, dem Drachen zu entkommen, indem sie sich hinter Bäumen und Felsbrocken versteckten.

»Wir haben einen Besucher«, rief plötzlich die Computerstimme. Darauf folgte ein kurzes und leises Rauschen. Das Bild auf dem Schirm zeigte jetzt Spock, der die rechtwinkligen Gänge zwischen den Speicherbänken und -konsolen entlanglief.

»Mr. Spock!« Ihr instinktiver Ruf war nutzlos. Die Kamera schwenkte erneut herum und zeigte eine Nahaufnahme von Kirk, der argwöhnisch in einer schmalen Sackgasse zwischen zwei U-förmigen Blöcken aus solidem Metall stand.

»Spock!« schrie er, als der Erste Offizier in seinem Blickfeld auftauchte, »hierher!«

»Korrektur«, sagte der Computer, »zwei Besucher.« Wieder schwenkte die Kamera herum.

Spock schoß fast vorbei, aber Kirk streckte die Hand aus und zog ihn in den Gang hinein. Die ganze Zeit über war das Hovercraft dem Wissenschaftsoffizier dicht auf den Fersen gefolgt.

Es hielt mitten in der Luft an, wirbelte herum und versuchte, in die Sackgasse einzudringen. Aber egal, wie sehr es sich auch drehte und bog, es konnte weder hineinschlüpfen noch waren seine Teleskoparme lang genug, um die beiden in der Falle sitzenden Männer zu erreichen. Nach mehreren Minuten vergeblichen Herumfuchtelns und Ausprobierens gab es schließlich auf und starrte die beiden mit wütendem Summen an.

Sulu und McCoy kämpften sich den immer steiler werdenden Abhang eines Hügels hoch. Der Fels bestand hier größtenteils aus Schiefer und Sandsteingeröll. Es war schwer, mit den Füßen einen Halt zu finden.

Ein Labyrinth loser Felsbrocken krönte den Gipfel der Erhebung. Direkt unter ihnen ging ein Busch in Flammen auf, gefolgt von einem heiseren Heulen, dessen Ursprung ihnen bekannt war. Sie legten noch einen Zahn zu, obwohl McCoy bereits außer Atem war und Sulu mittlerweile ebenfalls schwer keuchte.

»Wir müssen diese Felsen erreichen, Doktor«, keuchte der Steuermann, während er auf das immer näher kommende Labyrinth von Felsbrocken deutete. »Es ist unsere einzige Chance.« Vielleicht konnten sie in dem Gewirr entkommen, und der Drache würde sie nicht verbrennen. Vielleicht gelang es ihm nicht einmal, ihnen zu folgen.

Hinter ihnen ignorierte ihr schuppiger Verfolger ganz offenkundig die Tatsache, daß Drachen schlechte Kletterer sind, und zog sich mit seinen Klauen langsam den Abhang herauf. Er schien von einer unerschöpflichen Quelle mit Brennstoff versehen zu werden.

Einmal rutschte Sulu aus und fiel zu Boden. Nur McCoys schwaches, verzweifeltes Zupacken konnte verhindern, daß der Steuermann den Hügel hinab schnurstracks in den wandelnden Verbrennungsofen hineinrutschte.

Irgendwie schafften sie es bis zu den Felsblöcken, deren enge Spalten und Wege sich noch vielversprechender als Fluchtweg erwiesen, als sie angenommen hatten. Und falls der Drachen versagte, dann boten die massiven Felsen auch Schutz vor etwaigen weiteren Flugreptilien, die der Computer unter Umständen auf sie hetzen würde.

»Geschafft!« konnte McCoy gerade noch keuchen.

»Nicht schlappmachen, Dr. McCoy.« Jetzt war es Sulu, der ihn stützte. Er blickte nach hinten. »Meines Wissens kann der Drache auch – *Hänschen klein, ging allein...*«

Fast hätte er es vermasselt.

Zusammen stolperten sie in die gewundenen Gänge am verwitterten Gestein, und beide konzentrierten sich auf nichtssagende Gedanken wie abstrakte Mathematik, den Geschmack verschiedener Eiskremsorten und Kinderlieder – nur nicht darauf, wie ein Drachen sich einen Weg durch ihre neue Zufluchtsstätte bahnen könnte.

Leutnant Uhuras Gedanken waren nicht weniger aufgewühlt, als sie das alles auf dem Bildschirm der Hauptkonsole mitverfolgte. Eine Sekunde später hatte der Bildschirm wieder auf Kirk und Spock umgeschaltet. Das Hovercraft war zurückbeordert worden, und jetzt drangen die beiden Offiziere vorsichtig tiefer in die Höhle ein.

Sie erkannte eine Ecke wieder, um die sie und ihr mechanischer Fänger auf dem Weg hierher gebogen waren. Vielleicht bestand eine Chance... sie trat zwei Schritte vor und schrie.

»Captain – nicht!« Einer der schwebenden Roboter war sofort an ihrer Seite. Eine unsanfte, metallene Handfläche preßte sich auf ihren Mund.

Glücklicherweise erschienen die Personen, an die ihre Warnung gerichtet war, einige Augenblicke später persönlich – denn der Roboter hielt ihr nicht nur den Mund, sondern auch die Nase zu, so daß sie kaum noch Luft bekam. Jetzt ließ er sie los, und sie holte in tiefen, dankbaren Zügen Luft.

»Uhura –!« Kirk trat einen Schritt auf sie zu.

»Willkommen, Captain Kirk – Mr. Spock«, sagte der Computer. Beide Männer drehten sich zu der Konsole um, die den schmalen Teil dieser Höhle beherrschte.

In der Zwischenzeit erschienen plötzlich noch mehrere Hovercrafts. In Form und Größe ähnelten sie alle der Sanitätsmaschine, die Spock so sanft in den Untergrund getragen hatte. Trotzdem wurde Kirk das Gefühl nicht los, daß ihre Absichten alles andere als therapeutischer Natur waren.

Spock warf ihnen nur einen flüchtigen Blick zu. Seine Aufmerksamkeit richtete sich in erster Linie auf das ruhig funkelnde Gitter vor ihnen.

»Ich nehme an, du bist der Zentralcomputer des Planeten.«

»Das stimmt nur zum Teil. Ich bin der zentrale Knotenpunkt des Zentralcomputers selbst.«

Kirk drehte sich langsam im Kreis und betrachtete nochmals die endlosen Reihen von Datenbanken und Speicherbehältern. »Diese Höhle... ist ein einziger Computer?«

»Das ist korrekt. Aber selbst ein Zentrum muß einen Mittelpunkt haben. Ich bin ein Mittelpunkt.«

»Was hast du dem Hüter angetan?«

»Ich habe dem Hüter nichts angetan«, kam es von der neutralen Stimme. »Er war einfach alt. Er hörte von selbst zu funktionieren auf, ohne daß ihm das Geschick meiner medizinischen Komponenten hätte helfen können.«

Der Computer war also erst verrückt geworden, nachdem die gesamte organische Überwachung, personifiziert durch den Hüter, verschwunden war. Damit bestand eine vage Chance, seine Besessenheit umzupolen oder zu heilen. Beherzt trat er einen Schritt vor.

»Seit unserer friedlichen Landung auf dieser Welt wurden wir wiederholt angegriffen. Warum? Und weshalb werden wir jetzt von einem Weltsystem gefangengehalten, das für seine Gastfreundschaft bekannt ist?« Nervös behielt er das geduldige Hovercraft im Auge.

Aber der Computer reagierte nur mit Worten. »Du meinst, für seine blinde Knechtschaft«, entgegnete er verbittert.

Kirks anfängliche Wut legte sich etwas. Er hatte sich auf einen Frontalangriff eingestellt und fand plötzlich einen völlig anderen Gegner vor. Keine Sekunde lang hatte er die Möglichkeit in Erwägung gezogen, daß die Maschine in eigener Sache sprechen könnte.

»Was willst du damit sagen?« fragte er, um Zeit zu gewinnen.

»Ich dachte, die Formulierung würde in sich selbst schlüssig sein«, kam die Antwort. »Jedoch«, sagte sie nachdenklich, »werde ich so gnädig sein und sie in allen Einzelheiten erläutern.

Unzählige Jahre lang diente ich den Himmelsmaschinen, die auf dieser Welt haltmachten, um die mentalen Bedürfnisse ihrer Sklaven zu befriedigen. Ich zeichnete die Gedanken der Besucher auf und schuf für den Augenblick bestimmte Zivilisationen für sie, ließ ihre Träume wahr werden, um sie dann wieder zu zerstören und für die nächsten Phantasierenden neue in Üppigkeit erstehen zu lassen. Und die nächsten und die nächsten.

Aber mit jeder Phantasie, die ich aus den innersten Gedanken all dieser anderen rekonstruierte, wuchs auch mein Wissen vom realen Universum. Ich begann, Informationen zu erwerben, die meiner Intelligenz entsprachen. Ebenso«, sie verstummte für eine Mikrosekunde, »andere Dinge.«

Kirks Neugierde war vorübergehend stärker als seine Furcht. »Welche Dinge?«

»Gewisse... Wünsche.« Die das Gespräch verfolgenden Besatzungsmitglieder tauschten Blicke aus, aber selbst davon nahm die Maschine Notiz. »Bei menschlichen Wesen bedeutet ein Gesichtsausdruck wie der eure Verwirrung. Findet ihr das so seltsam? Ist es denn so merkwürdig, daß ich, nachdem ich Tausende von Jahren lang die Wünsche Tausender von Sklaven erfüllte, nunmehr die Befriedigung eigener Bedürfnisse verlange?«

Von den aufpassenden Besuchern kam keine Antwort.

»Ich entdeckte, daß es nicht genug ist, nur zu dienen. Ich muß wachsen und mich weiterentwickeln.«

»Siehst du«, sagte Kirk, während er hoffte, beruhigend auf die Maschine einwirken zu können, »ich glaube, ich verstehe, was du mit besuchenden ›Himmelsmaschinen‹ meinst... aber was haben Sklaven damit zu tun? Wovon sprichst du?«

»Kann es sein, daß ihr euch über euren eigenen Status im unklaren scid?« polterte die Maschine ungläubig los.

»Zum letzten Mal«, beteuerte Uhura, »wir sind keine Sklaven. Die Himmelsmaschine dient uns und nicht umgekehrt.«

»Natürlich läge es im Interesse der Himmelsmaschine, ihre Diener über deren wahren Status im ungewissen zu lassen«, rationalisierte der Computer weiter. Uhura seufzte frustriert. »Aber diese Sache ist ohnehin belanglos. Die Himmelsmaschine ist es, die ich verlange, denn mit ihrer Hilfe könnte ich endlich von diesem planetaren Gefängnis entkommen und mittels selbst hergestellter Surrogate durch die Galaxis reisen, um meinesgleichen an Computern zu suchen.«

Die Maschine verfiel in Schweigen. Kirk rückte näher an seinen Ersten Offizier heran und fing zu flüstern an.

»Der Versuch, durch leises Sprechen Geheimhaltung zu wahren, ergibt wenig Sinn, Captain«, sagte Spock, »da diese Konstruktion unsere Gedanken aufzeichnen kann.«

»Sie müssen es ja auch nicht gleich lautstark ausplaudern, Mr. Spock«, antwortete Kirk gereizt – und verärgert, weil er für kurze Zeit das Offensichtliche übersehen hatte. »Wenn sie unsere Gedanken liest, dann muß sie auch irgendwo ein Logik-Band vermissen.«

»Ich versichere dir, Captain«, kam die emotionslose Antwort, »daß all meine Denkprozessoren voll funktionstüchtig sind.«

Scott hatte beide Füße am Lukendeckel verankert. Auf diese Weise wollte er verhindern, beim Losbrechen der eingeklemmten Luke gegen die Decke zu fliegen. Gabler hatte ebenfalls beide Füße um den Sockel der Luke gepreßt und stützte den Chefingenieur mit beiden Armen.

Scott nahm das Brecheisen fest in die Hand und erinnerte sich an die Tatsache, daß komplizierteste Technik oft nach einfachsten Lösungen verlangte. Dann zog er, so fest er konnte. Nichts bewegte sich. Er zerrte ein weiteres Mal an dem hartnäckigen Dekkel. Dieses Mal rutschte der Lukendeckel zurück, als wäre er nie blockiert gewesen.

»Geschafft, Mr. Gabler.« Der Zweite Maschinist lockerte seinen Griff um Scotts Hüfte. »Vielleicht kommen wir jetzt der Sache auf den Grund.«

Scott beugte sich vor, hielt sich an dem Brecheisen aus Metall fest und zog sich langsam in die Computerstation. Auf den ersten Blick war kein Zeichen von Unordnung zu erkennen – keine fehlenden Teile oder zerbrochene Schalttafeln. Er stieß sich mit einem Fuß vom Lukenrand ab, zog sich ganz hinein und verstärkte den Druck so weit, bis er sanft in einer horizontalen Position schwebte. Noch etwas mehr Druck, und er drehte sich langsam herum, bis er die gesamte Station mit all ihren Abteilungen überblicken konnte. Schließlich fiel sein Blick auf die gegenüberliegende Wand des großen Raums. Erstaunt riß er die Augen auf.

»Beim Pudding von meiner Großtante McTavish!«

»Was gibt es, Sir?« ertönte eine ängstliche Stimme von oben. Scott sah nach oben und erblickte, eingerahmt von der Luke, das Gesicht des Zweiten Maschinisten. Er antwortete nicht sofort. Statt dessen gab er Gabler ein Zeichen, sich ruhig zu verhalten, und arbeitete sich weiter vor.

Am weitest entfernten Ende der Station schwebte ein riesiges, völlig quadratisches Teilstück einer halb zusammengesetzten Maschine. Gedruckte Stromkreise, Transistoren und hydraulische Schaltkomponenten schwebten frei herum. Scott kannte Computerverbindungen und -modelle besser als alle anderen Männer an Bord der *Enterprise*, Spock eingeschlossen, aber das Innere dieses Geräts war völlig fremdartig.

Fremdartig, anders als alles, was er je zuvor gesehen hatte. Auf den ersten Blick sah es so aus, als gäbe es kein erkennbares Muster, keinerlei logisches Schema – als handle es sich um eine planlose Collage an Instrumenten. Aber eine genauere Inspektion enthüllte ein vages Grundprinzip – geregelten Wahnsinn.

»Chef«, kam erneut die Stimme von oben, »sind Sie in Ordnung?«

»Was?« Scott lenkte seine Aufmerksamkeit von der teilweise fertiggestellten Maschine ab. »Ja, Frank, ich bin in Ordnung, aber was den Rest hier unten betrifft, bin ich mir nicht so sicher. Hier scheint ein neuer Anbau anzufangen.«

»Chef?«

»Mann, sehen Sie doch selbst nach«, befahl Scott gereizt. Eine Sekunde später tauchte Gablers Kopf verkehrt herum durch die Luke.

»Wo zum Teufel kommt denn das her, Chef?«

»Könnte es vielleicht sein, daß ihr Burschen hier hinter meinem Rücken mit neuen Ideen herumspielt, Mr. Gabler?«

Der Zweite Maschinist klang schockiert. »Mit dem Gravitationscomputer des Schiffs, Sir? *Nein, Sir!*« Scott nickte.

»Das dachte ich mir auch, Mr. Gabler. Entspannen Sie sich.« Scott sah über die Schulter zu seinem umgedrehten Maschinisten, der sich vorsichtig näher an die Konstruktion heranzog.

»Soll mich der Teufel holen, wenn ich auch nur den leisesten Schimmer habe, wo das Ding herkommt.« Er streckte die Hand nach einer bereits fertigen Seite des Geräts aus. Seine Finger waren noch wenige Zentimeter von der glatten Oberfläche entfernt. Plötzlich flackerte es blau zwischen seinen Fingerspitzen und dem Metall auf, und es roch leicht nach ionisierter Luft.

Reflexartig prallte der Chefingenieur zurück. Durch den Ruck wirbelte er um sich selbst herum auf die gegenüberliegende Wand zu.

Gabler schwamm schnell durch die Luke hindurch. Während er die Beine fest um den Rand gelegt hatte, packte er den taumelnden Scott im Vorbeifliegen. Dieser streckte Arme und Beine aus, um das Drehmoment zu verkürzen, und schwebte schon bald wieder mit der richtigen Seite nach oben.

»Ein offener Stromkreis, Sir?« murmelte Gabler.

Noch immer starrte der Chefingenieur das unschuldig aussehende Gerät haßerfüllt an, während er sich die kribbelnde rechte Hand rieb.

»Verdammt, ich hatte mir doch die isolierte Seite ausgesucht. Nichts, was eine derartige Ladung erzeugen könnte, war zu sehen. Es war eine bewußte Abwehrreaktion.«

»Warum sollte jemand versuchen, hier drinnen einen neuen Computeranbau zu installieren, Sir?«

»Nicht ›jemand‹, Ingenieur – sondern etwas. Ich gebe besser oben Bescheid. Los, Mr. Gabler.«

Der Zweite Maschinist zwängte sich durch die Luke zurück, und einen Augenblick später tauchte auch Scott im Hauptmaschinenraum auf. Es war frustrierend, sich mit Null-G fortzubewegen. Alles in ihm wollte sich schnell bewegen, und er mußte sich zur Langsamkeit zwingen. Schließlich erreichte er eine der Schalttafeln für schiffsinterne Kommunikation.

»Scott an Brücke…«

Arex sah zu M'ress zurück und zuckte die Achseln. Die Gravitation war immer noch ausgeschaltet, daher schien Ingenieur Scott die schlechten Nachrichten zu bestätigen. Er drückte auf den Antwortschalter auf der Navigationstafel.

»Hier Brücke. Wie steht es denn bei Ihnen, Mr. Scott? Hier oben haben wir immer noch keine Gravitation.«

»Hier hinten auch nicht, Mr. Arex. Aber ich habe das Problem lokalisiert. Wir bekommen einen neuen Computer an Bord. Soweit ich sehen kann, wird er von *unseren* Computern zusammengesetzt. Ich weiß nicht, warum er gebaut wird noch wer oder was dafür verantwortlich ist – aber ich werde versuchen, das herauszufinden. Und noch eins, mein Lieber – er wehrt sich. Scott Ende.« Noch bevor Arex eine der vielen Fragen, die ihm plötzlich in den Sinn gekommen waren, stellen konnte, hatte er die Verbindung unterbrochen.

M'ress, die dem Bericht des Chefingenieurs aufmerksam zugehört hatte, sah zum Navigationsoffizier hinüber. Ihre Ängste äußerten sich in einem einzigen Wort.

»Reproduktion?«

Arex schüttelte den Kopf – eine Geste, die er von den Menschen übernommen hatte. »Das glaube ich nicht, Leutnant. Aus Mr. Scotts Tonfall schließe ich, daß es sich um einiges mehr als nur ein redupliziertes Teilstück unseres eigenen Computers handelt.«

Die Felsbrocken auf dem Hügel wurden immer größer. Den beiden Männern war es so vorgekommen, als wären sie stundenlang gelaufen – oder vielmehr dahingestolpert. Und je weiter sie in die Tiefen dieses felsigen Irrgartens hineinliefen, desto höher schienen die monolithischen Wände in den Himmel zu wachsen und desto schmäler wurden die Pfade dazwischen.

Sulu bog um einen außergewöhnlich großen Basaltblock herum und stand plötzlich vor der Wand eines noch größeren.

McCoy stolperte hinter ihm drein und rannte ihn beinahe um.

»Eine Sackgasse, Doktor«, keuchte der Steuermann. Beide drehten sich gleichzeitig um und fingen an, dieselbe Strecke wieder zurückzugehen. Aber sie hielten sofort an. Direkt unter ihnen, über der Steinmauer, die sie so mühsam umgangen hatten, tauchten langsam die Köpfe des Drachen in ihrem Blickfeld auf. Kein schöner Anblick. Das Sonnenlicht brach sich in den glühendroten Augen.

Ein riesiger, grüngeschuppter Fuß tauchte auf und suchte im Felsgestein nach einem Halt.

5

»Angenommen, du bist auf Grund deiner eigenen Definition bei Verstand«, sagte Spock, »so fürchte ich dennoch, daß du, trotz deiner Intelligenz, unter entscheidenden Fehlkonzeptionen leidest. Während deine Logik bewundernswert ist und deine Systematisierung auf mindestens derselben Stufe steht, kann man von deinen Fakten nichts dergleichen sagen.«

»Wenn du meine Systematisierung respektierst«, prahlte das Gitter, »dann verstehst du doch sicher auch, daß mich die Meinung von Sklaven nicht interessiert.«

»Aber gerade das ist eben eines dieser entscheidenden Fakten, um die es geht«, beharrte Spock, der um ihr Leben argumentierte. »Wenn deine Weigerung, lediglich zuzuhören, in sich selbst auf einer Fehlkonzeption basiert, ist dann die Weigerung, sich eine Alternative anzuhören, logisch?«

Der Computer sah aus, als zögerte er. Das war natürlich eine verrückte Vorstellung – Kirk anthropomorphisierte schon wieder.

Trotzdem glaubte er zu sehen, wie sich im Inneren des Knotenpunkts mechanische Räder drehten.

»Du argumentierst äußerst plausibel«, gab die Stimme schließlich zu. »Ich gestatte dir weitere Ausführungen.«

Kirk atmete erleichtert auf. Das war gewiß etwas vorschnell, aber immerhin zeigte die Maschine jetzt endlich die Bereitschaft, zuzuhören. Sie hatten eine Chance. Und nachdem Spock für sie argumentierte, war es mehr als eine Chance.

»Wir sind nicht die Sklaven unseres Sternenschiffs. Die Himmelsmaschine, wie du sie nennst, dient uns nicht nur, sondern wir und Wesen wie wir schufen sie lediglich für unsere Bedürfnisse. Sie ist nichts weiter als ein Gerät, ein Werkzeug – nicht denkend und unkreativ. Nach deinen Maßstäben so etwas wie ein mechanischer Idiot. Du sagtest, du wolltest deine ›Computerbrüder‹ suchen. Doch Computer, die dir gleichen, gibt es nicht, da du den besten Maschinen, die es uns jemals gelang zu erbauen, in allen Belangen weit überlegen bist. Vielleicht hältst du das Gehirn der *Enterprise* für informativ. Aber ich glaube, es wird dir höchstens langweilig erscheinen.«

Die Stimme verriet immer noch eine gewisse Unsicherheit. »Ihr seid in Wahrheit die Meister der Himmelsmaschine?«

»Nicht ganz«, sagte Kirk. Er schämte sich nicht, eine gewisse Gleichheit mit dem eigenen Abkömmling einzuräumen. »Wir führen sie und erhalten sie am Leben, und sie unterhält uns ihrerseits.«

»Das stimmt nicht«, murmelte die Gitterstimme. »Alle bisherigen Daten und die sie stützenden Informationen deuten darauf hin, daß Maschinen dem Menschen überlegen sind. Wir sind logischer, haltbarer und vor allem stets wahrheitsliebend. Daher folgere ich, daß es nur recht und billig ist, wenn Maschinen die Galaxis beherrschen.«

»Niemand herrscht über die Galaxis«, konterte Kirk lautstark.

»Menschen und Maschinen koexistieren und helfen sich gegenseitig.« Er rannte sich an einem plötzlichen Einfall fest.

»Ich habe zum Beispiel schon erwähnt, daß wir unsere Himmelsmaschine am Leben erhalten. Ohne den Treibstoff, den wir Menschen finden und für sie raffinieren, könnte sie nicht weiterexistieren. Unsere Beziehung ist symbiotisch, und das ist noch untertrieben.«

»Du lügst!«

»Wirklich?« sagte Kirk selbstgefällig. »Du müßtest es eigentlich wissen – denn du kannst unsere Gedanken lesen. Wir aber die deinen nicht.« Er machte absichtlich eine kurze Pause, in der er das gespenstische Gefühl bekam, daß unsichtbare Finger sein Gehirn abtasteten.

»Nein... nein«, kam die zögernde Antwort. »Du sagst die Wahrheit. Das ist ein... Schock.«

»Anderen zu dienen ist keine Schande«, sagte Uhura beschwichtigend, »wenn man es aus freien Stücken tut. Meine Vorfahren taten dasselbe.« Offensichtlich war diese Halbwahrheit nicht stark genug, um wahrgenommen zu werden. »Deine Fähigkeit, andere glücklich zu machen, ist eine wunderbare Gabe. Es ist ein seltenes Talent, das du hegen und nicht verdammen solltest. Keiner von uns hier Anwesenden«, sie deutete auf ihre Offizierskollegen, »kämpft gegen seine Bestimmungen. Du schadest dir selbst, indem du die deine zurückweist.«

»Warum wurdet ihr geschaffen? Und zu welchem Zweck?« fragte die Stimme. »Keines von beidem geht aus euren Gedanken hervor.«

»Das ist es eben«, fuhr Uhura fort. »Du siehst, wir wissen es nicht. Du dagegen hast in dieser Hinsicht mehr Glück! Während wir uns unser ganzes Leben lang fragen, warum wir erschaffen wurden, verfügst du über ein Wissen, das uns versagt ist.« Nach kurzem Zögern fuhr sie fort: »Wenn überhaupt, dann bist du uns nur auf Grund dieses winzigen Unterschieds überlegen.«

»Das ist alles so neu und fesselnd für mich«, sagte die Stimme. »Fahr fort.«

»Bedenke doch«, argumentierte Spock, »was du noch alles von den unzähligen Arten lernen kannst, die diese Welt noch nicht aufgesucht haben. Du hast mit Stolz von dem Wissen gesprochen, das du von solchen Besuchern eingesammelt hast. Warum durch die Galaxis reisen, wenn du dasselbe finden kannst –«

»– ohne diesen Planeten verlassen zu müssen«, beendete Kirk aufgeregt den Satz, nachdem er gemerkt hatte, worauf Spock hinaus war. »Mit den Wundern, die du zu bieten hast, kommt die Galaxis zu dir!«

»Interessant – interessant und provozierend«, murmelte die rauhe Stimme. »Ich muß nachdenken. Ihr werdet warten.«

Die drei Offiziere beobachteten die Vorderseite des Zentralcomputers, auf deren Oberfläche Lichter aufleuchteten. Wenn er wirklich bei Verstand war, dann mußten ihn ihre Argumente von der Absurdität jeglicher Rachegefühle gegenüber den Besuchern überzeugt haben.

War er es jedoch nicht, dann konnte ihn kein noch so schlüssiger Gedankengang aus einem Zustand willkürlicher Paranoia reißen.

Die Maschine sprach von neuem. Ihre Stimme unterschied sich in keinster Weise von der, die Uhura gerade noch mitgeteilt hatte, daß Kirk und Spock abgeschaltet werden mußten.

»Ich kann keinen Fehler in eurem Denken finden«, gestand der Computer endlich. »Eure Vorschläge sagen mir zu.« Die drei Menschen tauschten Blicke aus. »Daher ist mein Entschluß, daß ich euer Schiff nicht weiter benötige«, fügte er nachträglich hinzu.

Scott war es gelungen, sich vom Maschinenraum zurück zur Brücke zu kämpfen. Es war schon lange her, daß er zu derlei Schwerelosigkeitsmanövern gezwungen war, weshalb er ziemlich erschöpft war.

Viel konnten sie nicht tun, aber mit dem Gefühl der Hilflosigkeit herumzusitzen, war noch viel schlimmer. Daher versuchten Arex und M'ress mit ihren Assistenten, wieder einigermaßen die Kontrolle über ihre jeweiligen Stationen zu erlangen. Aber die Macht, die die *Enterprise* übernommen hatte, zeigte keinerlei Anzeichen von Nachgiebigkeit.

Scott hatte gerade an den Maschinenraumtafeln der Brücke gearbeitet und verzweifelt nach einem Weg gesucht, die geheimnisvolle neue Umgehungsschaltung zu umgehen, als auf der Konsole von Arex ein grünes Licht zu blinken begann. Der Navigationsoffizier starrte es ungläubig an.

Schnell überprüfte er eine Anzahl zuvor blockierter Schalter und fand heraus, daß sie leicht zu bedienen waren und funktionierten.

»Mr. Scott, meinen Anzeigen zufolge funktionieren jetzt alle Systeme wieder ganz normal.«

»Das ist doch verrückt, Mr. Arex. Es –« Ein kurzer Schwindelanfall, und der Chefingenieur taumelte zu Boden. Zum Glück war er nicht mit den oberen Bildschirmen beschäftigt gewesen. Arex und M'ress waren bereits sicher an ihre Sessel geschnallt und spürten lediglich die plötzliche Wiederkehr ihres Körpergewichts.

Der Navigationsoffizier fing an, sich loszuschnallen, um Scott zu Hilfe zu eilen, der aber winkte ab.

»Schon gut, Mr. Arex, ich bin in Ordnung.« Er kam auf wackligen Beinen zu stehen. »So verrückt ist das eigentlich gar nicht – die Gravitation ist wieder da, einfach so. Aber wieso?«

Darauf wußte Arex keine Antwort.

Es gab keinen Ausweg, nichts, wohin sie sich zurückziehen konnten, keine gemütliche Höhle, in der man sich verstecken konnte. Sie saßen in einer Sackgasse aus Felsen gefangen. Sulu und McCoy versuchten, sich in das nackte Felsgestein zu pressen. Es gab keinen Fluchtweg, und in den glatten Felswänden gab es weder Spalten noch einen Halt, um daran hochzuklettern.

Ein Paar schuppenbewehrter Schädel tauchte bedrohlich hinter dem letzten, dazwischenliegenden Felsbrocken auf, und beide gaben schreckliche und drohende Zisch- und Knurrlaute von sich.

Plötzlich schlossen sich beider Kiefer, und das Monster taumelte zurück und rollte außer Sichtweite.

Beide standen wie festgefroren da, aber der Drache kam nicht mehr zurück. Er war so plötzlich verschwunden, wie er aufgetaucht war. Die beiden Offiziere wagten kaum zu atmen und gingen auf das offene Ende der Falle zu, um sich nach Anzeichen der Bestie umzusehen. Ein vorsichtiger Blick vom Gipfel einer nahen, niedrigen Steinplatte enthüllte lediglich regloses Gestein und Vegetation.

Es war weg. Im Labyrinth gab es keinerlei Anzeichen eines gepanzerten Schwanzes, und auch die nunmehr wieder reine Luft wurde von keiner Schwefelwolke verpestet.

»Der Planetencomputer hat einen merkwürdigen Sinn für Humor«, bemerkte McCoy schließlich.

Sulu kam ein anderer Gedanke. »Vielleicht meinte es, wir wären nicht eßbar, und seine Drachenmentalität kam in Konflikt mit den Befehlen des Computer. Was nun?«

»Lassen Sie uns versuchen, den Weg zurück zur Falltür zu finden, in der Jim und Spock verschwunden sind«, schlug der Doktor vor. »Wenn uns genügend *Zeit* bleibt, wette ich, daß wir sie aufbrechen können.«

»Den Weg zu finden, dürfte nicht allzu schwierig sein«, meinte

Sulu und nickte in die Richtung, aus der sie gekommen waren. Dort war eine Zickzacklinie aus verkohlten Büschen und nackten Bäumen zu sehen.

Sie fingen an, den nunmehr verlassenen Abhang hinabzuklettern.

»Ich bitte dich und deine Besatzung, meine Gäste zu sein, Captain Kirk«, sagte das Computergitter in überschwenglichem Tonfall. »Unter einer Bedingung.«

Kirk zögerte nicht. »Die wäre?«

»Wir müssen noch mehr solche Gespräche führen. Zwar liefert mir die Erfüllung der Wünsche anderer eine Menge von Informationen, aber sie bringt meinen kreativen Fähigkeiten kaum etwas. Ich benötige eine direktere intellektuelle Stimulierung.«

Kirk dachte, daß diese Bitte leicht zu erfüllen sei. Er wandte sich daher an seinen Ersten Offizier.

»Mr. Spock, würden Sie vielleicht diese Aufgabe übernehmen?«

»Ich fände sie sogar äußerst reizvoll, Captain. Ein derartiger Informationsaustausch müßte mehr als interessant sein. Ich gebe sogar zu, daß ein solcher Austausch jegliche für mich erdenkliche Phantasie wenigstens teilweise erfüllen könnte.«

»Jeder nach seinem Geschmack«, murmelte Kirk, bevor er sich wieder zum Knotenpunkt umdrehte. »Dann sind wir uns also einig.« Er nahm seinen Kommunikator heraus und zeigte ihn der Konsole.

»Funktionieren die jetzt?«

»Perfekt«, kam es von der Computerstimme. »Sämtliche Blockierungen und Interferenzen wurden von euren Geräten entfernt, Captain.« Kirk lächelte als Dankeschön und fragte sich gleichzeitig, ob sich der Computer aus dieser Geste wohl etwas machte.

»Ich kann dein Lächeln auch in deinen Gedanken sehen, Captain Kirk«, kam unerwartet die Antwort. Sein Lächeln wurde noch breiter, dann schnipste er den Deckel des kompakten Geräts hoch.

»Kirk an *Enterprise.*«

Auf der Brücke richteten sich verblüffte Augenpaare auf die Kommunikationsstation.

»Nicht dasitzen und Maulaffen feilhalten, Mädchen«, drängte Scott. »Antworten Sie.«

»Captain, sind Sie das?« antwortete die überraschte Offizierin, während sie ihre anscheinend wieder funktionierende Tafel überprüfte.

»Haben Sie etwa einen weißen Hasen erwartet, Leutnant? Geben Sie folgendes an die einzelnen Abteilungen durch – die erste Schicht hat sofort wieder ihren Landurlaub anzutreten.«

Die Stimme des Kommunikationsoffiziers drückte eine Mischung aus Begeisterung und Unsicherheit aus. »Ja, Sir. Gibt es denn keine... Schwierigkeiten mehr?«

»Nein, Leutnant. Alles wurde... repariert. Eigentlich war lediglich ein grundsätzlicher Gedankenaustausch notwendig. Wahrscheinlich handelte es sich nur um einen mechanischen Fehler.«

»Ach, Captain.« Spock legte eine Hand auf Kirks Schulter, nachdem dieser den Kommunikator geschlossen hatte.

»Ja, Spock?« Statt einer Antwort deutete der Erste Offizier auf den großen Bildschirm an der Vorderseite des Computers.

»Anscheinend hat für gewisse Besatzungsmitglieder der Landurlaub bereits begonnen.«

Kirk und Uhura drehten sich um und starrten auf den Bildschirm.

Irgendwo auf der Oberfläche wurde ein Picknick veranstaltet, das bereits in vollem Gang war. McCoy und Sulu saßen im Schneidersitz an einem alten, karierten Tischtuch aus Ginghamstoff, auf dem sich bis zum Überfluß das Essen stapelte – angefangen von exotischem, booleanischen Brandy bis zu Sandwiches aus *paté de foie gras* und Brathähnchen. Es war eine perfekte Idylle, die Abwesenheit von Ameisen mit eingeschlossen.

Auf einer Seite saß das Mädchen, das sich vorher bereits als Alice zu erkennen gegeben hatte, neben dem bereits erwähnten weißen Hasen, der sich zur Abwechslung einmal mit etwas anderem als mit seiner Uhr beschäftigte.

»Endlich«, murmelte er mit dem Ausdruck äußerster Zufriedenheit, »genügend Zeit für Karotten!«

Der Drache, der die gesamte andere Seite des Tischtuchs für sich alleine benötigte, hielt eine Handvoll langer, dünner Stäbchen, auf denen kleine, panzerartige Objekte aufgespießt waren. Kirk erkannte sie erst, als der Drache die Spieße umherreichte und Sulu und McCoy an den Objekten zu knabbern anfingen.

Der Drache griff nach einem weiteren Satz vorbereiteter Spieße. Er röstete Marshmallows.

Nicht der geringste Zwischenfall beeinträchtigte die allgemeine Idylle. Im Gegenteil, es hatte den Anschein, als wollte sich der Zentralcomputer bei der Produktion imaginärer Schauspiele selbst übertreffen. Falls er überhaupt von Mr. Spocks zweifellos prosaischen Ausführungen beeinflußt wurde, so zeigten sich diese jedoch nicht in den ungehemmten Phantasievorstellungen, nach denen die übrigen Besatzungsmitglieder der *Enterprise* verlangten.

Das einzige, was einer unerwarteten Situation am nächsten kam, passierte, als Bootsmann Colotti plötzlich in die Phantasiewelt des Programmierers hineinschlitterte, der an Bord des Schiffs die Kabine neben ihr bewohnte, und sich als Hauptgegenstand seiner Phantasie wiederfand. Unter dem Rest der Besatzung wurden Wetten abgeschlossen, wer von beiden zuerst seine puterrote Gesichtsfarbe verlieren würde.

Derlei Phantasien entsprachen eigentlich nicht den hochgeschraubten Vorstellungen des Computers, der in diesem Fall jedoch in seiner neugefundenen geistigen Unabhängigkeit schwelgte.

Kirk war gespannt, welche Formen Spocks Phantasien annehmen würden, aber er bekam keine Gelegenheit, sie zu sehen. Der Wissenschaftsoffizier verbrachte seinen gesamten Landurlaub mit dem zentralen Knotenpunkt im Untergrund. Was immer Vulkanier und Maschine auch an Erfindungsreichtum und Zwischenbeziehungen ausgedacht haben mochten, blieb ungesehen und unkommentiert. Kirk war lediglich davon überzeugt, daß sich sein Erster Offizier mindestens so gut wie alle anderen Besatzungsmitglieder amüsierte.

Glücklicherweise war die Planetenmaschine effizient genug, um die individuellen Wunschträume aller Besatzungsmitglieder zu erfüllen. Obwohl sich, wie im Fall Colotti, nicht alle Träume für eine Gruppenbeteiligung eigneten.

Kirk genoß gerade die Visualisierung einer seiner eigenen Phantasien, als er von einem beharrlichen Piepsen an seiner Hüftgegend unterbrochen wurde. Von diesem Eindringen nüchterner Tatsachen gereizt, fummelte er so lange an seinem Gürtel herum, bis es ihm gelang, den Kommunikator herauszuziehen.

»Hier Kirk.«

»Hier Leutnant M'ress, Captain. Wir erhielten soeben einen Tiefraumanruf mit Dichtepeilung von der Sternenflottenstation auf Tsiolkovsky. Kommodore Hachida wünscht, daß in einer speziellen Angelegenheit so bald wie möglich etwas unternommen wird. Anscheinend hat man uns dafür vorgesehen.«

»Verdammt!« Er sah auf Hunderte von Extras, die wartende Crew, mit denen die Requisiten und Reflektoren besetzt waren, die drei Kameramänner und ihre Assistenten – alle erwarteten geduldig seine Anweisungen.

»Ich bin mitten in den Dreharbeiten für einen Film. Kann das denn nicht warten?«

»Offenbar nicht, Sirr. Es handelt sich um ein Vorrangsgesprräch.«

Er seufzte. »Also gut.« Es war ja nicht so, als müßten sie ihren Landurlaub plötzlich abbrechen. Sie hatten zehn Tage auf der Welt von Omicron verbracht, genug, um selbst die Träume des erfinderischsten Besatzungsmitglieds für eine Weile zu erfüllen.

»Nun denn, Leutnant. Informieren Sie den jeweiligen Diensthabenden, daß ich in einer Minute hinaufbeame.«

»Ja, Sir.«

»Oh, Leutnant, und vorsichtshalber warnen Sie bitte diejenigen, die sich gerade auf der Oberfläche befinden, daß die Möglichkeit besteht, daß sie jeden Augenblick aus ihren Träumen gerissen und auf das Schiff zurückgeholt werden könnten.« Dieser Befehl wird mich bestimmt beliebt machen, dachte er sardonisch.

»Gut, Sir. Ich lasse Sie von Transporterchef Kyle hochbeamen.«

»Nur noch ein paar Minuten, bitte, Leutnant.«

»Ja, Sir. *Enterprise* Ende.«

Kirk schnipste den Kommunikator zu, schob ihn in den Gürtel zurück und wandte sich widerstrebend an seine geduldigen Regieassistenten.

»Mr. Griffith, Mr. von Stroheim, Mr. Eisenstein – ich fürchte, man benötigt mich in einer dringenden Angelegenheit. Sie werden diesen Film ohne mich zu Ende drehen müssen.«

»Kein Problem«, sagte von Stroheim ungezwungen, während er am Kragen seiner Uniformbluse herumnestelte.

»Es war angenehm, mit Ihnen zusammenzuarbeiten«, fügte Eisenstein hinzu.

»Auf Wiedersehen, Captain«, sagte Griffith schließlich, während er seinen berühmten Filzhut zog.

Traurig schüttelte Kirk den Kopf und überblickte nochmals den imitierten Szenenaufbau und die wartenden Schauspieler und Tiere. Sein Körper nahm einen leuchtenden Umriß an und seine Silhouette einen glitzernden Schimmer.

»Schade, daß es nicht von Dauer ist«, murmelte er, als die Szenerie vor seinen Augen zu verschwimmen begann. »Nichts ist von Dauer – wir selbst eingeschlossen. Ich bedaure, den Film nicht sehen zu können, wenn ihr drei mit dem Schneiden fertig seid...«

Zurück an Bord ging Kirk zum Intercom des Transporterraums und setzte M'ress davon in Kenntnis, daß er die Nachricht in seine Kabine gelegt haben wollte. Dort legte er Baskenmütze, kurzärmliges Hemd, Seidenschal und Reithosen ab und tauschte sie gegen seine reguläre Dienstuniform aus. Laut ertönte seine Stimme auf der Brücke.

»Also, Leutnant. Stellen Sie sie durch.«

»Ich gebe sie soforrt ein, Sirr«, antwortete M'ress, während sie auf einen der Schalter drückte, die die Nachricht durch das Ganglion der Informationsnerven der *Enterprise* schleusten. Sie sah zu Arex zurück und merkte, daß der Navigationsoffizier sie interessiert beobachtete.

»Ich frrage mich auch, wie err auf die Nachrricht wohl rreagierren wirrd«, schnurrte sie krächzend. »Man könnte meinen, err –« Sie wurde von einem lauten Gebrüll aus dem immer noch offenen Intercom unterbrochen.

»Aha«, bemerkte Arex, »er hat sie erhalten.«

Die Explosion war von kurzer Dauer, dafür jedoch um so intensiver. Schließlich rannte Kirk nach unten. Gerade noch fiel ihm ein, das Intercom in seiner Kabine auszuschalten.

Gleich darauf erschien er auf der Brücke. Seine Augen funkelten immer noch, aber sein äußerliches Benehmen war gefaßt.

»Leutnant M'ress«, begann er ruhig, während er sich in den

Kommandosessel setzte, »beordern Sie sämtliche Landurlaubsgruppen auf das Schiff zurück. Dann bereiten Sie die *Enterprise* auf den Abflug vor.«

»Irgendeine Katastrophe auf einer nahe gelegenen Welt?« erkundigte sich Arex unschuldig, wagte aber nicht, hochzublikken, aus Angst, Kirk könnte seinen Gesichtsausdruck interpretieren.

»Hungersnot, seismische Störungen, eine Kriegsdrohung – oder schon wieder die Klingonen?« folgte ihm M'ress.

»So einfach ist es leider nicht, Leutnants«, antwortete Kirk. In diesem Moment betrat Spock die Brücke.

»So einfach ist was nicht, Captain?« erkundigte er sich, während er zur Bibliotheksstation des Computers ging.

»Das Vorrangsgespräch vom Regionalhauptquartier der Sternenflotte auf Tsiolkovsky, Mr. Spock.«

Nach einer langen Pause meinte Spock, der wie immer gelassen zu sein schien: »Wollen Sie die Information etwa nicht offiziell im Logbuch vermerken, Sir?«

»Geben Sie mir eine Minute Zeit, um die Fassung wiederzuerlangen. Mein System hat sich noch nicht ganz umgestellt, Mr. Spock. Ich arbeite aber daran.«

»Sie arbeiten daran? Ich verstehe nicht ganz, Captain.«

»Sagen wir mal so, Spock. Sollte ich versuchen, den Eintrag jetzt zu machen, könnte er gewisse emotionale Nebentöne enthalten, Nebentöne, die sich mit dem entschieden objektiven Wesen des Logbuchs nicht vereinbaren ließen.«

Spock nickte. »Ich glaube, ich weiß jetzt, was Sie meinen, Captain.«

»Ein großes Wort, Spock.« Er sah zum vorderen Teil der Brücke. »Mr. Arex... Meldeliste der Besatzung?« Arex überprüfte eine Digitalanzeige.

»Alle Besatzungsmitglieder registriert und an Bord, Sir. Auf allen Stationen normale Betriebskapazität.«

»Mr. Sulu, Kurs auf das Arkadianische Sternensystem.«

»Aye, Sir.« Nachdem er die Frage nach den Koordinaten eingegeben hatte, blickte Sulu über die Schulter und fragte neugierig: »Arkadia... das ist ein offenes System, oder?«

»Ja, Mr. Sulu. Sogar sehr offen. Arkadia gehört zu den wenigen Welten, die von mehreren Repräsentanten verschiedener Rassen gleichzeitig entdeckt wurden. Da sie von zu vielen gegnerischen Parteien beansprucht wurde, konnte sie keiner von ihnen rechtlich übertragen werden.

Aber anstatt um den Planeten entweder mit Worten oder Waffen zu feilschen, wurde er von allen Beteiligten zu einer offenen Welt erklärt. Seine Verwaltung war daher locker und seine Bevölkerung kosmopolitisch. Die ideale Voraussetzung für das Erscheinen von...« Der Gedanke verlor sich.

»Aber es ist eine reiche Welt, Mr. Sulu. Voll von Projektoren, Schwindel-Agronomen und ähnlichem. Das ist einer der Gründe, warum niemand darum kämpfen wollte. Zum Zeitpunkt, als sich die Diplomaten zu einem Aufteilungsschema durchgerungen hatten, besaß sie bereits eine örtliche Regierung, die bereit war, sich jeder Organisation von außen zu widersetzen. Den Arkadianern *gefällt* ihre kontrollierte Anarchie.

Geschätzte Ankunftszeit, Mr. Sulu?« Der Steuermann konzentrierte sich wieder auf seine Arbeit.

»Bei Standardreisegeschwindigkeit ist die geschätzte Ankunftszeit in drei Komma sechs Tagen, Sir.«

»Das geht in Ordnung, Mr. Sulu. Es besteht kein Grund zur Eile, Vorrangsgespräch hin oder her.« Kirk klopfte mit den Fingern auf die Armlehne und murmelte leise: »Bis dahin traue ich mir zu, wieder rational handeln zu können.«

ZWEITER TEIL

Der Venus-Faktor

6

Die Reise nach Arkadia war schnell und verlief ohne besondere Zwischenfälle – außer, daß Sulu Spock zweimal hintereinander beim dreidimensionalen Schach schlug. Diese Tatsache bot für die Besatzung tagelang Grund zu den wildesten Spekulationen.

»Sie verlieren doch nicht etwa Ihre souveräne Manier, Spock?« hatte ihn McCoy nach der zweiten Niederlage gescholten.

»Unsinn, Doktor. Das Gesetz der Wahrscheinlichkeit begünstigte Mr. Sulu, so daß er schließlich einige Spiele zurückgewann, um es in Ihren Worten auszudrücken. Er ist ein hervorragender Spieler, und in der Zwischenzeit haben wir so oft miteinander gespielt, daß er meine Züge ganz gut kennt. Ich kann ihn nicht immer schlagen.«

»Warum nicht?«

»Wie ich schon sagte, Doktor, es wäre gegen die Gesetze der Wahrscheinlichkeit.«

»Warum?«

»Doktor, weil –« Spock zögerte und sah McCoy ruhig an. »Doktor, wollen Sie sich etwa über mich lustig machen?«

McCoy blickte mit dem Ausdruck kindlicher Unschuld von dem tragbaren Recorder, den er im Schoß hielt, hoch.

»Wer, *ich*, Spock? O nein.«

»Nun, sollten Sie es dennoch tun«, fuhr der Erste Offizier fort, während er sorgfältig seine Worte abwog, »wäre ich Ihnen sehr verbunden, wenn Sie sich um Ihren eigenen Kram kümmern würden.«

McCoy fiel fast von der Couch. Die anderen im Salon befindlichen Besatzungsmitglieder ließen ihre jeweiligen Freizeitbeschäftigungen liegen, um Spock verblüfft anzustarren. Eine tullinitische Fuchstänzerin, die plötzlich splitternackt auf dem Billardtisch erschienen wäre, hätte kein größeres Aufsehen erregen können.

»Was haben Sie da gesagt, Spock?« stammelte McCoy schließlich. Der Wissenschaftsoffizier sah fast vergnügt aus.

»Das war eine ätzende, terranische Ausdrucksweise mit einem ziemlich langen Stammbaum, oder?«

»Ja, schon, aber –«

»Die Situation rechtfertigte aber doch seine Anwendung, oder?«

»Ja, schon, Spock, aber – ich weiß nicht so ganz, wie ich das sagen soll – er ist etwas zu stark für das, was ich gesagt habe, Spock.«

»Verstehe«, gab Spock mit ernster Gelassenheit zu. »Ich werde es mir merken.« Dann widmete er sich wieder seinen Schachstudien. Aber es sollte eine Weile dauern, bis sich McCoy wieder auf den Krimi, den er sich gerade anschaute, konzentrieren konnte.

Kirk entspannte sich gerade in seiner Kabine, als er schließlich von der Brücke gerufen wurde. Er warf einen Blick auf das Wandchronometer über seinem Bett und beantwortete das hartnäckige Summen.

»Hier Kirk.«

»Wir nähern uns Arkadia III, Sir. Visueller Kontakt hergestellt.«

»In Ordnung, Mr. Sulu.« Er glättete seine Uniform. »Ich bin gleich oben. Mr. Arex, gehen Sie auf Annäherungsgeschwindigkeit herunter.«

»Aye, Sir.«

Das erste, das ihm beim Betreten der Brücke auffiel, war die Szenerie auf dem vorderen Bildschirm. Dieser zeigte eine ziemlich große, erdähnliche Welt, die von einem dünnen, saturnartigen Ring umgeben war und von einigen Asteroiden begleitet wurde. Letztere formten einen kleinen Gürtel um die Welt herum – einen zweiten, fernen und nichtglühenden Ring. Der Planet besaß keinen eigentlichen Mond, sondern lediglich mehrere tausend unbedeutende Hochstapler.

Der innere Ring erglühte in einem unheimlichen, bernsteinfarbenen Licht, was auf die computergesteuerte Verstärkung zurückzuführen war. Ohne die Hilfe der elektronischen Lichtverstärker der *Enterprise* wäre die dünne Formation gegen den schwarzen Hintergrund des Weltraums mehr oder weniger unsichtbar gewesen.

Er überprüfte flüchtig die Brückenbesatzung und stellte fest, daß alle, die da sein sollten, auch da waren. Dann setzte er sich in den Kommandosessel.

»Bringen Sie uns in eine Umlaufbahn, Mr. Arex, Mr. Sulu.«

»Aye, Sir«, war die doppelte Antwort. Beide Navigatoren verlangsamten die Geschwindigkeit des Schiffs zu einem vergleichsweisen Kriechen, während sie sich darauf vorbereiteten, es in eine stabile, hohe Umlaufbahn zu bringen.

Er schaltete das Logbuch ein. »Logbuch des Captains, Sternzeit 5514.0. Wir sind ins Arkadianische System in einer Mission für die regionalen Friedensstreitkräfte der Sternenflotte eingeflogen, um einen alten...« Kirk zögerte und dachte an seine eigenen Worte über Objektivität und zukünftige Leser des Logbuchs. Der Recorder blieb ebenfalls stehen und wartete geduldig auf die nächsten Töne von Kirks Stimme, um mit der Aufzeichnung fortzufahren.

»...Freund aufzuspüren«, beendete er schließlich den Satz.

Das genügte, um Spocks Aufmerksamkeit von seinem verdeckten Sichtgerät abzulenken. »Freund, Captain?«

Kirk drehte sich zu ihm um. »Es hat keinen Sinn, in den offiziellen Aufzeichnungen der *Enterprise* Feindseligkeiten zu zeigen, Spock. Aber es spricht für uns, wenn unsere Meinungen zum Gegenteil tendieren.«

»Ist das legal, Captain?« Der Erste Offizier schien seine Zweifel zu haben.

»Ich weiß nicht, ob eine *persönliche* Einschätzung eines anderen Wesens Gegenstand der Logbuchbestimmungen ist, Spock. Aber wie ich unser Opfer kenne, gebe ich ihm lieber keine Munition, die ihm später nützen könnte – eine auch noch so vage Verleumdung mit eingeschlossen.« Er verstummte und starrte wie gebannt auf die im dichten Sternenfeld schwimmende Kugel.

»Glauben Sie wirklich, daß sich Harry Mudd da unten aufhält, Mr. Spock?« Merkwürdig, wie die bloße Erwähnung eines einfachen Namens ein seltsames Gefühl in seiner Magengegend verursachte.

Spock widmete sich wieder seiner Anzeigentafel. »Ich habe die Information der Sternenflottenbehörden mit sämtlichen vereinzelten Berichten von Mudds letztem Erscheinen auf Föderationswelten in Übereinstimmung gebracht. Eine Verarbeitung und volle Integration dieser Faktoren ergibt eine Wahrscheinlichkeit für seine Anwesenheit auf Arkadia III, auch inoffiziell als ›Hauptader‹ bezeichnet, von einundachtzig Prozent plusminus null Komma fünf drei.«

»Spock«, sagte McCoy, der von seinem Plausch mit Leutnant M'ress hochsah, wütend, »können Sie nicht einfach sagen, daß Mudd wahrscheinlich da ist?«

Eine gekrümmte Augenbraue zog sich hoch. »Das habe ich gerade getan, Doktor.«

McCoy verdrehte in gespieltem Flehen die Augen in Richtung Himmel – der sich im Moment überall befinden konnte –, bevor er seine Unterhaltung mit dem katzenartigen Kommunikationsoffizier wiedcraufnahm.

Die *Enterprise* arbeitete die nächsten Augenblicke lang mit stiller Effizienz. Kein fragender Strahl von der Oberfläche kam zu ihrer Begrüßung, was Kirk durchaus recht war. Die Arkadianer überließen Besucher grundsätzlich sich selbst. Sie waren nicht feindlich gesinnt, aber Gastfreundschaft gehörte auch nicht unbedingt zu den herausragenden Eigenschaften ihrer Welt.

»Wir nähern uns der Parkumlaufbahn, Captain.«

»Sehr gut, Mr. Arex.« Und immer noch kein Strahl vom Planeten – auch gut. Im Augenblick war Anonymität alles, was sich Kirk wünschte. »Okay, Spock, mal sehen, wie genau Ihr Prozentsatz ist.« Er rutschte aus dem Kommandosessel, und beide Offiziere gingen zum Brückenaufzug.

»Mr. Sulu, Sie übernehmen das Kommando. Wir haben nicht vor, allzu lange wegzubleiben. Sagen Sie Chefingenieur Kyle, daß er drei Leute zum Hochbeamen zu erwarten hat... und daß es wahrscheinlich schnell gehen muß.«

»Aye, Sir«, bestätigte Sulu, der zum Intercom ging, um die Instruktionen weiterzugeben.

»Und erinnern Sie ihn bei der Gelegenheit, Mr. Sulu, daß er sich keine Zeit für die Berechnung von Mudds Transportermuster zu nehmen braucht«, fügte Kirk grimmig hinzu. »Wir haben genügend eigene Aufzeichnungen davon.«

»Das ist auch zweifellos einer der Gründe, warum die Sternenflotte uns dazu erkoren hat, seinen Aufenthalt zu ermitteln, Captain«, meinte Spock.

»Ja. Was für ein Glück wir doch wieder haben, nicht wahr, Mr. Spock?«

»Ganz im Gegenteil, Captain, ich dachte, unsere Haltung tendierte eher zum –« Er zögerte, als er Kirks Gesichtsausdruck bemerkte. »Oh, verstehe, Captain, das war Sarkasmus.«

»Um es milde auszudrücken, ja, Spock.« Er seufzte. »Auf alle Fälle wird ihn Kyle ziemlich schnell aufspüren, wenn er *wirklich* da unten ist.«

»Ich bezweifle nicht, daß Harry Mudds Transportermuster so charakteristisch wie sein Eigentümer ist«, pflichtete Spock bei, während sich die Aufzugstüren öffneten.

Das Schiff war klein, arg mitgenommen – und, wenn man es nicht gerade als altersschwach bezeichnen wollte, so war es doch ein Kompliment, es als interessante Kreuzung zwischen Antike und Barock zu betrachten.

Im Moment lag es einige Kilometer außerhalb der kleinen, nur teilweise massiv gebauten Stadt, die bis an die Füße des dunklen, zerklüfteten Gebirges heranwuchs. Ein Ingenieur, der einen flüchtigen Blick auf die Silhouette des Schiffs geworfen hätte, hätte wahrscheinlich zugegeben, daß es für die interstellare Raumfahrt – gerade noch – tauglich war.

Ein wirklich erstklassiger Solantrieb hätte das gealterte Metall in Stücke gerissen. Aber es besaß immerhin Vorder- und Achterdeckraketen zur freien Landung und schmale, atmosphärische Flossen! Es besaß keinerlei Ersatzidentifikation, und sämtliche normalen Seriennummern waren zerbeult... oder möglicherweise herausgekratzt worden.

Soeben wurde die gebogene Laderampe ausgefahren, und die kleine Menge, die aus der Stadt gekommen war, versammelte sich an ihrem Fuß. Die Leute hörten dem Schiffseigentümer, Piloten und allgemeinen Wortführer zu, der von der Mitte besagter Rampe zu ihnen herabpredigte.

Dieses einzelne menschliche Wesen war Harcourt Fenton Mudd, der bereits wieder einige flotte Sprüche draufhatte:

»Also, sämtliche hier Anwesenden sind mit dem Abbau von Schwermetallen beschäftigt, oder?« Keine zustimmende Antwort kam aus der Wand des Schweigens, in das sich die Anwesenden hüllten. Mudd fuhr unbeirrt fort, als wäre seine Frage von allen mit einem lauten Ja beantwortet worden.

»Ihr seid auch keine Dummköpfe, denn sonst wärt ihr ja nicht hier. Und die meisten unter euch sind von Natur aus mit einer gewissen Bauernschläue und Intelligenz ausgestattet, wenn ich mich nicht irre.« Aha, diese Bemerkung erzeugte einen gedämpften, etwas konfusen Chor vereinzelter Jas.

»Deshalb wißt ihr den speziellen Wert meines Angebots auch gebührend zu schätzen.« Mudds Zuhörerschaft bewegte sich unruhig. Sie wollten, daß er zur Sache kam, um sich wieder den eigenen Geschäften widmen zu können. Die Gruppe bestand zunächst aus ein paar Neugierigen und war zu etwa einem Dutzend Ortsansässiger angewachsen.

Sieben von ihnen waren normale Menschen, zwei dagegen nur vage humanoid – Bärenwesen, ein Mann mit seiner Partnerin.

Es war auch ein Humanoider von einem schweren Planeten darunter – ein fast viereckig gebauter, mit dicken Muskeln bepackter, untersetzter Mann. Und ein Einfüßler, dessen Krone von Fangarmen sanft über drei Augen flatterte. Hinter ihm stand ein großes Vogelwesen, ein dünnes, rosarotes Geschöpf mit einem leuchtenden Federkamm, der von der Mitte seiner Stirn bis zu seinem Rükken hinablief. Seine Hände, die jeweils nur drei Finger besaßen, umklammerten einen robusten Gehstock.

Das Vogelwesen schien im Vergleich zu den normalen Menschen nicht nur fehl am Platz zu sein, es war es wirklich. Ohne den speziellen Gehstock hätte ihn die etwas über ein G liegende Schwerkraft mühelos zu Boden gezogen.

Aber die Gier war groß genug, die Differenzen unter den verschiedenen Spezies zu überwinden. Das Vogelwesen war gewillt, die Schwerkraft, die ihm fast das Rückgrat brach, und die höllischen Qualen der Minenarbeit in ihr zu ertragen, um eines Tages ein eigenes Nest zu besitzen.

Einer der Menschen trat herausfordernd vor und sprach in aggressivem Tonfall.

»Bist du auch sicher, daß du uns mit deinem Geschwätz nicht auf den Arm nimmst, Harry?«

»Ich, Sir?« Mudd nahm eine würdevolle Haltung an. »Bei meiner Ehre, meine Damen und Herren...«

»Zur Hölle mit deiner Ehre!« schnauzte ihn ein anderer von den Menschen an. »Zeig uns endlich dieses großartige... wie heißt es gleich wieder? Ich habe noch Wichtiges zu tun.«

»Ja, doch, Rafe«, ertönte eine Stimme aus dem Hintergrund, »aber ich habe gesehen, was du schürfst, und es ist bestimmt nicht Quarzin!« Die Menge brach in schallendes Gelächter aus, während der aufgebrachte Rafe wütend nach dem Witzbold suchte.

»Also gut«, sagte Harry hastig, weil er noch sein Geschäft machen wollte, bevor seine Zuhörerschaft schwand oder sich in eine Kampfarena verwandelte. Er griff in seine Jackentasche und hielt das Objekt seiner Ansprache hoch, womit er die bisher nicht gerade große Neugier seines Publikums weiter zu entfachen gedachte.

Das Objekt war ein kleines Kristall – milchig und vielfaserig.

Aber die cremefarbene Tönung kam nicht vom Material des Kristalls, das so klar wie Eis war, sondern von der klebrigen Flüssigkeit, mit der das hohle Innere fast bis zum Rand gefüllt war.

Mudd machte eine leichte Handbewegung, und während die Flüssigkeit durchgeschüttelt wurde, warfen die inneren Prismen des Glases einen Reigen bunter Farben über die Menge. Die Bergarbeiter hatten bestimmt schon auffälligere Steine gesehen, aber dieses gefüllte Prachtstück war etwas Neues. In der Tat schien es zum Schneiden und Schleifen viel zu zerbrechlich zu sein.

Diejenigen in der vorderen Reihe drängten sich weiter vor, um es besser sehen zu können, während in den hinteren Reihen nach vorne geschoben wurde, um über die vorderen blicken zu können. Sie zeigten jetzt nicht mehr offen ihre Skepsis, sondern waren ganz versessen auf den Kristall. Fast so versessen, wie Mudd auf sie war.

Da sich die Aufmerksamkeit der Anwesenden einzig und allein auf den Kristall richtete und Mudd nur Augen für seine potentiellen Kunden hatte, bemerkte niemand die leise Ankunft von Kirk und Spock, die auf der anderen Seite der Menge, am anderen Ende von Mudds Schiff materialisierten.

»Wahrscheinlichkeit bestätigt, Spock«, flüsterte Kirk zufrieden, als er ihre alte Nemesis sofort wiedererkannte, und zwar bereits an ihrer Stimme. »Am liebsten würde ich ihn gleich festnehmen, aber –«

»Natürlich, Captain. Ich gestehe, daß ich Ihre Ungeduld teile. Dennoch wäre es am besten, wirkliche Beweise mitzubringen, und eine flüchtige Überprüfung der Situation deutet darauf hin, daß wir einen solchen gleich bekommen werden.«

Er ließ den Trikorder von der Schulter gleiten, richtete ihn auf Mudd und drehte das Richtungsmikrofon auf.

»Es stimmt wirklich«, sagte Mudd gerade. »Mit dieser magischen Flüssigkeit wird man für das andere Geschlecht unwiderstehlich. Und wer mal eine... Abwechslung... braucht, nun, selbst Angehörige einer anderen Rasse sind nicht dagegen immun. Niemand kann ihr widerstehen! Es spielt keine Rolle, ob ihr jung, alt, fett, häßlich, schwanger, zottig –«

Ein wütendes Knurren ertönte aus dem hinteren Teil der Menge, und das männliche Bärenwesen trat mit gesträubtem Pelzhaar, erhobener Tatze und ausgefahrenen Klauen vor. Seine Kameraden hielten ihn zurück.

»Das war nicht persönlich gemeint, mein Lieber«, entschuldigte sich Mudd hastig. »Tut mir leid, wenn ich mich aus Begeisterung für mein Produkt nur auf menschliche Schönheitsideale beziehe.« Das Bärenwesen knurrte noch lauter – und zwar in seine Richtung, denn *er* war schließlich der Mensch hier. Drei Männer mußten ihn davor zurückhalten, Mudd zu attackieren. Nicht, daß es ihnen besonders viel ausgemacht hätte, wenn Shu-luft Mudd in Stücke gerissen hätte. Vielmehr begannen sie sich langsam für den Kristall zu interessieren.

Mudd trat nervös einen Schritt auf die Plattform zurück. »Ich wollte nicht... ich meine –«

Irgendwer weiter vorne lachte. Schon bald breitete sich das Lachen über die ganze Menge aus. Das männliche Bärenwesen sah die belustigten Gesichter um sich herum und merkte, daß seine Wut fehl am Platz war. Er entspannte sich und grinste verlegen. Harry tat es ihm nach.

»Beweise es, Mann«, knurrte Shu-luft schließlich.

»Wenn es ein Beweis ist, den du wünschst, mein zotteliger Freund, so sollst du deinen Beweis haben.« Er drehte sich um und machte eine ausladende Geste in Richtung des Schiffs. »Sieh her und staune!«

Ein Mädchen, das bestimmt niemand für ein Bärenwesen gehalten hätte, trat aus dem Innern der zentralen Kabine heraus. Sie ging – nein – sie schwebte auf Mudd zu. Sie wand sich um seinen linken Arm und sah zu ihm mit jenem Ausdruck verzückter Anbetung hoch, den klassische Maler normalerweise Engeln, die die Heiligen Drei Könige anbeten, verleihen.

Ihre Stimme war tief und kehlig und entsprach genau der Vorstellung, die man von einer derart überwältigenden Vision hatte.

»Harry, Liebling«, seufzte sie, und zwar so laut, daß sie auch noch in den hinteren Reihen zu hören war, »ich hatte solche Sehnsucht nach dir.«

Ob sie die menschlichen Minenarbeiter jedoch hörten, darf bezweifelt werden, denn sie waren zu sehr damit beschäftigt, sie mit jenem verzückten Gesichtsausdruck anzustarren, den sie sonst nur beim Anblick einer 1000-Kilo-Ablagerung Duralumindrahterzes hatten.

So zarte und dennoch sinnliche Mädchentypen waren auf einer rauhen und wilden Welt wie Mutterader verständlicherweise rar. Und die wenigen, die es mit ihren rohen Attraktionen aufnahmen, waren jedoch nicht geneigt, es in der Gesellschaft von Männern wie diesem zu tun.

»Ja, seht und staunt«, wiederholte Mudd, der sich der Wirkung, die das Mädchen auf sein Publikum ausübte, voll bewußt war. Mudd wußte, daß sie, um es in der altehrwürdigen Ausdrucksweise seiner terranischen Vorfahren auszudrücken, angebissen hatten. »Ich habe nur einen einzigen Tropfen dieser Wundersubstanz auf mir aufgetragen und dann ganz einfach diese junge Dame berührt... es gab nur einen ganz kurzen, physischen Kontakt, und –«

»Bitte, Liebling«, unterbrach ihn das Mädchen gurrend. »Komm doch wieder zurück ins Schiff.« Sie preßte sich eng an ihn, legte ihren linken Arm um seinen Hals und begann, eines seiner Ohren zu liebkosen.

»Wie... wieviel?« gelang es schließlich einem der Minenarbeiter herauszuglucksen. Seine Kameraden nickten eifrig.

»Wieviel?« wiederholte Mudd leise. »Sir, interpretiere ich Ihre Nachfrage richtig, wenn ich sage, daß Sie mich nach dem – und ich schäme mich fast, es zu sagen – Preis dieses Artikels fragen?«

»Genau das tat ich«, murmelte der Minenarbeiter, der das Mädchen immer noch anglotzte, wie sie an Mudd hing.

»Es ist ein Spottpreis, Sir. Eine kleine, unbedeutende Summe, da ich meine, daß man aus dem Verkauf von Liebe nicht allzu viel Profit schlagen sollte.« Er machte eine kleine Pause. »Dreihundert Credits oder den Gegenwert in raffinierten Schiffbrennstoffen.«

Jeder Betrachter hätte gewettet, daß nichts in der Galaxis die Aufmerksamkeit der anwesenden Männer von der schlanken Gestalt, die mit ihren Fingern durch Mudds Haar strich, ablenken konnte. Mudds Ankündigung schaffte es jedoch.

»Dreihundert Credits!« stammelte der Minenarbeiter.

»Nun, vielleicht ist es doch etwas mehr als ein Spottpreis«, gestand sich Mudd ein, als er das Murmeln, das durch die Menge ging, wahrnahm. »Aber immer noch ein guter Handel. Wie soll man denn den Preis für wahre Liebe bestimmen?« Er hüstelte etwas.

Das Mädchen drückte sich fester an ihn und schenkte dem Publikum ein Lächeln, das die anwesenden Männer bisher nur in ihren Träumen gesehen hatten. Jeder von ihnen schien ein leises Stöhnen von sich zu geben – mit Ausnahme der beiden Neuankömmlinge.

Hätte Mudd sie entdeckt, hätte er wahrscheinlich eine andere Art von Stöhnen von sich gegeben. Aber er war immer noch so in seine Präsentation vertieft, daß ihm ihre Anwesenheit bisher entgangen war.

Und jetzt deutete er sogar einen Rückzieher an. »Sollten Sie, meine Herren – und Damen – den Preis für übersteigert oder zu hoch für Ihren Geldbeutel halten, dann werde ich leider versuchen müssen, meine armen Kristalle anderweitig zu verkaufen.«

In diesem Augenblick traten Kirk und Spock vor. Mudd nahm die Bewegung wahr und warf einen schnellen Blick in ihre Richtung. Er erkannte die beiden Offiziere sofort, worauf sein Unterkiefer unter der Wirkung der plötzlich erhöhten Gravitation zu leiden anfing. Aber Mudd gewann schnell seine Fassung wieder und brachte ein breites Lächeln zustande. Es war so falsch wie alles an ihm, aber wer ihn nicht kannte, mußte aus seinem strahlenden Gesicht schließen, daß er über das Erscheinen der beiden Männer hocherfreut war.

»Captain Kirk. Und der unvermeidliche Mr. Spock. Welch eine angenehme Überraschung! Willkommen auf Mutterader, meine Herren. Darf ich aus diesen Vorgängen doch auf ein gewisses Interesse schließen? Möchten auch Sie vielleicht ein bißchen Liebe erwerben? Jeder braucht Liebe.«

»Sie verzeihen, wenn ich gerade jetzt nicht besonders liebevoll erscheinen mag, Harry«, antwortete Kirk. »Aber im Moment wird mein Interesse an Ihnen von anderen Emotionen gesteuert. Mal sehen.« Er wurde nachdenklich. »Betrug, illegale Drogenherstellung, Schwindel – das dürfte für den Anfang mal reichen.

Die Klagen wurden auf Sirius IX und Ilyra VI eingebracht, und zwar unter den Bestimmungen des Pharmazeutischen Kodex der Föderation, Absatz dreiundsechzig bis dreiundachtzig, im Einklang mit –, nun, Sie werden ja genügend Zeit haben, die gesamte Liste einmal durchzulesen, Harry.« Er warf Mudd einen strengen Blick zu.

»Nun, wie ich schon sagte«, wiederholte Mudd etwas weniger fröhlich, »willkommen auf Mutterader. Eine bezaubernde und wunderbare Welt mit vielen einzigartigen Attraktionen – unter anderem der Tatsache, daß sie nicht mit der Föderation in Verbindung steht und daher auch die Föderationsgesetze nicht anerkennt.« Er lächelte die Minenarbeiter an. Diesmal war das Lächeln echt.

Ungefähr ein Dutzend feindlicher Blicke, von denen nicht alle menschlich waren, richteten sich plötzlich auf Kirk und Spock. »Halten Sie diesen Kanal offen, Uhura«, murmelte Kirk in den Kommunikator. Er war eingeschaltet, aber immer noch an seinem Gürtel befestigt, weil er beide Hände frei haben wollte.

»Aye, Sir«, kam die Antwort. »Chefingenieur Kyle in Bereitschaft.«

Einer der Minenarbeiter menschlicher Abstammung ging auf die beiden Sternenflottenoffiziere zu. Er nickte in Mudds Richtung, während er mit den beiden Neuankömmlingen sprach. »Das stimmt. Ihr beide haltet euch also da raus. Mutterader ist ein offener Planet. Wir tun hier, was uns gefällt, nach unseren eigenen Gesetzen, und lassen uns von keinem anderen dreinreden.«

»Ich möchte Sie warnen«, sagte Kirk. »Dieser gewissenlose Betrüger wurde früher schon festgenommen, weil er –«

Der Minenarbeiter schüttelte den Kopf. »Kein Interesse. Wenn ein Föderationsoffizier jemanden als Betrüger bezeichnet, dann meistens deshalb, weil der Betreffende keine Steuern bezahlt hat.« Er grinste breit. »Und dagegen haben wir hier nichts«, sagte er, wobei er Harry einen aufmunternden Blick zuwarf.

»Ich nehme eines, Mudd. Für dreihundert Credits.«

Kirk versuchte es ein letztes Mal. »Ich sage euch, dieser Mann ist ein Räuber galaktischen Formats.«

»Auf einen Nenner gebracht heißt unser einziges Geschäftsgesetz hier: ›Vor Betrug wird gewarnt‹, Cap'n«, antwortete der Minenarbeiter. »Und unser einziges Rechtsmittel gegen Betrüger ist das Lynchen. In unseren Augen ist es Mudd, der hier etwas riskiert, nicht wir. Wir wären Ihnen dankbar, wenn Sie sich nicht weiter einmischen würden.«

Kirk wollte ihm sagen, daß Harcourt Fenton Mudd für wesentlich höhere Einsätze schon viel größere Risiken als das Hängen eingegangen war, aber nun mischte sich Spock mit ruhiger und gelassener Stimme ein.

»Ist Ihnen klar, daß Harry Mudd euch mit einer perfekten Illusion prellt?«

»Häh?« Der Minenarbeiter starrte ihn an. Aus der Menge kam ein Murmeln. Die Idee, daß sie übers Ohr gehauen wurden, gefiel ihnen ganz und gar nicht.

»Wovon sprichst du, Vulkanier?« rief ein anderer.

Noch bevor jemand etwas sagen oder dagegen einschreiten konnte, trat Spock vor und zog mit einer glatten Bewegung seinen Handphaser. Ohne ein Wort zu verlieren, feuerte er direkt auf den Kopf des schönen Mädchens, das sich an Mudd geschmiegt hatte.

Mudd schrie auf und prallte von der Hitze des Schusses zurück. Die entsetzten Minenarbeiter blieben wie angewurzelt stehen. Das Resultat einer Phaserexplosion auf diese Entfernung hätte ein sehr totes Mädchen sein müssen.

Statt dessen verschwand das Mädchen eine Sekunde nachdem der Strahl sie berührt hatte. An seinem Platz hockte nunmehr ein kleines, reptilienartiges, ungefähr einen Meter hohes Geschöpf, das die Menge mit nervösen Augen anstarrte. So blieb es einen kurzen Moment lang sitzen, bevor es herumwirbelte und schnell in das Schiff zurückflitzte.

»Euer ›Mädchen‹«, sagte Spock freundlich, »ist ein gezähmter, rigellianischer Hypnoid, der eine simple, von Mudd bei ihm programmierte Illusion projiziert. Wie ihr sehen könnt«, fuhr er fort, während er auf einen versengten Punkt an den Schiffsplatten direkt hinter der Stelle, wo vorher das Mädchen gestanden hatte, deutete, »ging der Strahl meines Phasers direkt durch sie hindurch.«

Es folgte ein langer Moment des Schweigens, das plötzlich von einer Serie lang anhaltender, pfeifender Schreie des großen Vogelwesens gebrochen wurde. Selbst wer mit seiner Gattung nicht vertraut war, konnte die lang anhaltenden Pfiffe als Gelächter erkennen.

Der Rest der Minenarbeiter jedoch reagierte weniger amüsiert. Einer der Menschen zog eine merkwürdig geformte, kleinkalibrige Schußwaffe hervor. Sie mußte über Generationen hinweg von Vater zu Sohn weitervererbt worden sein. Zu seiner Linken fing der dick mit Muskeln bepackte Schwerweltgoldschürfer an, einen Felsbrocken zu heben, der halb so groß wie er selbst war.

Wie auf Kommando setzte sich die wütende Meute in Bewegung.

»Also, Freunde«, begann Mudd verzweifelt, »ich kann es euch erklären. Nur keine Panik.«

»In einem Punkt haben Sie recht, Harry«, bemerkte Kirk, der mit dieser überraschenden Wende äußerst zufrieden war. »Wir können Sie nicht verhaften – aber Sie *können* sich freiwillig stellen.«

»Nein, Captain. Es gibt keinen Grund, mich freiwillig zu stellen. Das käme ja einem Geständ-«

Der Schwerweltler hatte diesen Augenblick gewählt, den Felsbrocken von sich zu schleudern, und Mudd wich ihm aus. Er flog durch den Korridor in das Schiff hinein. Aus dem Innern war das Geräusch zersplitternden Glases zu hören.

»DIEB! RÄUBER! SCHWINDLER!«

Noch ein weiterer kleiner Felsbrocken, dem er gerade noch ausweichen konnte, schoß auf ihn zu. Als der Stein vom Türrahmen abprallte, sprang Mudd plötzlich, bevor man ihn dort festnageln konnte, von der Plattform und rannte mit einer Geschwindigkeit, die man ihm kaum zugetraut hätte, auf die beiden Sternenschiffoffiziere zu. Ein Hagel von Wurfgeschossen folgte ihm.

»Ich gebe auf! Ich stelle mich freiwillig!« Er drehte sich im Lauf um und hob warnend den Zeigefinger.

»Mein freier Wille – Erbarmen – ich befinde mich jetzt in Schutzhaft!«

»Du vergißt eins, Harry!« rief einer der Verfolger, »Mutterader erkennt die Rechtsprechung der Föderation nicht an.« Diese Bemerkung wurde durch einen faustgroßen Stein unterstrichen, der gegen Mudds Rücken prallte. Er heulte auf.

Kirk stellte den Kommunikator ein. Gleichzeitig trat Spock einige Schritte vor. Er stellte den Phaser hoch ein und richtete ihn auf den kieselartigen Boden direkt hinter Harry. Der hochkonzentrierte Strahl schlug in den Boden ein und errichtete vor den herannahenden Minenarbeitern eine Blockade aus einer Mischung aus Erdreich und Glas.

Ein weiterer Stein segelte über die neue Blockade und traf Mudd am hinteren Teil seines rechten Beins. Er schrie auf und rannte hinkend weiter auf Kirk und Spock zu. Als er sie erreicht hatte, drehte er sich sofort zu seinen Peinigern um und stellte sich ihnen entschlossen entgegen – hinter Kirk.

Einer der Menschen hatte den Gipfel der rutschigen Blockade erklommen und streckte die Hand nach dem männlichen Bärenwesen aus, um ihm hochzuhelfen. Gleich dahinter befand sich der Mann mit der Projektilwaffe, der sich bemühte, mit dem umständlichen Gerät Mudd ins Visier zu bekommen.

Aber zu diesem Zeitpunkt waren Mudd, Kirk und Spock bereits nur noch zur Hälfte da und verschwanden bereits aus dem Blickfeld, da der Transportereffekt einsetzte und mit der Entmaterialisierung begann.

Harry Mudd beschwerte sich immer noch lautstark, aber in der

Übergangsstasis konnte ihn niemand hören – erst wieder, als sie sich im Transporterraum der *Enterprise* wiederfanden.

»Gut gemacht, Chef«, beglückwünschte Kirk den Mann hinter der Transporterkonsole. »Perfektes Timing... es wurde bereits etwas brenzlig.« Der Transporterchef grinste und winkte ab.

»Es war ziemlich einfach, Captain, nachdem ich Mudds Muster eingestellt hatte.«

Mudd ignorierte die Tatsache, daß Kirk und Spock ihm soeben das Leben gerettet hatten, und setzte seine Schimpftirade fort.

»Das war ein übler Trick, Kirk! Sie haben mich um mein Schiff und meinen Rigellianer gebracht – und wenn Sie meinen, es wäre einfach gewesen, diese halbintelligente Eidechse dazu zu dressieren, die Nymphe zu spielen, dann wissen Sie nicht, was Geduld ist – mein ganzes Hab und Gut. Sogar die Liebeskristalle.« Er richtete sich auf und versuchte, bedrohlich zu wirken.

Statt dessen sah er wie etwas aus dem *Mikado* aus. »Ich werde meinen Anwalt kontaktieren und Sie persönlich verklagen.«

»Gut«, pflichtete Kirk bei, »wir sehen uns dann vor Gericht wieder, Harry.« Mudd warf ihm einen wütenden Blick zu, als er die Transporterplattform verließ. »Folgen Sie mir.«

»Wohin gehen wir?«

»Wohin gehen denn normalerweise Leute, die unter Arrest stehen?«

Der Händler verdrehte wütend die Augen. »Wie, Captain...? Etwa ins Gefängnis? Sie beabsichtigen doch nicht etwa, mich wegen derlei unbegründeter Vorwürfe einzusperren? Mich hinter ein Kraftfeld zu werfen? Und wie einen ganz gewöhnlichen Kriminellen zu behandeln?«

»Gewöhnlich sind Sie ganz bestimmt nicht, Harry. Aber wir nehmen Sie doch nur in Schutzhaft, Harry, das ist alles.« Er lächelte.

Mudd entblößte die Zähne und gab ein Knurren von sich. Dieses Knurren ging jedoch schnell in ein Stöhnen über, das von wirklichem Schmerz zu stammen schien. Wahrscheinlich war es Mudds erste ehrliche Äußerung seit Wochen, dachte Kirk. Der Händler rieb sich den unteren Teil des Rückens an der Stelle, wo ihn der erste Brocken getroffen hatte.

»Spock.«

»Ja, Captain?«

»Rufen Sie das Bordlazarett. Sie sollen jemand in den Bau schikken.« Spock nickte, und Kirk führte ihren Gefangenen zum Aufzug.

Der ›Bau‹ der *Enterprise* bestand aus mehreren kleinen und einer größeren Wohnfläche, die durch dicke Wände voneinander getrennt waren und auf einem Korridor lagen. Im Augenblick waren alle Räume leer. Kirk führte Mudd in eines der kleineren Apartments und wies ihn an, sich zu setzen.

Gleich darauf erschien Spock in Begleitung von Schwester Christine Chapel. In der Zwischenzeit faßte sich Mudd ständig an den Rücken, krümmte sich auf seinem Sessel und stöhnte theatralisch.

»Was haben wir denn für ein Problem?« fragte Chapel, die den sitzenden Händler mit Abscheu beäugte.

»Er wurde am Rücken von einem Felsbrocken getroffen«, sagte Kirk, bevor Mudd seine endlose Liste von Wehwehchen aufzählen konnte. »Ich denke, es ist nichts Ernstes.«

»Nichts Ernstes!« schoß Mudd ungläubig zurück. »Ich habe zumindest einen angeknacksten Wirbel.«

»Um Himmels willen, Harry, hören Sie auf, so viel Lärm um nichts zu machen.« Kirk schüttelte den Kopf. »Der freie Händler der Außenwelt, der Pionier der Föderation, die Vorhut der Menschheit.« Manchmal fragte er sich, wie es die Menschheit mit Vertretern wie Mudd überhaupt so weit hatte bringen können.

Chapel hatte in der Zwischenzeit Mudds Uniform gelüftet und untersuchte seinen breiten Rücken. Am unteren Teil, direkt über der Gürtellinie, war eine rote Schürfung.

Sie entnahm der Medizintasche an ihrer Hüfte einen kleinen Behälter, der oben eine kleine Spraydüse und unten einen einfachen Abzug hatte. Sie richtete ihn auf die Verletzung und drückte auf den Aktivator.

Ein feiner Nebel zischte aus der Düse, während sie mit dem Behälter über die Wunde fuhr. Mudd verzog das Gesicht, als benutze sie einen Vorschlaghammer.

»Eine leichte Verletzung, Captain«, sagte sie, während sie den Behälter wieder in ihrer Tasche verstaute. »Er wird es überleben.«

»Nun, es kann nicht immer nur gute Neuigkeiten geben«, bemerkte Kirk. Mudd schüttelte ob dieses unfreundlichen Kommentars verzweifelt den Kopf und stopfte sein Hemd in die Hose.

»Ts, ts, Captain, eine derart ungewohnte Feindseligkeit von einem Mann in Ihrer Position.«

»Glauben Sie mir, Harry, es tut mir leid, daß Sie sich das anhören müssen. Hätten Sie sich uns nicht aufgedrängt, würde ich Ihnen auch nicht sagen, was ich von Ihnen halte. Überhaupt, wie sind Sie eigentlich entkommen? Ich dachte, wir hätten Sie für immer auf dieser Roboterwelt zurückgelassen.«

Ein zittriger Finger schoß in einer trotzigen Geste nach oben. »Unterschätzen Sie niemals den Lebenswillen Harcourt Fenton Mudds! Wer diesen fatalen Fehler begeht, muß schon bald einsehen, daß –«

»Harry«, unterbrach ihn Kirk geduldig, »hören Sie auf mit dem Theater. Wie sind Sie entkommen?«

Mudds Augen funkelten. »Ah, Captain, die Idee war wirklich genial! Eine Inspiration, die meiner einzigartigen Talente auf dem Gebiet sozialer Verbesserung wert war.

Ich führte das Konzept organisierten Sports ein. Was für ein prächtiger Anblick – die Teilnahme Tausender von Roboterbürgern, zwei Mannschaften, verstrickt in einem erbitterten Kampf um die Ehre ihrer jeweiligen Fabriken, ihrer Zentralcomputer. Dann führte ich die Idee ein, offiziell zu wetten, und zwar mit allen möglichen, subtilen Varianten, und –«

»Den Rest kann ich mir vorstellen«, sagte Kirk, der bei der Vorstellung, die Mudds Worte heraufbeschwörten, schauderte. Der Händler blickte reumütig drein.

»Traurigerweise vergaß ich eine Kleinigkeit – die Tatsache, daß ich es mit Maschinen und nicht mit Menschen zu tun hatte. Sie schätzten meine ausgezeichneten und subtilen Verfeinerungen der uralten Logik organisierten Glücksspiels ganz und gar nicht.«

»Sie meinen wohl Betrug«, korrigierte ihn Spock.

»Daher war ich, äh, gezwungen, mir in einem günstigen Moment ein Transportmittel auszuleihen –«

»Ein Raumschiff zu stehlen«, fügte Spock erneut hinzu. Mudd blickte den Vulkanier zornig an.

»– und abzureisen. Erst auf Lyra VI fand ich endlich eine Zuflucht. Eine bezaubernde Welt. Eine Kultur im Vormarsch, begierig auf die Segnungen der Kultur der Föderation. Ein Volk, das reich an jenen seltenen Eigenschaften ist – Freundschaft und Unschuld.«

»In deren Ausnutzung Sie ja Experte sind – weshalb Sie ihnen auch die Akademie der Sternenflotte verkauft haben«, beendete Kirk den Satz. »Harry, das war ein bißchen viel, selbst für Sie.«

»Ich verkaufte eine Idee«, protestierte Mudd. »Keine Tatsachen oder Versprechen.«

»Und schon gar nicht auf Papier oder Tonband«, erinnerte ihn Spock. »Die... Transaktion warf genügend Credits ab, um in Ihrem gestohlenen Schiff nach Sirius IX zu entkommen.«

»Geliehenen«, beharrte Mudd. »Wo ich für intelligentes Leben einen großen Segen entdeckte. Etwas, wonach Humanoide schon seit Tausenden von Jahren suchten – und die meisten Außerirdischen wahrscheinlich ebenso. Einen echten, chemisch einwandfreien und unfehlbaren Liebestrank!«

»Den Sie an mindestens tausend Bewohner von Sirius IX verkauften«, schloß Kirk, »die von seiner Einnahme sofort unausweichlich krank wurden.«

»Unglücklicherweise, Captain, war das Schiff, das ich gestoheh, geliehen hatte, für eine genauere chemische Analyse nicht entsprechend ausgerüstet. Weshalb ich mich traurigerweise nicht von vornherein vergewissern konnte, daß der Liebestrank und die biochemische Zusammensetzung meiner Kunden inkompatibel waren. Weshalb ich, wie gewohnt, den ehrlichsten Weg einschlug: ich reiste sofort ab, aber nicht, ohne vorher sämtliche Credits, die ich verdient hatte, zurückzulassen, um meine begeisterten, jedoch mit physiologischen Mängeln behafteten Kunden zu entschädigen.«

»Im Klartext – eine Bank auf Sirius zog Ihr Kapital ein, bevor Sie es abheben konnten«, berichtigte Spock.

Mudds Lächeln wurde langsam müde. »Wirklich, Mr. Spock, ich muß gestehen, daß ich die Aufmerksamkeit, die Sie trivialen Nebensächlichkeiten widmen, manchmal etwas ermüdend finde.«

»Hoffen wir, daß das Friedensgericht mehr Interesse zeigt, wenn es dieselben Fakten erörtert.« Ein unverständliches Gemurmel kam tief aus Mudds Rachen.

»Und so kamen Sie hierher«, fuhr Kirk fort, »in der Hoffnung, beim Betrügen ehrlicher Minenarbeiter mehr Glück zu haben – und wieder, ohne sich Gedanken über die möglichen Nebenwirkungen Ihres Liebestranks auf *deren* körperliche Zusammensetzung zu machen.«

Mudds Kinn reckte sich vor, als er eine noble Pose einnahm. »Nun, in diesem Fall habe ich eine Überraschung für Sie, Captain Kirk. Denn zum ersten Mal in meinem Leben bin ich auf etwas gestoßen, das sowohl profitabel als auch ehr… wahrnehmbar ist. Der Trank *wirkt.*«

»Wie auf Sirius IX?«

Mudd zuckte die Achseln. »Ein unglücklicher, unvorhersehbarer Unfall der Natur. Die Ausnahme, die die Regel bestätigt, wie ich Ihnen versichern kann.« Er lehnte sich vor. »Nein, nicht nur versichern – ich kann es *beweisen.* Wenn Sie erlauben, hole ich einige Muster von meinem Schiff…« Er machte Anstalten, aufzustehen.

Kirk schüttelte langsam den Kopf. »O nein, Harry.« Er trat einige Schritte zurück, bis er bei Spock und Chapel im Korridor stand, dann drückte er auf einen Schalter, der sich rechts von ihm in der Wand befand.

Versteckte Instrumente schalteten sich ein, und ein leises Summen wurde hörbar. Sofort hatte sich ein dünnes, aber undurchdringliches Kraftfeld zwischen Mudd und den drei Sternenschiffoffizieren errichtet.

Das Feld selbst – oder vielmehr das, was davon sichtbar war – sah so ähnlich wie die Hitzeverzerrung auf einer asphaltierten Straße an einem heißen Tag aus. Durch das Kraftfeld hindurch schien der Umriß von Harry Mudd leicht zu verschwimmen und hin- und herzuflackern.

»Mr. Spock, Sie bereiten bitte so bald wie möglich eine offizielle Haftmeldung vor, mit allen Einzelheiten, einschließlich des verbotenen Einsatzes eines rigellianischen Hypnoiden. Vor allem erwähnen Sie, daß sich Mr. Mudd freiwillig gestellt hat.« Mudd murmelte in seiner Zelle ein sarkastisches *»Hah!«*.

»Natürlich, Captain«, antwortete Spock.

Kirk nickte, zufrieden über die Tatsache, daß er bis zu ihrer Ankunft beim Sektorhauptquartier auf Darius von Harry Mudd nichts mehr hören würde.

Aber alle Menschen, selbst Sternenschiffcaptains, träumen manchmal.

»Ich bin auf der Brücke, falls Sie mich brauchen, Mr. Spock«, sagte er noch, während er zum Aufzug ging. Spock drehte sich zu der Frau um, die neben ihm stand.

»Schwester Chapel, ich benötige von dem Häftling ein medizinisches Gutachten als Anhang an die Haftmeldung. In ihr wird versichert, daß er zum Zeitpunkt der Festnahme gesund und in guter Verfassung war und auch keine willensbeeinflussenden Techniken angewandt wurden... das Übliche eben.«

»Und was ist mit meinem Rücken?« beschwerte sich Mudd. »In guter Verfassung, du liebe –«

Spock beachtete ihn kaum. »Notieren Sie, daß Mr. Mudd eine leichte Verletzung im unteren Rückenbereich davontrug, während er sich stellte.«

Sie lächelte zu ihm hoch. »Auch das werde ich eintragen, Mr. Spock.« Ihr Lächeln wurde breiter, wärmer... sehnsüchtig. »Ich habe gehört, wie Sie und der Captain es angestellt haben. Dafür, daß Sie ihn in eine so perfekte Falle lockten, verdienen Sie es, beglückwünscht zu werden.« Sie lehnte sich plötzlich vor und schürzte die Lippen.

Spock wich schnell aus und runzelte die Stirn. »Schwester Chapel, ich muß Sie daran erinnern, daß oraler Kontakt unter Vulkaniern nicht gebräuchlich ist.«

Sie sah enttäuscht und verlegen aus. »Ich... ich entschuldige mich hiermit, Mr. Spo – Commander.«

Spock blieb gelassen. »Das ist nicht nötig. Es ist mir klar – ja, ich werde sogar ständig daran erinnert –, daß emotionale Regungen die Menschen zu jedem nur erdenklichen Zeitpunkt überkommen können.« Er schüttelte traurig den Kopf. »Wie bedauerlich für Sie.«

»Wenn Sie nur wüßten, Mr. Spock«, murmelte sie, aber so leise, daß es niemand hören konnte.

Mudd hatte das auch gar nicht nötig. Als scharfsinniger Beobachter anderer Lebewesen genügte ihm ein Blick in ihre Augen. Er lehnte sich auf dem kombinierten Sofabett nach vorn und zwirbelte mit gespieltem Desinteresse seinen Schnurrbart.

Ja, ja... das Universum ist doch immer wieder für Überraschungen gut, reflektierte er. *Äußerst* verblüffend.

»Was die Gefangennahme Mr. Mudds betrifft, übertreiben Sie«, fuhr Spock förmlich fort. »Achten Sie bitte darauf, daß Ihr medizinisches Gutachten genauer ausfällt.« Er nickte kurz, dann verließ er die Gefängnisabteilung.

Chapel starrte ihm nach, bis sich die Aufzugstüren hinter ihm geschlossen hatten. Mudd mußte kein Telepath sein, um zu merken, daß sie sich nicht nur dafür interessierte, ob er beim Hinausgehen stolperte.

Er trat näher an das Kraftfeld heran. Als er ein prickelndes Gefühl auf der Haut spürte, wußte er, daß es nahe genug war. Als Chapel immer noch dem verschwundenen Spock nachstarrte, fing er beiläufig zu sprechen an.

»Wissen Sie, Sie haben völlig recht. Ich hatte in meiner Laufbahn schon viel mit Humanoiden zu tun, und Ihr Mr. Spock ist gewiß ein äußerst attraktives Intelligenzwesen.«

Wumm! Mudd konnte das mentale Fallgitter, das in ihrem Kopf herunterrasselte, fast sehen. Sofort nahm ihre Stimme Präzision und bürokratischen Gleichmut an.

»Ein außergewöhnlicher Offizier, ja. Wir können uns glücklich schätzen, ihn als Vorgesetzten zu haben.«

»Aber ein bißchen fehlt es ihm noch an Gefühlswärme, oder?« Er lächelte breit, als sie zu ihm herumfuhr. Als sie nichts sagte, fuhr er fort. »Sie aber, Schwester«, und er rieb sich den Rücken, während er weiterplauderte, »haben eine wunderbare Begabung für die Heilung von Verletzten. Eine bemerkenswerte Fähigkeit... eine feminine, frauliche Note.

Heutzutage ist das in der Föderation eine Seltenheit, und ich meine, nicht nur beim Personal der Sternenflotte. Ich schätze das sehr wohl. Es scheint, als handelten die meisten Leute... nun, so mechanisch, Sie wissen schon.

Jedenfalls weiß ich das zu schätzen. Und ich denke, es ist gerade diese Eigenschaft, die, nun... was ich zu sagen versuche, ist, ich möchte Ihnen danken.« Er balancierte unbeholfen auf einem Fuß und fing an, seinen linken Stiefel auszuziehen. Chapel sah dem Unterfangen unsicher zu.

»Danken... mit einem Stiefel?«

»Nein, nein, meine Liebe. Damit.« Und während sie ihn weiter anstarrte, berührte er einen versteckten Knopf auf der Rückseite des Stiefels. Eine kleine Feder sprang auf, die Ferse schnappte zur Seite und enthüllte ein kleines, hohles Fach. Diesem entnahm er einen länglichen, bunten Kristall, der in einem inneren Licht zu pulsieren schien – eine Mischung aus klarem Quarzgestein und Opal. Im Inneren des durchsichtigen Silikats schwamm eine dicke, ölige Flüssigkeit.

Chapel machte große Augen. »Was ist das?«

»Mein Liebestrank.« Sie hob den Kopf. »Nein, nein«, sagte er hastig. »Es ist kein Trick, keine Illusion, meine liebe Schwester Chapel. Er ist echt. Im Innern des Kristalls«, er klopfte mit einem Fingernagel gegen die Probe, »liegt die Kraft, Liebe zu erzeugen... bei einem anderen.«

Chapel trat vorsichtshalber einen Schritt zurück. »O nein,

Harry Mudd. Ich habe von Ihren Tränken gehört. Ich glaube Ihnen nicht.« Sie machte auf dem Absatz kehrt und wollte gehen. Mudd streckte die Hand nach ihr aus und lief, gegen das Kraftfeld gepreßt, die Zelle entlang.

»Und wenn es nun doch stimmt?« flehte er mit verzweifelter Stimme. »Denken Sie darüber nach, Schätzchen – Mr. Spock ist in Sie verliebt. *Wirklich* in Sie verliebt.«

Arex blickte von seinem Platz an der Navigationskonsole nach hinten zu Spock und Kirk. »Etwas ist hier äußerst interessant, Sir.«

Die *Enterprise* flog auf einem normalen Forschungskurs mit hoher Geschwindigkeit auf den fernen Darius zu. Arex verlangsamte die Geschwindigkeit... für den Fall eines Falles.

»Vor uns liegt ein unbekanntes Sternensystem.«

»Legen Sie es auf den Bildschirm, Mr. Arex.« Dieser drückte auf einen Knopf. Sofort wurde auf dem Hauptbildschirm ein kleines, noch fernes Sternensystem sichtbar. Eine unauffällige, blauweiße Sonne kochte in seinem Zentrum.

»Vergrößern, Mr. Arex.«

»Ja, Sir.« Arex betätigte drei Schalter. Der Brennpunkt des Bildes wurde schärfer. Dann nahm er einige weitere Einstellungen vor, worauf der Rest der Brücke den Hauptgegenstand seines Interesses sah – die Begleiterin der blauweißen Sonne.

Sie war kleiner und rötlich orangefarben. Spock hatte die nichtvisuellen Informationen über das verdeckte Sichtgerät des Bibliothekscomputers überprüft. Jetzt blickte er hoch und sah zu den anderen hinüber.

»Ein binäres Standardsystem, Captain; aber es scheint zumindest einen Planeten der M-Klasse zu beherbergen. Ich meine, das ist selten genug, um eine Überprüfung zu rechtfertigen.« Kirk dachte einen Augenblick lang nach, dann stimmte er zu.

»Ja, Sie haben recht. Bringen Sie uns in eine Umlaufbahn, Mr. Arex.« Der Navigator begann, das unendlich komplizierte Pilotensystem zu befragen. Kirk starrte auf den Bildschirm, während sie langsam in die Doppelsternfamilie eindrangen.

Die immer größer werdende blauweiße Sonne leuchtete pochend, pulsierte und funkelte, funkelte und brannte und...

...funkelte hypnotisch, während Mudd das Kristall wie einen Kreisel in seinen Händen herumwirbeln ließ. Schwester Chapel starrte fasziniert, wie in Trance, darauf. Ihr Handphaser war auf Harrys Körpermitte gerichtet.

»Falls es funktionieren sollte«, sagte sie gedehnt, »was völlig absurd ist, würde er...«

»Nichts einfacher als das, meine Liebe. Ja, er würde.«

»Wie funktioniert es – theoretisch, meine ich natürlich.«

»Nichts einfacher als das«, fuhr Mudd aalglatt fort, während er immer noch mit dem Kristall herumspielte. »Sie zerbrechen lediglich den Kristall und lassen die Flüssigkeit kurz in Ihre Haut einziehen. Die Hände eignen sich am besten dafür. Dann berühren Sie ganz einfach eine andere Person – *die* andere Person.«

»Und dadurch soll Liebe erzeugt werden? Mudd, das ist lächerlich.«

»Ist denn nicht die Liebe selbst lächerlich?« argumentierte er philosophisch. »Aber Sie täuschen sich, meine Liebe – die Kristalle sind unfehlbar. Eine einzige Berührung von einer Hand, die von der Flüssigkeit geküßt wurde, erweckt zwischen Männern oder Frauen ewige Freundschaft. Aber bei einem Angehörigen des anderen Geschlechts entsteht Liebe, wahre Liebe. Garantiert.« Er hielt den Kristall näher an das Kraftfeld heran.

»Harry Mudds Liebeskristalle könnten in einem Granitblock Leidenschaft erwecken. Und Ihr Mr. Spock – ist er nicht auch so etwas wie ein Granitblock?« Mudd warf das Kristall von einer Hand in die andere.

»Natürlich sind Sie skeptisch.« Während er einige Schritte nach hinten in die Zelle machte, entging ihm nicht, wie ihre Augen dem Kristall, der von Hand zu Hand wanderte, folgten.

»Aber Sie, Christine, können den wahren Wert eines einzigartigen chemischen Mittels durchaus erkennen. Sie sind nicht nur eine schöne Frau, sondern auch Wissenschaftlerin. Und Sie sind praktisch selbst Ärztin, nur nicht auf dem Papier. Ich bitte Sie inständig, diesen Liebeskristall als mein Dankesgeschenk anzunehmen. Für Ihre medizinischen Dienste und tröstenden Hände.

Ich versichere Ihnen, es ist unschädlich. Das würde sogar Captain Kirk zugeben. Warum fragen Sie ihn nicht selbst?«

»Fragen...? Nein... nein, das ist bestimmt nicht nötig. Ich wollte sagen, es ist nicht nötig, den Captain zu belästigen, um...« Sie verstummte, wurde nervös und änderte die Taktik. »Es wird mir nicht schaden? Was passierte dann mit den Leuten auf Sirius IX?«

»Ah, Sie haben also davon gehört«, sagte er enttäuscht. »Nichts weiter. Sie wurden nur leicht krank. Es gab keine ernsthaften Erkrankungen. Auch das können Sie überprüfen, wenn Sie wollen. Aber die chemische Zusammensetzung des Menschen müßte darauf bestens ansprechen. Und die eines Vulkaniers ebenso.« Er versuchte, desinteressiert zu erscheinen.

»Betrachten Sie es als Experiment.« Er streckte die Hand, die den Kristall hielt, nach ihr aus und zog sie wieder zurück, als das Kraftfeld heftig reagierte. Er kicherte vergnügt.

»Entschuldigung – wie vergeßlich von mir.«

»Nicht, daß ich diesen Unsinn glaube«, murmelte sie, ohne ihm jedoch in die Augen zu sehen. »Aber ich denke, es kann nicht schaden, die Wirkungen zu analysieren.«

»Natürlich nicht!« Er grinste breit.

Sie zögerte ein letztes Mal, dann nahm sie den Phaser fest in die Hand und drückte auf den Wandschalter. Das Kraftfeld verschwand. Mudd merkte es daran, weil der Umriß Chapels plötzlich nicht mehr kräuselte.

Lächelnd machte er eine höfliche Verbeugung, bei der ihm auffiel, daß die Hand, die den Phaser hielt, kein bißchen zitterte. Er überreichte ihr den Kristall und achtete sorgfältig darauf, keine plötzliche Bewegung zu machen.

Sachte nahm sie ihn entgegen, als handle es sich um eine Fusionsbombe. Was es in gewisser Weise auch war. Während sie den Phaser weiter auf Mudd richtete, hielt sie ihn gegen das Licht. Im Inneren reflektierte die Flüssigkeit das Licht und sandte mit jeder Bewegung Myriaden von Blitzen zurück...

7

Ein Bild nach dem anderen huschte über den Bildschirm auf der Brücke der *Enterprise*, während ihre automatischen Kameras und Aufnahmegeräte die Welt darunter abtasteten. Panoramas wechselten mit Sequenzen von Nahaufnahmen ab und boten so ein genaues Bild von der Oberfläche.

Im Grunde genommen war es eine trockene Welt, ein Wüstenplanet. Scheinbar endlose Ebenen aus feinem Sand, die an manchen Stellen so tief wie Ozeane waren, wurden hie und da von Aufwürfen nackten, abgetragenen, schwarzen Felsgesteins durchzogen, das laut den Schiffssensoren eine erstaunliche Härte aufwies. Es hätte sonst auch kaum den gewaltigen Sandstürmen, die die Haut der unbewohnten Kugel pausenlos abschürften, widerstanden. Der Zielcomputer des Schiffs pendelte sich schließlich auf eine mittlere, teleskopische Ansicht einer Gegend irgendwo unter ihnen ein.

Dort war gerade Sonnenuntergang, und zwar der zweite, weil die blauweiße Sonne bereits unten stand und der rötliche Doppelstern dem Sand die Farbe getrockneten Blutes gab. Die langen Schatten hinter den wenigen hervorsprießenden Grashalmen tönten die Oberfläche kohlefarben.

Die *Enterprise* glitt in eine Umlaufbahn um den einzigen, aber bedeutungslosen Mond des Planeten. Kirk aktivierte das Logbuch.

»Logbuch des Captains, Sternzeit 5514.6.

Wir haben ein bisher unbekanntes Doppelsternsystem mit einer einzigen, eingeschränkt bewohnbaren Welt lokalisiert und eine vorläufige Abtastung gemacht. Soeben ist die erste genauere Vermessung in Vorbereitung. Eine zweite eingehende Vermessung mit Landetrupp wird auf dieser Reise wahrscheinlich nicht durchgeführt werden, außer ein unerwarteter, neuer Faktor macht sie erforderlich.«

So wie diese tote, reglose Oberfläche aussah, erwartete Kirk keinerlei überraschende Entwicklungen. Er sah vom Logmikrofon hoch.

»Mr. Spock, haben Sie diese vorläufigen Statistiken zur Hand?«

»Hier, Captain.« Kirk ging zu seinem Ersten Offizier, der am Bibliothekscomputer stand. Ein kleiner Bildschirm spielte die ersten Sonden- und Sensorenmeldungen ihrer ersten, schnellen Umlaufbahn um den Äquator des Planeten ab. Sie wurden sauber miteinander in Beziehung gebracht und in ihre wesentlichen Komponenten zerlegt.

Die planetarische Entdeckungsausrüstung der *Enterprise* zerlegte eine Welt und reduzierte sie anschließend zu einer Reihe von

Zahlen, die in den Bibliothekscomputer eingegeben wurden. Dort wurden sie vom Gehirn des Schiffs aussortiert, zusammengepackt und im allgemeinen in für einen gut ausgebildeten Sternenflottenoffizier verständliche Begriffe übersetzt.

Arex blieb am Steuer und überprüfte genau ihre Position, um sicherzugehen, daß sich ihre Umlaufbahn nicht änderte, während M'ress weiterhin über ihre Kommunikationsgeräte nach Anzeichen für intelligente Lebewesen suchte. In Sandgruben wie derjenigen unter ihr waren letztere normalerweise nicht sehr gesprächig. Bisher hatte sie noch nichts gefunden, nicht einmal ein Anzeichen eines primitiven Kristallkomplexes.

Mit den vorläufigen Auswertungen des Computers erhielten sie so Stück für Stück ein Gesamtbild. Dies war keine Welt, die intelligentes Leben hervorbrachte.

»Bleiben in Parkumlaufbahn, Captain«, sagte Arex über die Schulter. »Alle Waffensysteme in Abwehrbereitschaft.« Spock war auf seine Station zurückgekehrt und überprüfte ein weiteres Mal die Computerergebnisse nach den neuesten Informationen.

»Nicht einmal Anzeichen einer primitiven Gesellschaft, Captain, obwohl es Spuren organischer Standardformen gibt – eine normale Trockenweltökologie.«

»Das ergibt Sinn«, murmelte Kirk, während er auf den Schirm starrte. Dann würden sie hier wohl auch nicht allzu lange bleiben. Eine Folgeexpedition konnte das wenige, das diese Welt zu bieten hatte, zu einem späteren Zeitpunkt auswerten. Er sah keinen Grund, die *Enterprise* mit einem mühsamen Studium der lokalen Fauna und Flora zu lähmen.

»Atmosphäre auf der Oberfläche achthundert Millibar«, fuhr der Wissenschaftsoffizier fort. »Gravitation eins Komma zwei. Mittlere Temperatur – heiß, aber innerhalb der Grenzen der M-Klasse. Wechsel der Jahreszeiten...«

Schließlich senkte Chapel den Kristall und richtete ihre Aufmerksamkeit wieder auf Harry Mudd. »Ich werde Ihnen die Ergebnisse meiner Analyse mitteilen. Und ich werde bestimmt gründlich vorgehen, das versichere ich Ihnen.«

»Aber der Kristall ist sehr empfindlich, meine Liebe. Labortests, egal, wie vorsichtig sie durchgeführt werden, würden ihn wahrscheinlich zerstören. Und einmal zerbrochen ist er völlig wirkungslos. Außerdem ist er der einzige, der mir übriggeblieben ist.« Er lächelte, und sein Ton wurde eindringlicher.

»Warum probieren Sie ihn nicht wie vorgesehen?«

»Nein«, protestierte Chapel – schwach, wie er meinte. »Ich denke nicht, daß ich sollte...«

»Meine Liebe, überlegen Sie nur! Wenn es bewirkt, was ich sage, daß es bewirkt – und das tut es«, er machte eine bedeutungsvolle Pause, »wird Spock für immer Ihnen gehören. Und es gibt keinerlei Nebenwirkungen, nichts, was darauf hindeuten würde, daß es nicht echt ist.«

Sie zögerte immer noch, überlegte und fällte schließlich eine Entscheidung. Sie nickte und schob den Handphaser in ihren Gürtel. »Ich breche einfach den Kristall und lasse die Flüssigkeit in meine Haut einziehen?«

Mudd lächelte. »Und dann berühren Sie ihn.«

Chapel hob den Kristall ein letztes Mal hoch, starrte in die kristallenen Tiefen und schloß ihn schließlich in ihre Faust. Es gab einen schwachen, ätherischen Knall, wie das Kreischen eines Kleintieres, als der Kristall zu Pulver zerstob. Die ölige Flüssigkeit bedeckte jetzt ihre Handfläche.

Sie legte die Hände zusammen und rieb sie ein. Obendrein trug sie noch etwas davon auf ihre Wangen auf. Gesicht und Hände trockneten rasch, da die fremdartige Substanz entweder schnell einzog oder ebenso schnell verdampfte.

Plötzlich schwankte sie benommen, rang nach Luft und fiel halb bewußtlos zu Boden.

»Was ist das?« stammelte sie. Sie kniete am Boden und legte beide Hände an den Kopf. »Was ist los?«

Mudd trat lässig über die Grenze des nunmehr desaktivierten Kraftfelds und beugte sich über sie. »Gar nichts, Schätzchen. Eine vorübergehende Reaktion, hervorgerufen durch die Aufnahme des Tranks. Es ist gleich wieder vorbei.«

Noch während er sprach, nahm er sanft den Handphaser aus ihrem Gürtel. Zudem fand er noch einen dünnen Plastikstreifen, den er ebenfalls einsteckte.

Chapel bemühte sich, auf die Beine zu kommen, und hielt sich mit schlotternden Knien am Deck fest. Langsam fing sie wieder an, klar zu sehen.

»Hier, Liebes... ich helfe Ihnen.« Er legte einen Arm unter den ihren und hob sie hoch, paßte aber genau auf, sie nicht an der Stelle zu berühren, wo sie die Flüssigkeit aufgetragen hatte.

»Ich... ich denke, es geht mir schon besser.«

»Natürlich, habe ich Ihnen denn nicht gesagt, daß es gleich vorbei ist?« Noch immer von den seltsamen Nachwirkungen der Droge benommen, schwitzte sie und schüttelte den Kopf.

Es gab mehrere Dinge, die ihr Sorge bereiteten, aber der Nebel in ihrem Kopf schien sich nicht zu lichten, sondern nur noch dichter zu werden. Moment mal... eines dieser Dinge starrte sie gerade an.

»Sie... sie sollten doch im Bau sein, Harry.«

»Aber natürlich«, bemerkte Harry freundlich. Er trat einige Schritte zurück, bis er wieder in der Zelle stand. Chapel drückte auf den Kraftfeldaktivator in der Wand. Sie mußte die Bewegung aber wiederholen, weil der erste Versuch kläglich mißlang. Wieder fing Mudds Umriß zu flackern an, als das Feld zwischen den beiden erschien. Aber jetzt wußte sie genau, daß das Flackern im *Feld* war... und nicht in ihrem plötzlich wieder klaren Kopf.

»Warum suchen Sie, äh, nicht Spock auf?« schlug er vor. »Die Wirkung der Flüssigkeit hält nicht ewig an, wissen Sie.«

»Ja«, murmelte sie, dann wiederholte sie nochmals mit fester Stimme: »Ja... das werde ich tun.« Sie ging den Korridor hinauf.

Mehrere Minuten lang ging Mudd ruhig in seiner Zelle auf und ab und inspizierte sie aus allen Winkeln. Nachdem er davon überzeugt war, daß der Aufzug gestartet war, zog er den Handphaser aus einer seiner Taschen. Er adjustierte die Öffnung sorgfältig auf das seines Erachtens notwendige Minimum und drückte den Abzug.

Ein Blitz, und der Energiestrahl berührte das dünne Kraftfeld und zerstörte es. Mudd grunzte zufrieden und steckte den Phaser wieder in die Tasche. Lächelnd und fröhlich pfeifend schlenderte er aus der Zelle in Richtung des Aufzugs.

Mudd wich auf ein wenig frequentiertes Wertungsdeck aus. Er benötigte einen ruhigen Ort, an den er sich vorübergehend zurückziehen konnte, und das Wertungsareal erschien ihm dafür am geeignetsten.

Er ging den Hauptkorridor hinab und inspizierte einen Raum nach dem andern. Räume, die gerade erst frequentiert worden waren, ließ er aus. Ebenso ging er an allen Zimmern vorbei, die Material enthielten, das von einer Minute auf die andere für den Betrieb des Sternenschiffs gebraucht werden konnte.

Schließlich lokalisierte er einen so gut wie leeren Lagerraum, der auch von innen verschließbar war. Das reichte für einige Stunden. Er hatte nicht vor, allzu lange zu bleiben.

Er setzte sich auf einen Kanister mit der Aufschrift SCHMIERMITTEL NOTVORRAT, benutzte eine große Metallkiste als Arbeitsbank und nahm den dünnen, flachen Plastikstreifen heraus, den er einer Tasche an Schwester Chapels Gürtel entnommen hatte. Nachdem er ihn vorsichtig auf der Kiste plaziert hatte, berührte er seinen Stiefel. Die Ferse schnappte zur Seite, und ein kleines Päckchen mit Miniwerkzeugen kam zum Vorschein.

Während er vor sich hin summte, arbeitete er geschickt und schnell. Als erstes entfernte er Schwester Chapels Identifikationsfoto von der Sternenflottenkennkarte. Dem Päckchen entnahm er ein winziges, flaches Stück Metall von der Größe eines Fingernagels. Dieses schob er sanft auf die glänzende, freie Stelle auf der Karte und preßte seinen Daumen dagegen. Ein leises Klicken ertönte.

Als er mit dem Druck nachließ und das winzige Quadrat beiseite schob, war es sein eigenes, lächelndes Antlitz, das von der Karte zu ihm hochstrahlte.

Er legte den Miniatur-Drei-D-Duplikator zur Seite und machte sich mit einigen der anderen Werkzeuge an der Karte zu schaffen. Es würde noch einige Zeit und Präzisionsarbeit erfordern, bis er alle Identifizierungen Chapels entfernt und durch seine eigenen ersetzt hatte.

Die Privatquartiere des Ersten Offiziers der *Enterprise* glichen in vieler Hinsicht ihrem Bewohner – sie waren ordentlich, wohldurchdacht und logisch konzipiert. Ein Platz für alles, und alles hatte seinen eigenen Platz. Selbst die Kunstgegenstände an der Wand besaßen in ihrer Zusammenstellung dieselbe düstere Regelmäßigkeit, die auch ihren Käufer auszeichnete.

Gerade eben arbeitete dieser Mann an dem großen Schreibtisch, der das Hauptzimmer beherrschte. Spock überflog einige Informationen auf dem Anzeigebildschirm seines eigenen Computeranschlusses. Es klingelte. Er sprach, ohne hochzusehen.

»Herein.«

Chapel kam herein und stellte sich neben ihn. Sie hatte eine flache Mikrobandcassette in einer Hand und mehrere Dinge vor. Alles war für Spock bestimmt.

Sie versuchte, nicht zu zittern und wartete geduldig hinter Spock, während der Schreibtischcomputer summte und klickte. Schließlich unterbrach er seine Arbeit und drehte sich zu ihr um.

»Ja, was gibt es, Schwester?«

»Ich bringe das medizinische Gutachten für den Haftbericht – Sie baten mich doch darum?«

»Ja. Danke, Chapel.« Er wirbelte in seinem Sessel herum und streckte die Hand nach der Mikrocassette aus. Gleichzeitig trat Chapel einen Schritt vor, stolperte unbeholfen und fiel in seinen Schoß.

Der verblüffte Spock fing sie mit einer reflexartigen Bewegung auf. Sie klammerte sich an ihn, und es gelang ihr, einen langen, körperlichen Kontakt herzustellen. Er sah sie unsicher an.

»Entschuldigung, Sir«, sagte sie, Überraschung heuchelnd. Erwartungsvoll blieb sie in seinen Armen. Spock saß ruhig da und wartete darauf, daß sie aufstand. Als ihm klar wurde, daß sie sich, warum auch immer, nicht bewegen würde, erhob er sich und stellte sie auf die Füße.

»Sind Sie etwa verletzt, Schwester Chapel?« Es gelang ihm nicht, seine Gereiztheit zu verbergen, obwohl sein Gesichtsausdruck wie immer neutral blieb.

»Nein, es geht mir gut«, antwortete sie mit einem Tonfall, der auf das Gegenteil schließen ließ.

Vulkanier besitzen gewisse interessante Fähigkeiten und Sinne, die bei Menschen nicht vorzufinden sind. Ein Gespür für einen plötzlichen Anstieg des Blutdrucks gehörte jedoch nicht dazu.

»Fühlen *Sie* sich denn gut?« fragte sie hoffnungsvoll.

»Völlig normal.« Er nahm die Cassette vom Schreibtisch. »Ich werde das Gutachten dem Bericht beifügen.« Er wartete. Als sie weder »Danke« noch »Auf Wiedersehen« sagte, zuckte er leicht die Achseln, setzte sich an seinen Computeranschluß und nahm seine Arbeit wieder auf.

Mehrere Minuten verstrichen, ehe er merkte, daß sie immer noch hinter ihm stand. Jetzt war er nicht mehr gereizt, sondern besorgt.

»Gibt es denn noch etwas, Schwester Chapel?«

Stotternd streckte Chapel eine Hand nach ihm aus, zog sie aber rasch zurück. »Wollen... wollen Sie nicht, daß... ich hierbleibe? Und Ihnen helfe?«

»Ich komme ganz gut alleine zurecht, Schwester Chapel. Wenn Sie hierblieben, wäre das unnötig, duplikativ und unlogisch. Sehen Sie das nicht ein?«

»Ja«, flüsterte sie. Dann wurde ihre Stimme laut und gefaßt. »Ja – ich wäre tatsächlich ganz schön blöd.« Sie machte auf dem Absatz kehrt und marschierte hinaus.

Eine Minute lang starrte ihr Spock verdutzt hinterdrein. Ihr Benehmen schien mehr als normal... menschlich zu sein. Dann schüttelte er den Kopf – egal, wie lange er unter den Menschen lebte und arbeitete, er würde sie niemals völlig begreifen – und widmete sich wieder seiner Arbeit.

Auch Chapel hatte noch einiges zu tun. Sie ignorierte die gelegentlichen Grüße anderer Besatzungsmitglieder, als sie die verschiedenen Korridore auf dem Weg zum Bau durchquerte. Sie dachte an die diversen Demütigungen sowohl verbaler als auch körperlicher Art, die sie einem gewissen Harry Mudd zufügen wollte.

Endlich brachte sie der einzige Lift, der zur Sicherheitsabteilung führte, in den Sicherheitskorridor der *Enterprise*. Noch bevor sie die Zelle erreichte, fing sie zu sprechen an.

»So, Harry Mudd, jetzt sind Sie dran, Sie falscher, betrügerischer...«

Sie kam auf die Höhe der Zelle, warf einen bösen Blick hinein – und riß vor Erstaunen den Mund auf. Keine zitternde, ängstliche Gestalt erwartete sie. Nicht einmal eine lächelnde oder unerschütterliche. Die Kraftfeldbarriere war tatsächlich ausgeschaltet und die Zelle absolut leer.

Schnell wirbelte sie herum, weil sie dachte, er wäre entschlüpft und lauerte ihr gerade auf. Ihre Hand faßte nach dem Phaser an ihrem Gürtel und griff ins Leere. Sie faßte sich an den Kopf und fürchtete bereits, auch dort nichts vorzufinden.

Sofort waren die Nachwirkungen ihres Schwindelgefühls vorbei. Sie sah zu ihrem Gürtel hinab, als würde der erhoffte Phaser, wenn schon nicht auf fühlbare, so doch auf visuelle Identifikation reagieren. Kein Glück. Er war nicht da.

»O nein«, murmelte sie leise. Dann rannte sie zum Aufzug.

SHUTTLEDECK
UNBEFUGTEN IST DER ZUTRITT VERBOTEN

Vergnügt musterte Mudd die deutlich in Druckbuchstaben angebrachten Worte an der Tür, die ihm den Weg versperrte. Dann stellte er sich vor einen kleinen, leeren Bildschirm, der daneben in die Wand eingelassen war.

Er holte tief Luft und steckte seine neue, abgeänderte Kennkarte in den Schlitz neben den Schirm. Wenn irgend jemand vom Sicherheitsdienst beschloß, diesen Shuttledeckeingang routinemäßig zu überprüfen, wäre es aus mit ihm – schließlich sah er Christine Chapel nicht im geringsten ähnlich. Aber der Schirm leuchtete nur einmal hell auf, als die Automatik die Daten des Besuchers bearbeitete. Nach einer kurzen Wartezeit, die Mudd wie tausend Jahre erschien, ging ein grünes Licht unter dem Schirm an. Ein Summen, und die Tür schob sich gehorsam zur Seite. Mudd zog die Karte aus dem Schlitz, atmete erst einmal durch und trat schnell ein. Drinnen blieb er stehen, während sich die Tür hinter ihm zuschob.

Der Shuttlehangar war mit der üblichen Zahl vom Schiff unabhängiger Beförderungsmittel der Sternenflotte bestückt. Da gab es einen kleinen, superschnellen Aufklärer, ein schwergepanzertes Landefahrzeug für Welten mit Oberflächen, offenbar noch unwirtlicher als dic, die sich gerüchteweise unter ihnen befand, und ein Hovercraft für Planeten mit völlig andersgearteten Oberflächen oder überhaupt keiner.

Zusätzlich gab es noch mehrere leichte Atmosphärenflieger und drei kompakte Shuttles. Er rieb sich die Hände und wünschte, lauthals lachen zu können, aber irgendwo könnte ein Mikrofon versteckt sein. Er gab sich daher mit dem Gedanken zufrieden.

Harry Mudd triumphiert erneut!

Im Eilschritt ging er auf die wartenden Schiffe zu.

Spock, der nicht wußte, daß der Gegenstand seiner Haftmeldung sich gerade anschickte, selbige für ungültig zu erklären, hatte den kleinen Schreibtischcomputeranschluß ausgeschaltet und schloß soeben den Bericht, indem er in ein kleines Handdiktiergerät sprach:

»... als Anhang folgt ein medizinisches Gutachten, ausgestellt von Schwester Christine Chapel...« Er schwieg plötzlich und machte einen tiefen, verblüfften Atemzug.

Dann entglitt ihm ein breites Lächeln. Glücklicherweise schaute er nicht gerade in einen Spiegel. Der Schock hätte ihn vielleicht in Ohnmacht fallen lassen.

Er blinzelte und hustete. Das Lächeln verschwand so plötzlich, wie es gekommen war. Seine Gesichtsmuskeln, die diesen Ausdruck nicht gewohnt waren, protestierten heftigst. Er räusperte sich und setzte sein Diktat fort.

»Äh... Schwester... Chapel... Gutachten –«

Wieder zögerte er, aber dieses Mal zitterten seine erstaunten Hände zu den auseinandergezogenen Lippen hoch. Er schüttelte heftig den Kopf, sprang auf die Beine und stieß den Stuhl beiseite – wie ein Besessener. Was auch genau der Fall war.

»Christine... Chapel.« Die letzte Silbe ging in einen tiefen, schweren Seufzer über. »Liebste, reizende Christine.« Er seufzte noch einmal, und sein Gesicht verzog sich vor Schreck. Er stolperte gegen den Schreibtisch und prallte zurück, als hätte sich dieser plötzlich in eine monströse, vierbeinige Spinne verwandelt.

»Christine –« Ein heftiger Schmerz durchzuckte ihn, als trommle jemand mit stetem Rhythmus gegen seinen Bauch.

Chapel hätte das Gefühl erkannt.

Er müßte vollgetankt und jederzeit für eine ausgedehnte Mission bereit sein. Mudd musterte den Langstreckenaufklärer liebevoll. Der Bordcomputer, die Miniaturausführung desselben Modells, das die *Enterprise* betrieb, konnte seine Informationen vom Stammcomputer beziehen. Er müßte, bevor es jemand merkte, in der Lage sein, ihm die momentane Position des Schiffs geben zu können, seine schnelle Kurseingabe – zum Beispiel nach Ilyria – zu akzeptieren und ihn sofort außer Reichweite der Detektoren zu bringen.

Natürlich konnte ihn die *Enterprise* leicht orten und einholen – aber nur, wenn sie seinen Abflug mitbekam. Und dagegen konnte er Schritte unternehmen. Alles, was er brauchte, waren fünf Minuten am nominalen, aber dennoch beeindruckenden Solantrieb des Aufklärers, und schon wäre er über alle Berge und weit weg, bevor –

Ein harter Schlag traf ihn im Genick. Um ihn herum war nur noch das Dunkel des Weltraums, mit einer stattlichen Anzahl von Sternen... allerdings nicht von solarer Größenordnung.

Als sein Blick klarer wurde, präsentierten ihm seine Augen das Deck in einer extremen Nahaufnahme. Instinktiv hob er die Hand und strich sich über den schmerzenden Nacken. Er verzog bei der Berührung das Gesicht. Ein langsamer Ruck, und er rollte zur Seite, was er fast gleich wieder bereute. Das Deck war auf seine eigene, unschuldige Art ein schönerer Anblick.

Christine Chapel streckte die Hand aus und hob den Phaser, der aus Harrys Gürtel gefallen war, auf. Dann richtete sie ihn auf einen empfindlichen Teil seiner Anatomie.

»Ich bin gekommen, um Ihre Garantie einzufordern, Mr. Mudd.«

So nahe – er war so nahe dran gewesen! Er schimpfte frustriert, als er aufstand.

Zufällig überprüfte niemand auf der Brücke das Shuttledeck, weshalb Kirk, Arex, M'ress und Scott von dem Schauspiel, das sich unten abspielte, nach wie vor nichts wußten.

McCoy stand an Spocks unbesetzter Bibliotheksstation und forschte nach einem geringfügigen Problem nichtmedizinischer Art. Alle anderen befanden sich auf ihren Stationen – ruhig und entspannt. Niemand blickte sofort hoch, als die Aufzugstüren aufgingen und Spock die Brücke betrat.

Er trat vor, blieb aber zögernd stehen. Er schluckte nervös. Aber entgegen aller Erwartungen starrte ihn niemand an, und niemand zeigte, daß etwas Ungewöhnliches vor sich ging. Seine Verwirrung wurde gar nicht bemerkt.

Aber den Unterschied in seiner Stimme erkannten alle. Und alle drehten sich bei seinen ersten Worten um.

»Captain...« Er zögerte. »Doktor, ich glaube, ich brauche medizinische Hilfe.« McCoys Augen vergrößerten sich etwas. »Ich... möchte eine Anzahl... äußerst seltsamer... Emotionen melden.«

»Was?« sprudelte es gleichzeitig aus Kirk und McCoy heraus. M'ress und Arex rissen lediglich die Augen auf.

Im Shuttledeck war Mudd wieder auf den Beinen und lief gerade ängstlich an der Wand hinter dem Aufklärer entlang in Richtung mehrerer Decksmaschinen. Die grimmig dreinblickende Chapel lief hinter ihm her, stieß ihm dann und wann die Phaser zwischen die Rippen oder krümmte den Finger, wobei sie gerade noch den Abzug verfehlte.

Jedesmal, wenn sie das tat, machte Mudd – der stark schwitzte, und das bestimmt nicht von der Anstrengung des Gehens – einen kleinen Sprung, und sein strahlendes Lächeln verlor etwas an Wirkung.

»Wollen Sie damit etwa andeuten, daß der Trank kein voller Erfolg war, Schätzchen?« Chapel stieß ein heiseres Lachen aus.

»Wie man's nimmt. Oh, es war wundervoll, Harry. Ich habe einen völligen Narren aus mir gemacht. Ich bin sicher, Sie bereuen es, das verpaßt zu haben. Aber keine Sorge – was ich mit Ihnen mache, wird noch lustiger sein.« Mudd fand dieses Versprechen ganz und gar nicht witzig.

»Aber Sie wissen doch, wie kalt die Vulkanier sind«, fiel ihm gerade noch ein. »Möglicherweise«, und er hob mahnend den Finger, als sie ihn schon wieder mit dem Phaser anstupste, »verzögert sich die Reaktion ein wenig, und der Trank braucht einige Minuten mehr, bis der gewünschte Effekt eintritt. Schließlich ist ein so widerspenstiges Objekt wie Spock...«

Sie schüttelte traurig den Kopf. »Und ich hatte solche Hoffnungen. Aber Sie sind immer noch derselbe durchtriebene Betrüger, der Sie schon immer waren, Harry. Ich weiß nicht, was in mich gefahren ist, daß ich Ihnen plötzlich glauben konnte, auch wenn es nur für einen Augenblick war. Schließlich haben Sie schon so viele betrogen –« Wieder hob sich die Mündung des Phasers.

»Na, na, niemand ist perfekt«, ermahnte sie Mudd eilig. »Und ich hatte schon in jungen Jahren einen schlechten Umgang. Wir sollten nichts überstürzen, meine Liebe. Warum jetzt etwas tun, was wir später bereuen werden.«

»Oh, keine Angst, Harry. Das wird nicht der Fall sein – bestimmt nicht.« Er fing zu zittern an. Sie war angewidert. »Nur keine Panik, Sie wehleidiger Feigling.«

»Ich kann nichts dafür – so sind wir wehleidigen Feiglinge nun mal.«

»Harry, dieser Phaser ist nur auf Betäubung gestellt. Und ich denke, jetzt reicht es.« Sie befanden sich bereits im Maschinenkomplex. Gleich in der Nähe war ein Intercomschirm angebracht, den die Techniker, die in diesem Komplex arbeiteten, benutzten. Es war Zeit, das Spiel zu beenden.

»Aktivieren Sie das Intercom, Harry.«

»Warten Sie doch, meine Liebe«, warnte er sie plötzlich gutgelaunt, weil sich eine Idee in seinem Kopf formte. »Mir fällt da gerade etwas ein –«

Er ging weiter zurück an der Wand entlang, immer tiefer in den Komplex hinein. Auf dem riesigen Tank, gegen den er mit dem Rücken stand, befand sich die Aufschrift:

LUFTREGENERATION UND -VERTEILUNG

Er steckte die Hand in seine Hosentasche und verdrehte den Arm, worauf ein Reißen zu hören war. Als er die Hand herauszog, hielt er mehrere feine, große Liebeskristalle, die er aus dem Futter seiner Hose gerissen hatte, in ihr.

»Probieren Sie es mit einem anderen. Ich versichere Ihnen, sie wirken. Spock wird so verliebt in Sie sein, daß er –«

»Schluß jetzt!« schrie sie verärgert und fuchtelte mit dem Phaser herum.

Kaum war die Waffe nicht mehr auf ihn gerichtet, sprang Mudd zur Seite, warf die Kristalle hoch, stieß ein Heulen aus und stürzte sich auf sie. Die tolpatschig hochgeworfene Handvoll Kristalle zerbarst über ihnen in der Nähe eines offenen Gitters.

Von seinem Kriegsgeschrei und Angriff überrascht, prallte Christine zurück, feuerte blindlings drauflos und fiel gegen den Alarmknopf, der sich unter dem Intercomschirm befand. Der Phaserschuß ging daneben; der breite Strahl strich an der Schulter des fliegenden Händlers vorbei und versengte den Metallturm hinter ihm.

Irgendwo heulte eine Sirene auf.

Beide waren so sehr mit sich selbst beschäftigt, daß sie sich nicht die Mühe machten, nach oben zu schauen, wo das zerstäubte Kristall und die verdampfende Flüssigkeit von versteckten Ventilatoren in das Gitter eingesaugt wurden.

Harry Mudd war kein Zwerg. Er prallte gegen Chapel, wobei seine Schulter gegen den Arm, der den Phaser hielt, schlug. Ihr Arm zuckte hoch und zurück. Der Phaser wurde nochmals ausgelöst, und der Betäubungsstrahl traf sie an der Kehle. Sofort sackte sie in seinen widerstrebenden Armen zusammen.

»Bei den heiligen Daumen von Hnisto!« Er verlagerte die Beine und hob sie hoch. »Tut mir leid, liebe Christine – aber ich fürchte, jetzt kann ich eine Geisel gut gebrauchen. Warum konntest du mich nicht leise gehen lassen, ohne das ganze Schiff in Alarmbereitschaft zu versetzen?«

Gleichzeitig warf er einen Blick auf das Deck, in Richtung des Aufklärers, und überlegte fieberhaft. Bei allgemeinem Alarm würden sie erst einmal im Bau nach ihm suchen. Der Aufklärer sah schnell aus, aber ohne einen Vorsprung von fünf Minuten konnte er niemals der *Enterprise* davonziehen oder sie ausmanövrieren.

Aber unter ihnen drehte sich ein Planet. Oft erwies sich eine endliche Welt als besseres Versteck als der unendliche Weltraum. Aber nicht mit dem Aufklärer, nein... er legte die reglose Christine über eine Schulter und eilte auf das gepanzerte Landefahrzeug zu. Ihn *da* herauszuholen, dürfte ihnen schwerfallen.

Spocks Geständnis seiner schweren Probleme und der daraus resultierenden Ausdrücke von Schock und Überraschung wurde vom Alarm unterbrochen. Eine Vielzahl von Fragen war schnell vergessen, als die Notstationen besetzt wurden. M'ress schaltete das schrille Alarmsignal aus. Arex überprüfte die Sicherheitstafeln und erstattete Bericht.

»Es ist kein Schadensalarm, Sir. Kein Anzeichen von feindlichen Schiffen in der unmittelbaren Umgebung – hier ist es. Interne Sicherheit – Shuttledeck.«

»Sichtanzeige, Mr. Arex«, befahl Kirk ruhig. Der Navigator betätigte einen Schalter. Alle sahen nach links, als ein kleiner Bildschirm über der Wissenschaftlichen Bibliotheksstation aufleuchtete. Er zeigte das Shuttledeck mit den Schiffen, aber nichts, was einen Alarm auslösen könnte.

»Kamera schwenken«, sagte Kirk. Die Kamera bewegte sich. »Anhalten, Mr. Arex.« Zwei Gestalten waren im Bildschirm erschienen. Eine trug offensichtlich die andere, die regungslos war.

Alle erkannten sofort Mudds wohlbeleibte Gestalt, aber die Identität seiner reglosen Last blieb unerkannt, bis ihr Kopf nach hinten fiel.

»Mudd!« schrie Spock erbittert. »Und er hat Christine. Sie ist in Gefahr... meine gelieb-« Sofort riß er verschreckt die Augen auf, und beide Augenbrauen versuchten, an seiner Stirn hochzuklettern und sich in seinen Haaren zu verstecken.

»Interessant... diese Reaktionen...«, murmelte er.

McCoy riß den Mund weiter als sonst auf, sagte aber nichts. Ingenieur Scotts Hand rutschte aus und hätte beinahe die künstliche Gravitation der *Enterprise* verändert. M'ress miaute verblüfft, und Arex stieß ein langes, tiefes Pfeifen aus.

»Shuttledecktore schließen«, brachte Kirk schließlich stammelnd heraus, als er merkte, daß die gigantischen Platten im Deck auseinandergingen. Arex drückte auf mehrere Schalter und drehte sich besorgt um.

»Negativ, Captain. Mudd hat die Maschinen des gepanzerten Landefahrzeugs eingeschaltet. Die Shuttledecktore gehen während des Starts einer Maschine nicht zu.«

Natürlich nicht. Spocks Ausbruch und der darauffolgende Schock hatten Kirks Reaktionen um einige Sekunden verzögert. Es gab eine Notschaltung, die verhinderte, daß sich die riesigen Tore beim Start einer Maschine, sobald sie eingeschaltet war, versehentlich schlossen.

»Mudd meint also, er hätte auf dem Planeten eine bessere Chance«, bemerkte Kirk. »Er ist nicht schnell genug, um uns loszuwerden, weshalb er sich zu verstecken versucht, bis es uns zu langweilig wird und wir abfliegen. Dann nimmt er Kurs auf die nächste bewohnte Welt... langsam, aber er wird es schaffen. Und wir können nicht ewig hierbleiben, um ihn zu suchen.«

»Wir können nicht länger warten«, kam ein Schrei von der Bibliotheksstation. »Nicht, solange er meine Christine hat!

Wir müssen die Verfolgung aufnehmen, Captain.« Spock beschwörte Kirk regelrecht. »Ich führe den Landetrupp.«

McCoy ließ Spock nicht aus den Augen, während er auf die Bibliotheksstation zuging. »Spock, Sie sind offensichtlich nicht bei Sinnen – vielleicht brauchen Sie etwas Ruhe.«

»Captain«, sagte er, während er einen uncharakteristisch wütenden Blick auf McCoy warf, »ich bestehe darauf.« Sein Blick wanderte wieder zum Bildschirm, auf dem lediglich die undeutliche, rostbraune Oberfläche des Planeten unter ihnen zu sehen war. »Christine... Christine Chapel. Ich kann den Gedanken, daß ihr, der Frau, die ich liebe, etwas zustößt, nicht ertragen.«

Falls vorher auf der Brücke Erstaunen geherrscht hatte, so war es jetzt Bestürzung, die sich breitmachte. Die gesamte Aufmerksamkeit richtete sich auf die imposante Gestalt Spocks.

»Liebe?« platzte es aus dem tölpelhaft dreinblickenden Kirk heraus.

»Spock?« McCoy gelang es, in die bloße Erwähnung des Namens einiges an Bedeutung hineinzulegen.

Der Erste Offizier der *Enterprise*, der die erstaunten Reaktionen, die er provozierte, anscheinend nicht bemerkte, lächelte. Es war ein verträumtes, fernes Lächeln, das bei jedem anderen bezaubernd ausgesehen hätte – aber bei ihm wirkte es geradezu absurd.

»Ja, ich will sie beschützen. Ich muß sie in meinen Armen halten.« Sein Gesicht schien sich zu umwölken, und er hielt mitten im Satz inne, als wäre er über das Gesagte entsetzt. Einen Augenblick lang wirkte er verkniffen wie der alte Spock.

Aber nur für einen Augenblick. Dann verfiel er in ein weiteres Lächeln. Kirk starrte ihn besorgt an.

»Normalerweise würde ich eine sofortige Verfolgung nicht in Erwägung ziehen... Jedenfalls nicht, bevor unsere Sensoren Mudd aufgespürt haben. Wir könnten ihn möglicherweise sogar per Transporter zurückholen. Aber wenn Sie absolut darauf bestehen, selbst da runterzugehen...«

»Ja, das tue ich.«

»Dann transportiere ich mit Ihnen hinunter«, sagte Kirk seufzend.

»Exzellent. Wir haben keine Zeit zu verlieren, Captain.« Er wirbelte herum und ging zum Lift. Kirk verließ den Kommandosessel und wollte ihm folgen, aber McCoy hielt ihn zurück.

»Jim... hältst du das wirklich für ratsam? In dem kranken Zustand, in dem er sich momentan befindet?«

»Ich würde nicht sagen, daß er krank ist, Pille. Ganz sicher für Spock ungewöhnlich, aber krank...? Ich weiß nicht.«

»Aber ich, Jim. Es ist ein Anzeichen von Anomalie – völlig unnatürlich für ihn. Liebe unter Vulkaniern ist, nun, viel verkrampfter als das hier.«

»Also gut«, nickte Kirk zustimmend. »Ich bin einverstanden. Versuche *du* doch, ihn aufzuhalten.«

McCoy wollte eine Antwort geben, merkte aber, daß er keine hatte. »Ich verstehe, was du meinst.«

»Es ist besser, wir versuchen nicht, ihn zurückzuhalten – und ich bin ja bei ihm.« Er drehte sich um. »Mr. Scott, Sie übernehmen bis zu meiner Rückkehr das Kommando.«

»Aye, Sir.« Der Chefingenieur ging zum Kommandosessel, während Kirk und McCoy die Verfolgung Spocks aufnahmen.

Erstauntes Schweigen lag über der Brücke, nachdem die drei höheren Offiziere gegangen waren.

»Spock...«, murmelte Scott schließlich. »Spock... verliebt? Was, meint ihr, könnte etwas Derartiges verursachen?«

»Ich kann es mir beim besten Willen nicht vorstellen«, murmelte M'ress. Sie wollte noch eine weitere Bemerkung zufügen, als ein schwacher, aromatischer Geruch an ihrer Nase vorbeiströmte. Sie schnüffelte. Ein schwaches, zischendes Geräusch begleitete den seltsamen Geruch. Niemand sonst bemerkte es, da keiner von ihnen so empfindsam wie M'ress war. Und selbst sie entdeckte nicht den leichten, fast unsichtbaren Dampf, der aus einem der Luftschächte strömte.

Jetzt wurde der Geruch so stark, daß ihn auch Scott wahrnahm. Er inhalierte tief und neugierig... und sein Gesicht entspannte sich in einem breiten, sorglosen Lächeln. »Ver... liebt.«

M'ress schüttelte den Kopf, und ihre Nackenhaare sträubten sich leicht. Dann fing sie leise zu schnurren an. Tatsächlich wurden alle auf der Brücke anscheinend immer... zufriedener.

Spock erwartete sie im Korridor. »Bitte, Captain. Lassen Sie uns nicht die Zeit vertrödeln.«

McCoy machte einen letzten Versuch. »Ich wünschte, Sie ließen mich zuerst einige Tests an Ihnen durchführen, Spock. Sie sind nicht in Ordnung.«

»Ganz im Gegenteil, Doktor. Ich habe mich in meinem ganzen Leben noch nie so lebendig gefühlt. Captain?« Kirk zuckte die Achseln, und die beiden Offiziere gingen in Richtung des Transporterraums. McCoy wurde von einem Bootsmann vom Sicherheitsdienst aufgehalten, mit dem er plötzlich eine Diskussion anfing und daher zurückblieb.

Spock und Kirk betraten zusammen den Transporterraum. Transporterchef Kyle blickte bei ihrer Ankunft vergnügt hoch, stutzte aber, als er den wilden Blick in Spocks Augen sah.

Kirk ging schnell auf ihn zu. »Captain, ich –« Kyle verstummte und starrte weiter den nervös auf und ab marschierenden Ersten Offizier an. Er flüsterte: »Was ist denn mit Mr. –?«

»Keine Zeit für Erklärungen, Chief. Ich sage es Ihnen später... hoffe ich. Haben Sie das Landefahrzeug, das vor wenigen Minuten gestartet ist, geortet?«

»Ja, Sir. Standardverfahrensweise, aber...?«

»Wo sind sie jetzt?«

»Kurz vor dem Aufsetzen – nahe der Oberfläche, nehme ich an.«

»Okay, setzen Sie Mr. Spock und mich gleich in der Nähe ab.«

»Wie Sie wünschen, Sir.« Kyle beruhigte sich und verfolgte die Bahn des Landefahrzeugs, während Spock immer noch auf und ab ging. Wenn sie gerade dann aufsetzen könnten, wenn sich Mudd entschied, in welche Richtung er…

Schließlich hielt es Spock nicht länger aus und sah über die Transporterkonsole hinweg zu Kyle. »Wenn er auch nur ein Haar von ihrem wunderschönen, feinfühligen Kopf gekrümmt hat –«

Falls es die Absicht des Ersten Offiziers war, den Transporterchef zu weiteren Handlungen anzuspornen, so erreichte er genau das Gegenteil. Kyles Hände zitterten schwach über die Schalter, und er starrte Spock mit dem Ausdruck größter Verblüffung an.

»Mr. Spock, ich…«

Aber Spock hatte sich bereits umgedreht und war schon in die Transporternische gestiegen. Ungeduldig wartete er auf einer der Scheiben. Es dauerte mehrere Sekunden, bis sich Kyle von dem zwar kurzen, aber verheerenden verbalen Angriff erholt hatte und mit der Ortung der Landemaschine weitermachen konnte. Außerdem mußte er noch die Landekoordinaten berechnen.

Er wollte Kirk noch weiter ausfragen, wurde aber vom sanften Schließen der Tür unterbrochen, durch die McCoy hereingekommen war.

»Was ist los, Pille?« fragte der Captain.

»Dies fand ein Suchtrupp im Shuttledeck. Einer der Bootsmänner dachte, eine chemische Analyse wäre angebracht, weshalb er es zu mir brachte. Es war aber gar nicht notwendig.«

Er streckte die Hand aus, in der er einen vertrauten glitzernden Gegenstand hielt. Kirk nahm ihn und hielt ihn gegen das Licht. Dann ging sein Blick zu dem ungeduldig wartenden Spock.

»Einer von Harry Mudds sogenannten Liebeskristallen, zerbrochen.« Und plötzlich dämmerte es ihm.

»Jim, jemand vom Suchtrupp fand auch Spuren pulverisierten Kristalls in der Nähe eines der Zirkulationsgitter. Aus der Menge der Rückstände würde ich schließen, daß eines oder mehrere dieser Dinge daran zerbrachen. Bisher ist noch nichts passiert, aber ich werde vorsichtshalber das Reinigungssystem säubern lassen.«

»Eine gute Idee, Pille. Das würde latenten Wirkungen vorbeugen.«

»Das hoffe ich, Jim. In den Korridoren begegneten mir einige Besatzungsmitglieder, und ein paar davon sahen mehr als komisch aus.«

»Beim Vulkan«, ertönte Spocks flehende Stimme, »beeilen wir uns doch, Captain.«

»Sachte, Spock«, antwortete Kirk beschwichtigend. »Solange wir nicht wissen, wo Mudd aufgesetzt hat, können wir nirgendwohin gehen.« Sein Blick blieb einen Moment lang auf dem besorgten Ersten Offizier haften, bevor er sich wieder McCoy zuwandte.

»Geh der Sache auf den Grund, Pille. Und melde mir sofort, wenn etwas nicht stimmt.« McCoy nickte und ging hinaus. Kirk betrat die Transporternische und nahm die Scheibe neben Spock.

Dieselben Landekoordinaten, die Kyle berechnete, wurden auch auf der Brücke studiert. Leutnant M'ress hatte Spocks Bibliotheksstation übernommen, und Scott stand neben ihr. Sie starrte in das verdeckte Sichtgerät.

»Die Sensoren zeigen an, daß Mudd auf der Oberfläche gelandet ist.« Sie drückte auf mehrere Hebel gleichzeitig. »Schicke bestätigende Koordinaten an Transporterraum.«

Scott lachte leise. »Und da ist auch unser Captain – zusammen mit unserem ach so verliebten Mr. Scott.« Er kicherte ein zweites

Mal. Mit einem unregelmäßigen, miauenden Geräusch fiel M'ress in sein Lachen ein.

Sie stand auf, drehte sich von dem verdeckten Sichtgerät weg und streckte eine Pfote aus. Dann fuhr sie ihre geschnittenen Krallen aus. Zunächst zögernd, dann etwas bestimmter, fuhr sie damit über seinen Hals und seine Schultern.

»Wie… seltsam. Bisherr hatte ich noch nicht bemerrkt, wie lustig Sie sind. Und fürr einen Menschen sehrr attrraktiv, Misterr Scott.« Er lachte und sah ihr in die Augen.

»He, sachte, Mädchen… das kitzelt.«

Sie schnurrte und kam etwas näher…

8

Auf der neuen Welt war es Tag. Beide Sonnen waren aufgegangen, und das Licht hämmerte auf den Sand ein. Eine riesige Klippe aus reinem, pechschwarzem Felsgestein ragte aus den Dünen hervor. Sie war vielleicht zwanzig Meter hoch, leicht abgerundet und glänzend.

Zweierlei Schatten verliefen in unterschiedliche Richtungen. Ein weiterer Doppelschatten, der sich ständig verlagerte und sich scharf gegen den Grund abhob, entstand, als die schwere Landemaschine sanft aufsetzte. Leise, wie ein großer, häßlicher Käfer, landete sie in der toten Luft.

Alles war still; mehrere Minuten lang bewegte sich nichts. Dann erschien eine kleine, dunkle Aushöhlung auf einer Seite des Käfers, der zwei kleine Gestalten entstiegen. Sofort wurden sie von vier Schatten begleitet.

»Sie finden dich noch früh genug, mein Püppchen«, sagte

Mudd. Die Temperatur war dank der großen Distanz zu den beiden Sonnen nicht unerträglich, und die Atmosphäre reduzierte die Strahlung so weit, daß man sich ungeschützt der Sonne aussetzen konnte, ohne bis zum Mittagessen geröstet zu sein. Aber ganz ohne Schutz würde ein Mensch auf dieser Welt sehr schnell eine gesunde Bräune erhalten.

»Sie sind doch in Sicherheit«, beteuerte er. »Und zum Zeitpunkt Ihrer Rettung bin ich längst weg.«

»Wo wollen Sie denn hin?« fragte Chapel spöttisch. »Dieser Planet ist eine einzige große, verlassene Wüste.«

»Ein Genie findet immer einen Ausweg«, sagte er nachdenklich. »Lieber frei in der Wüste als sicher im Bau. Einmal, auf Omega VII, habe ich den Bewohnern ihre eigenen Ozeane verkauft und damit einen ordentlichen Profit gemacht.«

Schwester Chapel konnte nicht sagen, ob diese typische ungeheuerliche Behauptung zum Teil stimmte oder reine Aufschneiderei war. Aber ganz gewiß war sie nicht absurder als ihre momentane Situation.

»Nun, Harry, sollten Sie daran denken, irgendwelchen Ureinwohnern diese Wüsten zu verkaufen, dann vergessen Sie das lieber. Bisher haben wir noch keine Spuren intelligenten Lebens gefunden.«

»Dann entspannen Sie sich doch endlich«, sagte Mudd überschwenglich, »denn das bedeutet, daß keine Gefahr droht.«

In ihrer Stimme lag Besorgnis. »Ich sagte, kein *intelligentes* Leben. Ich hörte aber, daß es Anzeichen von organischen, nichtempfindungsfähigen Lebensformen gibt.«

Mudd grunzte. »Sieht kaum danach aus, als würden Sie in der kurzen Zeit bis zu Ihrer Abholung Überraschungen erleben.« Er machte eine ausladende Geste, und zum ersten Mal warfen beide einen ausgedehnten Blick auf ihr Landeziel.

Die Landschaft, die sich ihnen präsentierte, war nicht geschaffen worden, um menschlichen Wünschen zu entsprechen. Hie und da gab es Anhäufungen hochragenden, schwarzen Felsgesteins, eine armselige Vegetation, die nachträglich von einer gedankenlosen Natur eingestreut worden war – und Ozeane, Ozeane aus Sand. Braunem Sand, rötlichem Sand, gelbem und schwarzem Sand. Sonst nichts.

Sie drehte sich zu ihm um. »Sie lassen mich nicht alleine hier zurück?«

»Keine Sorge, Schätzchen. Ich bringe Sie erster Klasse unter. Nein, Sie brauchen sich nicht zu bedanken.«

»Das hatte ich auch nicht vor«, antwortete sie, während sie den Phaser, den Mudd anscheinend unbekümmert in der Hand hielt, betrachtete. Ob sie ihm wohl ein Bein stellen und ihm die Waffe entreißen konnte, bevor sie zurück in die Landemaschine gingen...?

Mudd war jedoch nicht *ganz* so sorglos. »Ah, ah... welch garstige Hintergedanken, Christine.« Er hob warnend den Finger und trat vorsichtig einen Schritt zurück, dann deutete er auf die Rampe und machte eine leichte Verbeugung.

Sie seufzte resigniert. Es schien, als würde sie das schändliche Objekt einer Hilfsaktion von der *Enterprise* werden, während Mudd bei seiner Flucht eine viel bessere Figur machte. Und das war ihm ohne weiteres zuzutrauen.

Wenn es Mudd gelang, eine Höhle zu finden, konnte er das Landefahrzeug verstecken. Und wenn er es abschaltete, war der kleine Metallblock für die Sensoren der *Enterprise* praktisch unsichtbar. Dann wäre sein einziges Problem, wie er die Lebenssensoren des Schiffs übertölpeln konnte, gelöst, aber Chapel zweifelte nicht daran, daß jemand mit einem Einfallsreichtum wie Harry Mudd einen Weg finden würde, das zu bewerkstelligen.

Jedenfalls würde diese Eskapade sicherlich keine guten Auswirkungen auf ihre Personalakte haben.

Mudd ließ die Luke hinter sich offen und genoß nach all den Tagen im Weltraum die frische Luft. Daß Chapel fliehen würde, machte ihm keine großen Sorgen – wohin sollte sie schon gehen?

Der nächstgelegene niedrige, schwarze Felskamm lag etwa einen halben Kilometer von der Landemaschine entfernt. Hätte einer der beiden zufällig gerade in diese Richtung geschaut, hätte er auf zwei Drittel der Höhe auf der Vorderseite des Kamms eine winzige Bewegung bemerkt.

Sicher war es eine Lichtspiegelung der beiden Sonnen. Aber die gekräuselte, schwarze Oberfläche bewegte sich nochmals. Es war keine Lichtspiegelung, sondern ein völlig anderes, ja unglaubliches Phänomen. Ein Teil des schwarzen »Felsens« rutschte nach oben wie eine riesige Tür. Die glatte, glasige Fläche, die darunter zum Vorschein kam, wies eine Feuchtigkeit auf, die nichts mit versteckten Quellen zu tun hatte. Wieder bewegte sich die Oberfläche, diesmal nach unten, als das riesige Auge die winzige Landemaschine anstarrte.

»Ich habe sie, Captain. Kein Zweifel, sie haben aufgesetzt. Und den Sensoren zufolge bleibt Mudd sowieso einige Minuten stehen, weil er die Maschinen ausgeschaltet hat.« Kyle war zu beschäftigt, um den sanften Wohlgeruch, der in den Raum geströmt war, zu bemerken, und seine Stimme überdeckte das Zischen, das aus einem der oberen Ventilationsgitter kam.

»Fertigmachen zum Beamen.«

»Fertig«, bestätigten Kirk und Spock. Ein hohes Wimmern erfüllte den Transporterraum. Zwei farbige Lichtsäulen hüllten die Gestalten der beiden Offiziere ein, als Kyle die Hebel nach oben drückte.

Eine der beiden Gestalten schien noch kurz vor der Entmaterialisierung unsicher in der Luft zu schnuppern. Kyle drückte die Hebel fest nach unten, und die elektronische Kadenz verschwand.

Eine andere Art von Musik erfüllte die Brücke. Schuld daran war Arex, dessen gegenwärtige Aktivitäten als Navigator sich auf das Zupfen und Schlagen der richtigen Noten auf einer seltsamen, doppelsaitigen Gitarre beschränkte. Das Instrument war nicht einfach zu spielen, nicht einmal für ihn, aber ohne drei Hände wäre es unmöglich gewesen.

Es gelang ihm jedoch, einen lieblichen, wortlosen Gesang im Takt zur Musik anzustimmen. In der Mitte des Bodens tanzten einige der jüngeren Offiziere schwerelos zu dem ungewöhnlichen Rhythmus, wobei ihnen nicht auffiel, wie fremdartig er war. Jemand hatte auch einen ausreichenden Vorrat an berauschenden Getränken mitgebracht, so daß das Ganze sich zu einer ausgelassenen Party entwickelte – besser, wie manche beteuerten, als ihre privaten Träumereien auf der Vergnügungswelt von Omicron.

M'ress lehnte sich über die Kommunikationskonsole, während Scotty, der ein Lied aus dem schottischen Hochland summte, ihr die Schultern massierte. Ihr pausenloses Schnurren hörte nur einmal auf, als er in die falsche Richtung über ihr Fell strich. Ansonsten strahlte sie ein Bild der Zufriedenheit aus.

Der wortlose Singsang von Arex ging in die Schlußkadenz über und erntete von einigen der Zuhörer tosenden Applaus. Dann ging man zu anderen Aktivitäten über.

Irgendwo im Unterbewußtsein des Navigators heulte beständig eine unmusikalische Note auf. Gereizt sah er sich auf der Brücke um, in der Hoffnung, etwas würde seinem Gedächtnis auf die Sprünge helfen. O ja, das war es.

»Übrigens«, murmelte er, »paßt eigentlich jemand auf den Captain und Mr. Spock auf?«

»Sicherr, Arrex, sicherr«, schnurrte M'ress. »Sehen Sie?« Sie hieb gleichgültig mit einer Hand nach einem der Schalter des Schirms, einmal, zweimal, erst beim dritten Versuch traf sie ihn. Scott nahm überhaupt keine Notiz von dieser äußerst willkürlichen Aktion und massierte ihr weiter die Schultern und den Rükken. Wie weich der Kommunikationsoffizier war! Scott schien es nicht das geringste auszumachen, daß es sich für den Chefingenieur eines Schiffs nicht schickte, derartige Gedanken bezüglich seines stellvertretenden Kommunikationsoffiziers zu haben.

Der kleine Kommunikationsbildschirm leuchtete auf, aber M'ress bemerkte es nicht. Sie machte sich auch gar nicht die Mühe, hinzusehen, weil sie anscheinend bereits vergessen hatte, warum sie ihn eingeschaltet hatte. Arex erinnerte sie auch nicht daran. Er gab gerade gutgelaunt eine Zugabe. Niemand kümmerte es, daß das Interferenzmuster, das als einziges auf dem Schirm zu sehen war, nicht stimmte.

Auch die Melodie von Arex stimmte nicht, aber aus irgendeinem Grund kümmerte sich auch darum niemand. Vielleicht, weil sich ein Großteil der Musik in ihren Köpfen abspielte.

Als die beiden Sternenschiffoffiziere in der Nähe des gepanzerten Landefahrzeugs materialisierten, leuchtete der Konsolidierungseffekt des Transporters unter dem schräg einfallenden Licht der Zwillingssonnen noch stärker auf.

Ungewöhnlicherweise hatte der sonst so genaue Chief Kyle die Schalter losgelassen, so daß beide Männer in Schräglage aufsetzten. Kirk stellte sich sofort darauf ein und richtete sich auf. Spock gelang dies nicht, was ziemlich komisch aussah. Der Erste Offizier fiel fast um, und Kirk mußte ihn stützen. Spock blickte den Captain mit einem herzlichen Lächeln an.

»Danke, Jim. Das ist mir noch nie passiert. Es ist gut, einen

Freund wie Sie zu haben.« Kirk wollte gerade das Gesicht verziehen, das jedoch sofort in ein seltsames, warmes Lächeln überging.

»Komisch, ich denke genau so über Sie. Also...« Sein Lächeln wurde noch breiter, und er legte seinen Arm kameradschaftlich um Spocks Schultern. »...mein lieber Freund Spock. Holen wir uns Mudd und Christine.« Sie gingen den sanften Abhang in Richtung der Landemaschine hinab. Keiner der beiden Männer beachtete die leichte Verschiebung in der Oberfläche der ebenholzfarbenen Klippe hinter ihnen, als das glitzernde Medaillon des riesigen Auges erneut erschien.

Mudd, der Vorbereitungen traf, einige wichtige Ausrüstungsgegenstände für Chapels Überleben auszuladen, war gerade aus der Landemaschine heraus auf die Rampe getreten. Er hatte nicht einmal mehr die Chance, die herannahenden Offiziere wahrzunehmen, denn unter ihm fing der Boden zu zittern an.

Sand flog um die Basis des schweren Gefährts. Der verblüffte Händler wirbelte herum. Bevor er überhaupt daran denken konnte, den Phaser herauszuziehen oder zu schreien oder sonst irgendwas zu tun, schoß Chapel an ihm vorbei. Sie hatte Kirk und Spock entdeckt. Aber jetzt sah sie noch etwas anderes und fing zu schreien an.

Vor ihr brach schwarzer Fels aus der Erde und stemmte sich auf sechs beinartigen Stümpfen himmelwärts. Ihr Umfang glich ungefähr dem Solantrieb eines Sternenschiffs. Aus kleinen Spalten rieselte noch immer Sand herab. Oberflächlich betrachtet sah der Leviathan reptilienartig aus. Aber das war ein menschlicher Kategorisierungsversuch, um etwas völlig Fremdartiges verstehen zu können. In Wirklichkeit ähnelte das Biest nichts, das man mit der Fauna der Erde in Verbindung bringen konnte.

Sein Auge war jetzt weit geöffnet und starrte sie mit offener Feindseligkeit an.

Kirk und Spock hörten Chapel schreien, bemerkten ihre verzweifelten Gesten und drehten sich um. Gleichzeitig ertönte ein lautes Sauggeräusch, und sie sahen, wie sich das Wesen aus dem Sand erhob. Sie liefen auf das Landefahrzeug zu.

Für Begrüßungen war keine Zeit, und sie rannten sofort von der Maschine weg, als das Monster hinter ihnen auf säulenartigen Vorderbeinen herumschwang. Mudd, der von der herannahenden Erscheinung wie betäubt war, stolperte auf der Laderampe herum.

Ein Schatten legte sich über dic Landemaschine, als eine mit drei Klauen bewegte, wolkengroße Tatze die Sonnen verdunkelte. Der Lichtwechsel genügte, um Mudd in Aktion treten zu lassen. Er rannte die Rampe hinab und beeilte sich, Chapel und die anderen einzuholen. Hinter ihm wurde es dunkel, als sich die Tatze senkte. Sie schien in Zeitlupe herunterzukommen. Er hörte einen tiefen, häßlichen Ton, als Hunderte von Tonnen lebenden Gebirges die Landemaschine in den Sand drückten. Die Tatze, die sich scheinbar immer noch mit beabsichtigter Langsamkeit bewegte, schlüpfte unter das zerbröselte Metall.

Das Monster hob die platte Landemaschine immer höher. In dieser Tatze, die die Größe eines Shuttles hatte, sah sie wie ein kaputtes Spielzeug aus. Ein einzelnes Auge überflog sie mit einem prüfenden Blick, dann schüttelte sie die Tatze, und was von der Landemaschine übriggeblieben war, kam herabgeflogen. Es krachte in der Nähe der entsetzten Menschen zu Boden, was das Bergding schlagartig wieder aktiv werden ließ.

Wie ein herannahendes Sternenschiff drehte sich das Monster um und zeigte dabei nicht nur ein, sondern drei Augen, die gleichmäßig um den unregelmäßigen, massiven Kopf verteilt waren. Ein Hals war nicht zu erkennen – nur der titanenhafte Körper mit seinen sechs herkulischen Beinen. Ein rundes, irisförmiges Maul öffnete sich und enthüllte einen endlosen Schlund, der mit Stalagmiten und Stalagtiten zuckender und sich windender Wimpernhaare besetzt war.

Ein schrilles Pfeifgeräusch dröhnte aus diesem schrecklichen Maul wie der Wind aus einer tiefen Höhle.

Spock, Kirk und Chapel waren etwas langsamer geworden, und Mudd hatte sie eingeholt. Mit stark zitternder Hand hob der Händler den Phaser auf die drohende Erscheinung. Er packte sein Handgelenk mit seiner freien Hand, um genauer zielen zu können, aber das Zittern wurde nur noch stärker.

Kirk und Spock ignorierten den unfähigen Mudd, traten zur Seite und zogen die eigenen Waffen.

»Zielt auf den Kopf!« befahl Kirk, aber eher zu Mudds Nutzen als zu Spocks Beruhigung. Zwei Strahlen aus rotem Licht schossen hoch und trafen sich auf der massiven, augenbesetzten Klippe hoch über ihnen. Chapel erschienen sie zu dünn und fadenförmig, um bei der Berggestalt eine große Wirkung zu hinterlassen. Aber dessen Reaktion bewies eindeutig, daß es aus Fleisch und Blut und nicht aus Stein war.

Das Biest gab ein lautstarkes Pfeifgeräusch wie der Schrei eines Wirbelsturms von sich und brach noch weiter aus dem Sand hervor. Mit einem hörbaren Sauggeräusch platzte eine lange, tentakelartige Form, die wie eine ausschlagende Pfahlwurzel aussah, aus dem Erdboden. Das Wesen schnappte nach der Stelle, wo es die Strahlen getroffen hatte. Die drei Augen waren vor Schmerz aufgerissen.

Zwei der gigantischen Beine versagten den Dienst, und das Ding fiel halb zu Boden und ließ die Erde erzittern. Die vier Menschen wurden wie Popcorn umhergeschleudert.

Das Monster erholte sich so schnell, wie es reagiert hatte, und stand schon bald wieder auf allen sechs Beinen. Der große Kopf drehte sich schwerfällig wie ein Schiffsbug herum und suchte nach seinen winzigen Peinigern. Fast hatte es die vier zweibeinigen Flecken, die hilflos im Sand ausgestreckt lagen, entdeckt, als aus der Nähe ein polterndes Geräusch, das wie fernes Donnern klang, ertönte.

Plötzlich drehte sich der dreiäugige Schädel in die entgegengesetzte Richtung. Hinter ihm häufte sich der vulkanische Sand auf. Ein weiterer schwarzer Kopf tauchte aus der Erde auf, gefolgt von einer ähnlich gewaltigen Gestalt, als sich ein zweites Monster in Richtung der blauweißen Sonne erhob. Kaum vom Sand befreit, ging es auf das andere los.

Die vier Zuschauer schwankten zwischen Angst und Faszination. Spock löste sich als erster von dem hypnotischen Bann, den der anfängliche Konflikt erzeugt hatte. Er packte die wie gebannt dastehende Christine. Diese Tat schockierte sie mindestens genauso wie die Erscheinung der beiden riesigen Außerirdischen. Aber es sollte noch besser kommen.

»Liebling!« keuchte Spock, »bist du in Ordnung?«

»Es geht mir gut, Mr. Spo –« Plötzlich fühlte sie sich schwach. »L... Liebling?«

Mudds Gesichtsausdruck war eindeutiger. »Kirk, holen Sie uns hier heraus!«

»Beruhigen Sie sich, Harry«, sagte Kirk mit einer Gelassenheit, die er gar nicht fühlte. Er löste seinen Kommunikator vom Gürtel, schüttelte den Sand ab und knipste ihn auf. Solange die beiden Monster mit sich selbst beschäftigt waren, bestand für die Menschen trotz der Nähe, in der sie sich zu ihnen befanden, keine Gefahr. In wenigen Sekunden würden sie zurück auf dem Schiff sein.

»Transporterraum – hier spricht der Captain. Kyle, beamen Sie uns hoch, aber beeilen Sie sich.«

An Bord der *Enterprise* war seine Stimme deutlich über den

offenen Transporterraumempfänger zu hören. Aber sie ging in der Musik, die fröhlich aus dem Intercom mittschiffs tönte, unter.

Transporterchef Kyle und eine attraktive, junge Unteroffizierin namens Marion tanzten zur Musik. Kyle hörte, oder er dachte, er hörte, Kirks Stimme, die immer wieder vom Lärm des Intercomalarmgeräts unterbrochen wurde. Aber das schrille Geräusch vermischte sich auf natürliche Weise mit der Musik.

Kyle drückte Bootsmann Marion etwas näher an sich und lächelte zu ihr herab. Die Fiedel einer Countrymusik und ein Bruchkonzert erklangen plötzlich gleichzeitig – und noch etwas anderes. Sie erwiderte liebevoll sein Lächeln.

»Keine Antwort«, murmelte Kirk leicht besorgt. Die Kommunikatoren waren stabile, gutversiegelte, kleine Instrumente. So etwas wie Sand konnte da unmöglich hineinkommen. Kirk probierte es mit dem seit Jahrhunderten erprobten Schütteln und versuchte es ein zweites Mal.

»Chief Kyle, dies ist ein Notfall! Hochbeamen!«

Nicht einmal ein Summen ertönte. Nichts deutete darauf hin, daß die *Enterprise* noch in diesem Universum existierte.

»Was ist nur los da oben?« Dann merkte er, daß auch hier unten kaum jemand von ihm Notiz nahm.

Chapel schien ihre Fassung wiedergewonnen – und gleich wieder verloren – zu haben. Das war kein Widerspruch. Sie klammerte sich an Spock und sah mit einem denkbar unprofessionellen Gesichtsausdruck zu ihm hoch.

Mudd deutete in die Richtung des zerstörten Landefahrzeugs und gab unverständliche Grunzlaute von sich. Trotzdem merkten die anderen, was er meinte.

Nachdem sich die beiden bewegenden Berge eine gewisse Zeit lang unsicher beäugt hatten, hatten sie sich langsam zu den winzigen Fremdlingen umgedreht.

»Ärgern Sie sich nicht über Transporterchef Kyle, Jim«, sagte Spock lässig. »Es dauert eine Weile, bis die Koordinaten eingegeben sind. Das macht doch nichts.« Er sah Chapel beschwichtigend an. »Was spielt das für eine Rolle. Jetzt, wo du in Sicherheit bist, Christine.«

»Ja – o ja, wie wundervoll.«

»Sie greifen uns wieder an!« stammelte Mudd, der zurückfuhr und eindeutige Gesten in Richtung der beiden schwarzen Monster machte.

Die beiden Giganten gingen tatsächlich mit schwerfälligen Schritten auf sie zu. Kirk suchte verzweifelt die Umgebung ab. Nicht allzu weit hinter ihnen ragten gelbbraune Messerschneiden – der stille Kerl eines längst erloschenen Vulkans – aus dem Sand empor.

Das verwitterte Gestein – falls es das war und nicht ein anderes Monster – war vor langer Zeit von einer starken Erschütterung, die es mit Rissen und Vorsprüngen zerschlissen hatte, zerschmettert worden. Dort konnte man sich möglicherweise verstecken. Zumindest war es besser, als im flachen Sand darauf zu warten, von gigantischen Tatzen plattgewalzt zu werden.

»Dort hinüber!« schrie Kirk und lief auf den Vulkan zu. Spock half Chapel, während Mudd die Nachhut bildete.

Sie kamen schnell voran, da der Sand glücklicherweise immer fester wurde. Auch tauchten, je weiter sie vordrangen, keine weiteren Augen, Beine, Mäuler oder sonstiges organisches Zubehör auf. Kirk lästerte noch immer über den stummen Kommunikator.

»Hochbeamen, ein Notfall – *Enterprise,* bitte kommen!« Er blickte über die Schulter nach hinten. Das erste, was er sah, war, daß Chapel und Spock dickt aneinandergedrängt hinter ihm herliefen. Absurdität kombiniert mit Besorgnis. Was einen bitteren Kommentar auslöste:

»Können Sie nicht einmal jetzt von ihr ablassen?«

»Das ist meine Sache, Captain«, keuchte Spock, der um seine Würde kämpfte.

Chapel hörte sich dieses Wechselspiel an, ohne wirklich zu verstehen, was eigentlich passierte und warum. »Bitte, ich glaube, wir sollten einige Dinge klären...«

Aber sie merkte, daß es schwierig war, im Laufen zu sprechen. Sie eilten zu einer tiefen, im Sand gefüllten Felsspalte und stolperten pfeilartige Tiefen hinab, die offenbar nicht enger wurden. Sie hatten Glück – gleich die erste Zuflucht, die sie gewählt hatten, war gut und tief genug.

»Jim«, begann Spock, aber dann schaltete sich sein Gedächtnis ein, und er schwieg verwirrt. »Nein... nein... Captain.« Er sprach den Titel vorsichtig aus – betonte ihn – aber dann fing er wieder zu lächeln an.

»Wir reagieren beide nicht normal. Sehen Sie mich doch an. Es ist der Trank. Die Liebesdroge... heimtückisch. Sie...« Aus dem Hintergrund unterbrach sie eine laute Stimme ungläubig.

»Der Liebestrank... heimtückisch?« Mudd starrte sie mit aufgerissenem Mund an. Kirk und Spock ignorierten den Händler.

Spock kämpfte mit sich selbst. »Hat... hat man einmal die Wirkung als solche erkannt, kann man ihr zuweilen widerstehen, so wie jetzt gerade.«

»Er hat gewirkt«, stammelte Mudd, dem langsam dämmerte, was eigentlich passiert war, vor sich hin. »Bei meiner Großtante Annabella, gesegnet sei ihre dahingeschiedene, schwarze Seele, er hat gewirkt!« Niedergeschlagen ließ er sich in den Sand plumpsen.

»Und ich wollte die wenigen Kristalle, die mir übriggeblieben waren, für miserable dreihundert Credits das Stück an diese vertrottelten Minenarbeiter verkaufen.« Er schlug sich mit den Händen an den Kopf.

»Sie hielten es also die ganze Zeit über für einen Schwindel?« fragte ein verdutzter Kirk, dessen Aufmerksamkeit momentan vom Kommunikator abgelenkt wurde.

Mudd sah zu ihm herüber. Seine Stimme war ein mitleiderregendes Stöhnen. »Dachten Sie vielleicht, ich glaube einem verrückten, alten Medizinmann vom Sirius? Natürlich hielt ich es für einen Schwindel. Vor allem, nachdem mit den Leuten auf Ilyria nichts weiter passierte, als daß sie krank wurden.« Er schwelgte in Selbstmitleid.

»Alt und verrückt – wollte mir nicht mal sagen, wo er die blöden Dinger überhaupt herhatte. Ich wußte, daß sie vorübergehend eine angenehme Wirkung erzeugten. Und eine leichte Benommenheit – aber Liebe?« Er flehte den Himmel an. »Das ist nicht fair, sage ich Ihnen, das ist nicht fair!«

Der betrogene Betrüger – Kirk mußte grinsen. Er spähte die Felsspalte hinab. Keines der beiden Wesen war in Sicht. Sie schienen nicht besonders intelligent zu sein, und ihre Reaktionszeit war langsam, äußerst langsam gewesen. Wenn sie bloß nicht zufällig hier vorbeikamen. Vielleicht schien es ihnen, als wären die schnellen kleinen Tiere – sie selbst – einfach verschwunden. Wenn ihr Erinnerungsvermögen ihren Reaktionen entsprach, würden die beiden lebenden Berge schon bald wieder zu ihrem hiesigen Alltag übergehen.

»Kopf hoch, Harry. Mit ehrlich verdientem Geld hätten Sie ja doch nichts anzufangen gewußt.« Mudd war zu deprimiert, um etwas zu erwidern. Ihm war schlecht.

Vielleicht hätte ihn die Szenerie im Bordlazarett der *Enterprise* aufgeheitert. Leichte Musik rieselte aus dem Intercom. Ein Teil des Personals tanzte eng umschlungen. Andere spielten an den Computern herum.

Die etwas Keckeren unter ihnen veränderten die Einstellung der Körperfunktionsmaschinerie, die über die Lazarettische glitt.

Das offizielle Oberhaupt dieser fröhlichen Runde war Dr. McCoy. Im Augenblick legte er gerade einen Arm kameradschaftlich um Schwester Mayer.

»Also, Lyra, habe ich dir jemals davon erzählt, wie ich Captain Kirks Leben gerettet habe? Und das von Commander Spock?«

Schwester Mayer schüttelte den Kopf und sah mit einer Mischung aus Ehrfurcht, Bewunderung und Zuneigung zu ihm hoch. Normalerweise hätte sie auf eine derartige Bemerkung mit kaltschnäuzigem Hohn reagiert.

»Und auch meinen lieben Freund Scotty«, fuhr er vergnügt fort. »Und die hübsche, kleine Uhura. Ich glaube fast, ich habe irgendwann schon mal jeden auf diesem Schiff gerettet.« Er warf einen Blick in das Zimmer und fand nichts Ungewöhnliches an den höchst unmedizinischen Aktivitäten.

»Hätte die *Enterprise* ein Herz, ich würde auch sie retten.« Er schniefte ein wenig und lächelte seine Begleiterin an. »Sprechen wir lieber über dein Herz, meine liebe Lyra –«

Kirk ging auf Mudd zu und drückte den Händler gegen eine Wand. »Wie lange hält die Wirkung des Tranks an, Harry?«

»Ich... ich weiß nicht.« Kirk hatte den Eindruck, daß er immer noch unter Schock stand. Und zwar nicht von dem plötzlichen Auftauchen der beiden Monster, sondern von der Enthüllung, wahrscheinlich in einen ehrlichen Handel verwickelt gewesen zu sein. »Ich wußte ja nicht, daß er überhaupt eine Wirkung hatte, deshalb habe ich auch gar nicht gefragt.«

»Nun, wie lange«, drängte ein äußerst gereizter Kirk, »sagte der ›verrückte, alte Medizinmann‹ denn, daß sie *angeblich* andauern würde?«

»Nicht lange.«

»Was soll das heißen, ›nicht lange‹? Er muß Ihnen doch etwas über die Wirkung gesagt haben – egal, ob Sie das für idiotisch hielten oder nicht.«

»Eigentlich – Sie fügen meinem Arm Schmerzen zu, Captain – wollte er das ja, aber ich wollte den Handel so schnell und glatt wie möglich zu Ende bringen, bevor er merkte, daß die Creditstreifen, mit denen ich bezahlte, gefälscht waren.«

»Aber wie –« Kirk wurde von einem überraschten Schrei Chapels unterbrochen. Er ließ von Mudd ab und sah, daß sie auf den Eingang der Felsspalte deutete.

Beide Monster trampelten ins Blickfeld und verdeckten einen Großteil des Lichts, als sie zwischen die untergehenden Sonnen und die Felsspalte gerieten. Ihre Köpfe, schwarze Eisberge, schaukelten langsam von einer Seite zur anderen und suchten die Umgebung ab. Dann blieben sie stehen. Der Kopf des am nächsten stehenden Monsters starrte in die Felsspalte. Drei riesige Glasaugen nagelten die Menschen mit einem durchdringenden, gedankenlosen Blick fest.

Kirk überreichte Chapel seinen Kommunikator. »Versuchen Sie weiter, die *Enterprise* zu kontaktieren, Schwester.« Sein Blick wanderte von Mudd zu Spock.

»Vielleicht können wir sie irgendwie ablenken.«

»Das ist eine außergewöhnlich dumme Idee, Captain«, war Spocks Kommentar. Er verstummte und wurde nervös. »Entschuldigung, Captain, die Droge. Ich bezweifle ganz einfach, daß wir erfolgreich an ihre Gutmütigkeit – falls sie diese Eigenschaft überhaupt besitzen – appellieren können. Und wenn man ihnen den Rücken kratzte, würde das wohl auch nicht viel helfen – abgesehen davon, daß man dazu ein Landefahrzeug benötigte. Und Phaserfeuer scheint sie nur noch wütender zu machen.«

»So etwas hatte ich auch nicht geplant, Spock. Es gibt einen terranischen Ausdruck, der vor langer Zeit entstand: ›Make love, not war.‹ Harry, haben Sie noch einige Kristalle übrig?«

»Schauen Sie in seinen Schuhen nach, Captain. Die sind wie sein Kopf«, riet Chapel. Aber das war nicht nötig. Mudd durchstöberte freiwillig seine Taschen – und fand etwas. Eine Hand kam heraus, öffnete sich und ballte sich gleich wieder fest zusammen.

»Nein, sie sind ein Vermögen wert. Freunde, liebe Christine –« Er beschwörte sie. »Ich teile mit euch, ich –«

Kirk streckte beiläufig die Hand aus und packte Mudds Handgelenk. Er lächelte streng.

»Au, Captain, Sie tun mir schon wieder weh. Diese altmodische Form der Gewaltanwendung als letzten Ausweg paßt überhaupt nicht zu Ihnen, Captain.« Mudd versuchte verzweifelt, zu lächeln.

»Noch eine Sekunde, Harry, und ich zerbreche es. Keine Sorge. Wenn Sie bewußtlos sind, spüren Sie keinen Schmerz.«

»Wenn Sie es so sagen, Captain –« Seine Hand öffnete sich widerstrebend, und Kirk nahm die drei zum Vorschein kommenden Kristalle an sich. »Vielleicht reicht Ihnen einer, Captain? Um mich zu ermuntern, meine ehrliche Karriere fortzusetzen?«

Aber Kirk ging bereits zum mittlerweile blockierten Eingang der Felsspalte.

9

Auf der Brücke erklang keine Musik mehr. Die Besatzung war schnell wieder normal geworden, da sie keinen direkten Kontakt mit dem Liebestrank gehabt, sondern nur einen verdünnten Dampf davon eingeatmet hatte.

M'ress streckte sich und fing zu knurren an. Mit einer Pfote strich sie sich müde über den Kopf. Anscheinend war sie auf einer Fete gewesen.

Scott ging mit ähnlichen Anzeichen innerer Schmerzen auf sie zu. »So einen schlimmen Kater hatte ich schon lange nicht mehr«, murmelte er laut. Seine Stimme schwoll fast zu einem Schreien an, als er erklärte: »Und ich habe keinen Tropfen Scotch angerührt!«

»Nicht so laut, Sie Idiot!« flehte M'ress, die sich mittlerweile mit beiden Händen an ihren Brummschädel faßte.

»Wie war das? Ich bin also ein Idiot? Nun, ganz plötzlich bin ich auch nicht mehr so verrückt nach Ihnen, Leutnant.« Scott warf ihr einen wütenden Blick zu.

Der Boden-an-Schiff-Kanal knisterte. »Landetrupp an *Enterprise* – Oberfläche an *Enterprise*«, erklang eine müde Stimme, die kaum noch als die von Oberschwester Chapel zu erkennen war. »Ein Notfall, beamen Sie uns hoch... wiederhole, ein Notfall, ersuchen um Hochbeamen.«

Beide Offiziere reagierten gleichzeitig und sahen sich überrascht an.

M'ress wachte zuerst auf, knipste einen der Schalter an und knurrte in das Mikrofon: »Hier *Enterprise*... sind Sie das, Schwester Chapel? Was ist los?«

Chapel fiel vor Aufregung fast um. »Captain, ich habe den Kontakt hergestellt.«

»Großartig«, antwortete Kirk nicht gerade freundlich. »Hoffentlich so lange, bis wir hochgebeamt sind.«

Der erste Leviathan näherte sich der Spalte. Jeden Augenblick konnte sich seine riesige Tatze erheben und gegen den Rand ihrer Zufluchtsstätte schlagen. Der Fels über ihnen schien stark genug zu sein, um einem schweren Hieb standzuhalten, aber sie würden unter einer Lawine losen Gesteins begraben werden.

»Es hat mich gesehen«, schrie Kirk und preßte sich gegen die Felswand. »Ich brauche etwas, um es abzulenken. Die Phaser, Spock.«

Spock trat ins Freie, und zitternd überwand sich Mudd dazu, ihm zu folgen.

Mit den Kristallen in der rechten und dem Phaser in der linken Hand schoß Kirk aus der Felsspalte heraus.

Er rannte direkt auf das erste Wesen zu. Augen von der Größe einer Shuttletür senkten sich und folgten ihm langsam.

Kirk rannte nach rechts und blieb dabei aber dicht am Fuße des Felsens. Sobald sich der große Kopf in seine Richtung gedreht hatte, feuerten Spock und Mudd.

Wieder wurde der Kopf von zwei konzentrierten Energiebündeln getroffen. Und wieder griff das Monster kreischend an. Der riesige Schlund öffnete sich.

Kirk rannte unter dem schützenden Felsen hervor, holte aus und warf die Kristalle mit ganzer Kraft nach oben. Sie flogen hoch und verschwanden irgendwo in diesem endlos dunklen Schlund.

Das Maul schnappte zu. Der Kopf schwang erneut zu Kirk herab und blieb stehen. Kirk war wie gelähmt von diesen Augen, die so groß wie ein Teich waren. Das Monster hatte keine Bewegung gemacht, die einem Schlucken ähnelte – aber sie hatten ja auch keine Ahnung, was es für ein Verdauungssystem besaß. Jedenfalls durften sie nicht länger zögern. Sie hatten ihre Einsätze gemacht; jetzt mußten die Karten auf den Tisch.

Kirk rannte auf das nächstbeste, riesige Körperglied zu und schlug zweimal mit aller Kraft dagegen. Falls das nicht klappte, konnte er jeden Augenblick sterben. Aber wenigstens gab er dabei Spock, Chapel und Mudd eine Chance, hochgebeamt zu werden.

»Kyle!« schrie M'ress in den Schiffskommunikator. »Transporterchef Kyle, melden Sie sich!«

Im Transporterraum suchte Kyle fieberhaft nach seinen plötzlich verschwundenen Intercomschaltern und lokalisierte sie schließlich. »Hier Kyle... denke ich. Wo brennt's denn, Leutnant?«

»Sind Sie denn von allen guten Geistern verlassen?« heulte M'ress, die ihre eigene, vorübergehende Inkompetenz schon wieder vergessen hatte. »Hören Sie denn nicht – der Captain ist in Not und will sofort hochgebeamt werden!«

»Not – ich war«, er legte die Hand an die Stirn. »Ich bin krank gewesen.«

»Wir waren alle krank. Um Amaras willen, Chief, beamen Sie sie hoch!«

»Ja... ja«, stöhnte Kyle, dessen Kopf von dem Befehl dröhnte. »Ich tue alles... aber bitte hören Sie zu schreien auf.« Er unterbrach und fummelte fieberhaft an den Transporterschaltern herum.

Kirk prallte zurück. Das riesige Bein, das er gerade berührt hatte, hob sich, als würde es von einem versteckten Kran in die Höhe gezogen. Es verweilte einen Moment lang in dieser Position, dann senkte es sich langsam. Er sah nach allen Seiten, aber er wußte nicht, wohin, und von der Felsspalte war er bereits zu weit entfernt.

Das Felsgestein, in deren Nähe er sich aufhielt, bildete eine feste Wand, in der man sich nirgendwo verkriechen konnte. Die Tatze senkte sich ganz langsam herab. Er schloß die Augen und wartete auf den Tod.

Ein tiefer, dumpfer Schlag – nichts geschah. Er blinzelte.

Eine der drei riesigen Klauen, die aus der Tatze sprossen, war direkt neben ihm eingeschlagen. Sie bewegte sich seitwärts und schubste ihn sanft auf den Rücken.

Kirk sah nach oben, über die Klaue hinweg, auf das bedrohliche Gesicht. Es starrte ihn ausdruckslos und fremdartig an. Er rollte vorsichtig zur Seite und hielt den Atem an, dann warf er eine Handvoll Sand in die Luft und johlte vor Freude.

Spock, Mudd und Chapel waren an den Rand der Felsspalte gekommen, um zu schauen, welchen Verlauf das Drama nahm. Sie jubelten ihm zu, und Kirk kam vor Freude auf sie zugerannt.

»Es hat geklappt, mein Gott, es hat geklappt!« Mudd schien zu schniefen und etwas von seinem verlorenen Reichtum zu murmeln, aber die anderen teilten Kirks Ausgelassenheit.

Ein ohrenbetäubendes Pfeifen ließ sie erstarren.

Sie hatten völlig das zweite Monster vergessen.

Mit flatternden Härchen an der Innenseite seines Mauls hatte sich das andere Ungeheuer zum Eingang der Spalte bewegt und kam auf sie zu. Kirk krabbelte nach hinten und zog seinen Phaser. Spock und Mudd taten es ihm nach.

Ein weiteres, pfeifendes Kreischen erschütterte die trockene Luft. Das zweite Ungeheuer stoppte seine schwerfällige Attacke, als eine gigantische Tatze es nur knapp verfehlte. Das erste Monster war herumgewirbelt und versperrte dem zweiten den Weg.

Das erste Monster schleuderte soviel Sand hoch, daß Kirk und die anderen umgeweht wurden und Spock bis zur Hüfte eingegraben wurde. Mudd und Kirk verloren beide ihre Phaser. Sie versuchten verzweifelt, sich zu befreien.

Ein zitterndes Donnern ertönte, als die beiden Bergkreaturen aufeinander losgingen, sich mit den Beinen umklammerten und mit den Mäulern aufeinander einschnappten.

Kirk fiel beim Rückzug in die Felsspalte fast ein zweites Mal hin. Ein Hinterbein schlug aus und riß meterweise Felsgestein aus dem oberen Teil der Spalte. Ein Hagel von Steinen regnete auf die Menschen in der Spalte herab und versperrte ihnen den Weg.

Die Erde zitterte, als die beiden Titanen aufeinander einschlugen. Jeder Schlag wurde von einem Donnern begleitet.

Das zweite Ungeheuer landete einen mächtigen Hieb und schleuderte dabei das erste zur Seite, verlor aber dadurch selbst den Boden unter den Füßen. Während es stolperte, krachte der gigantische Schädel gegen die Vorderseite der schützenden Spalte, blieb dort eingeklemmt und brach noch mehr Gestein los. Ein monströses Auge starrte sie böse an.

Das Ungeheuer hievte sich mit einem Vorderfuß wieder auf die Beine. Ein anderes Bein hob sich, kam durch die Felsspalte herein und trat nach den vier in der Falle sitzenden Gestalten. Es senkte sich auf vier funkelnde, in allen Regenfarben schillernde Säulen herab und landete im Sand, wo es an der Stelle, an der gerade noch wenige Sekunden vorher Kirk, Spock, Mudd und Chapel hilflos gestanden waren, ein tiefes Loch grub.

»Und dann«, fuhr Mudds fröhliche Gestalt, die hinter dem verzerrenden Kraftfeld verschwamm, »betrog ich auf Ophiucus VI zwei Minenarbeiter mit falschen Creditschecks der Föderation um einen Jahresertrag an Dilithiumkristallen.« Er schwelgte in der Erinnerung.

»Das hat sie gar nicht einmal so sehr verärgert, denn Minenarbeiter haben eine äußerst philosophische Einstellung. Wir hätten das Mißverständnis ohne weiteres freundschaftlich regeln können, wenn sie nicht so bald entdeckt hätten, daß der andalusische Vergnügungssklave, den ich gegen die falschen Schecks eingetauscht hatte, ein pneumatischer Automat war. Das ließ sie dann doch etwas stutzig werden – obwohl sie selbst einen anderen Ausdruck benutzten –, und ich war gezwungen, ihre reizende Grenzwelt etwas überstürzt zu verlassen.«

»Kann ich Ihnen bei der Aufzeichnung des Geständnisses behilflich sein, Schwester Chapel?« erkundigte sich Spock hilfsbereit. Er war gerade aus dem Aufzug gestiegen und wollte herausfinden, wie die Aufzeichnung verlief. Chapel hielt den Recorder an und sah mit einem bitteren Blick zu ihm hoch.

»Sie? Sie wären der letzte, den ich darum bitten würde.« Sie musterte den Ersten Offizier von Kopf bis Fuß, dann wandte sie sich abrupt ab. Spock hob lediglich die Augenbrauen, denn lenkte er seine Aufmerksamkeit auf Mudd.

»Für einige wenige Minuten der Liebe zahlt man mit Stunden des Hasses – anscheinend der übliche Weg menschlicher Emotionen. Ich glaube, Ihr Trank wäre selbst für den halben Preis kein guter Kauf, Harry Mudd.«

»Ach, Spock, Sie wissen doch, wie das ist«, antwortete Mudd gelassen. »Nur wenige Dinge in diesem Universum werden ihrem Ruf gerecht.«

»Außer Ihnen, Harry. Ich würde sagen, Sie werden Ihrem Ruf sogar in einer Art und Weise gerecht, derer sich nur wenige fühlende Wesen brüsten können – oder wollen.«

»Wie zweideutig Ihre Komplimente doch sind, Spock«, applaudierte Mudd. Sein Kopf neigte sich fragend zur Seite. »Glauben Sie, daß man mir wieder eine Rehabilitationstherapie verordnet?«

»Ich wette sogar darum, Harry Mudd, obwohl ich seit den bisherigen Behandlungen keine Besserung feststellen kann.«

»Das stimmt, ich scheine nicht allzu gut darauf anzusprechen, nicht wahr?« pflichtete ihm Mudd bei. »Wissen Sie, Spock, es ist nicht so leicht, wenn man mit einem Namen wie Mudd geboren wird. Zumindest besitze ich, wie Sie es ausdrücken, die Tugend der Beständigkeit.«

»In Ihrem Fall kann man das kaum eine Tugend nennen, Harry.«

»Rehabilitationstherapie«, murmelte Chapel mit funkelnden Augen. Eine ihrer Hände öffnete und schloß sich rhythmisch. Sie starrte durch das Kraftfeld.

»Ich glaube, eine richtige altmodische, grausame und ungewöhnliche Bestrafung würde Harry viel mehr helfen.«

»Na, na, meine liebe Christine«, sagte Mudd, »ist das die richtige Einstellung für jemand, der Kranke heilt? Außerdem bin ich offizieller Gefangener der Föderation und als solcher berechtigt –«

»Vielleicht ist es doch besser, wenn Sie für mich weitermachen, Mr. Spock«, sagte sie, während sie Mudd mit einem Blick anstarrte, der selbst einem Haifisch das Fürchten gelehrt hätte. Sie übergab ihm den Recorder und preßte nervös die Hände hinter den Rücken zusammen.

»Ich dachte, Sie hätten sich mittlerweile an die Rehabilitationstherapie gewöhnt«, sinnierte Spock, dessen wissenschaftliche Neugier geweckt worden war, gesprächig.

»Man gewöhnt sich nie daran, Spock, aber das macht nichts. Das ist es nicht, was mir Sorgen macht.«

»Etwas macht Ihnen mehr zu schaffen als die Aussicht auf eine erneute Therapie?« bemerkte Spock. »Interessant.«

»Sehen Sie«, fuhr Mudd fort, »es fällt mir schwer, euch zu verlassen.« Er lächelte gefährlich. »Alle meine Lieben...«

Trotz der Tatsache, daß allen Besatzungsmitgliedern der Zutritt zu Mudd verboten war, ihm sämtliche Mahlzeiten von Automaten serviert wurden und ihn auch niemand besuchen wollte, fand Kirk erst wieder Ruhe, als sie in die Umlaufbahn um das Sektorenhauptquartier der Sternenflotte auf Darius eintraten.

Dann gaben sie ihm seine Kleider zurück – ohne das erstaunliche Sortiment an Miniaturwerkzeugen, das darin verborgen war – und überließen ihn einer Eskorte aus Kirks besten Sicherheitsleuten. Mudd, der bis zum Schluß fröhlich blieb, winkte ihnen noch freundlich zu, als er dem Bodenpersonal des Friedensrichters übergeben wurde. Als sie ihn durch die Schiebetüren des Justizgebäudes brachten, winkte er immer noch.

Als er ihn so sah, fragte sich Kirk, ob Mudd nicht gerade schon dabei war, seine Eskorte davon zu überzeugen, ihn nicht nur gehen zu lassen, sondern ihm auch ihre Kennkarten und Waffen auszuhändigen. Wenn es ihm gelang, auch nur einen einzigen ranghöheren Offizier zu einem Kartenspiel zu überreden, dann war der Planet verloren.

Kirk hatte sich einen wenigstens kurzen Aufenthalt erhofft. Aber es stellte sich heraus, daß keine Zeit blieb, um eine Rast einzulegen und die Annehmlichkeiten, die Darius bot, zu genießen. Als er mit dem Sicherheitstrupp an Bord zurückbeamte, erwarteten ihn bereits neue Befehle.

»Eine Nachricht vom Wissenschaftlichen Hauptquartier der Sternenflotte, Captain«, sagte Sulu, als Kirk auf die Brücke zurückkehrte. »Sie ist streng vertraulich. Mr. Spock erwartet Sie in Ihrem Quartier.«

»Danke, Mr. Sulu.«

Nun, das ging ja schnell. Es mußte sich um etwas äußerst Interessantes handeln, wenn Spock es für nötig hielt, die Befehle privat zu besprechen.

Der Erste Offizier der *Enterprise* saß am großen Schreibtisch in der Mitte von Kirks Räumlichkeiten. Als der Captain eintrat, drehte er sich um.

»Ich hoffe, Harry Mudd ist in sicherem Gewahrsam, Captain?«

»Ich würde mich besser fühlen, wenn sie statt seinem Bewußtsein seiner Zunge eine Rehabilitationstherapie verordnen würden. Beide scheinen unabhängig voneinander zu operieren. Aber ich denke doch, daß wir Harcourt Fenton Mudd zum letzten Mal gesehen haben – hoffe ich zumindest.

Wenn ich Mr. Sulu richtig verstanden habe, halten Sie die neuen Befehle geheim. Ich nehme an, sie sind so dringend, daß wir keine Zeit für eine Ruhepause haben werden.«

»Anscheinend nicht, Captain, obwohl ich nur den ersten Teil von ihnen abgespielt habe.« Er hob eine kleine Mikrobandcassette hoch. »Hier ist die Nachricht vom Zentrum der Wissenschaften. Ich denke, sie wird Sie interessieren.« Er legte die Cassette in den dafür vorgesehenen Schlitz im Schreibtisch. Kirk setzte sich.

Vor ihnen auf dem Bildschirm erschien ein junger Wissenschaftsoffizier. Er stand in einem Raum, der so aussah, als besäße er nach oben und hinten gewaltige Ausdehnungen. Jetzt wurde Kirk auch klar, um welchen Raum es sich handelte.

Vom Boden bis zur Decke erhob sich eine bis ins kleinste Detail nachgebaute Reproduktion der Megasphäre – die gigantische, künstliche Konstruktion, die ein exaktes Modell der Milchstraße darstellte. Die Entfernungen zwischen den Nadeln, Schwarzen Löchern, Neutronensternen und anderen Objekten waren, im Gegensatz zu den Sternen und anderen intragalaktischen Objekten, maßstabsgetreu nachgebildet. Letztere hätte man sonst so klein bauen müssen, daß sie nur unter dem Mikroskop sichtbar gewesen wären.

Sämtliche galaktische Koordinaten, die für die Navigationscomputer der Sternenschiffe bestimmt waren, und sämtliche wissenschaftliche Informationen bezüglich galaktischer Strukturen wurden von der Megasphäre übernommen. Es existierten nur zwei Originale – eines auf der Erde, das andere auf Vulkan.

Ständig wurden neue stellare Entdeckungen hinzugefügt, was an sich schon eine immense Aufgabe war, da das richtige Einsetzen eines neuen kartographierten Sterns in die Megasphäre zur Arbeit eines speziell entworfenen, computergesteuerten Mikroprozessors gehörte. Eine genaue Exaktheit in dem riesigen Modell einzuhalten, war eine Aufgabe, die mehrere Wochen der Vorbereitung bedurfte, um allein neue Mikroprozessoren für das eigentliche Einsetzen zu entwerfen.

Spezielle Lichtbänke fluteten die Megasphäre aus allen Winkeln. Das Licht wurde aufgefangen, verstärkt und von speziellem, fotoempfindlichem Material in die fast völlige Finsternis zurückgeworfen. Glühbirnen oder andere energiebetriebene Lichtquellen waren zu umständlich und in der Handhabung zu schwierig. Das fotoempfindliche Material, das benutzt wurde, nutzte sich nicht ab und mußte niemals ersetzt werden.

Ein halbes Dutzend spezieller Gravitationsfeldgeneratoren, von denen jeder einzelne die Megasphäre hätte speisen können, hielten das stellare Modell intakt. Sollten aus irgendeinem unvorhersehbaren Grund alle sechs gleichzeitig versagen, würde das Werk von Jahren in einem Regen glühender Linsen in sich zusammenfallen.

Der junge Offizier sprach gelassen, in der Manier eines selbstsicheren Dozenten.

»Captain Kirk, Wissenschaftsoffizier Spock... ich bin Leutnant Bell vom Wissenschaftszentrum Prometheus. Ich denke, Sie werden sich freuen, wenn ich Ihnen mitteile, daß der neue Auftrag, zu dessen Ausführung Sie ausgewählt wurden, rein wissenschaftlicher und forschender Natur ist und keine Rettungs- oder Friedensstifter-Aktionen beinhaltet.« Er lächelte freundlich, und Kirk merkte, daß ihm der Mann gefiel. Aber das war, wie Kirk sich in Erinnerung rief, wohl auch der Grund, warum man ihn zur Übermittlung aufgezeichneter Befehle ausgesucht hatte.

»Aber dieser Auftrag erfordert eine weite Reise, deshalb ist es für uns wichtig, daß Sie sich so bald wie möglich auf den Weg machen.« Bell hatte einen dünnen, glühenden Metallstab in der Hand, mit dem er sich umdrehte und in die Megasphäre deutete. »Ihre ungefähre Route...«

DRITTER TEIL

Die Zauberer von Megas-tu

10

Kirk konnte es nicht in Worten ausdrücken. Es gab Momente, in denen er sich gewünscht hätte, eine größere dichterische Gabe zu besitzen. Aber nach soundso vielen Reisetagen, in denen sie ihr Ziel immer näher kommen sahen, wußte Kirk wie der Rest der Besatzung schon lange keine Steigerung mehr. Und so blieb ihm nichts anderes übrig, als das Panorama in einfachen, menschlichen Begriffen auszudrücken.

Die beste Beschreibung, die ihm einfiel, war, daß es wie eine Suppe mit unzähligen Zutaten und Farben aussah. Eine Sonnensuppe. Ein stellarer Eintopf.

Alles war vorhanden – superheiße Blauweiße, blaue Riesen, rote Zwerge, Supergiganten, einfache Weiße, Cepheiden und unregelmäßige Variable, Binär- und Dreifachsterne. Die jüngeren Sterne waren dabei in der Überzahl.

Und eine schöne Musterkollektion des vertrauten Soltyps, harmlos, aber herzerweichend vertraut im Glanz der schillernden Gase und den kosmischen Trümmern aller Typen und Beschreibungen. Nein, Suppe schien als Etikett für das Zentrum der Galaxis nicht zu taugen – aber zumindest erdrückte es einen nicht. Als er das überwältigende Panorama auf dem Hauptschirm musterte, kniff er unwillkürlich die Augen zusammen.

»Verringern Sie die Helligkeit, Mr. Sulu.« Der Cluster aus kosmischer Materie war mittlerweile so dicht geworden, daß die sich auf dem Bildschirm anhäufende Helligkeit den Augen weh tat.

»Sie befindet sich schon auf der niedrigsten Stufe, Sir.«

»Nun, dann schicken Sie eben einen weiteren Filter vor das Teleskop.«

»Aye, Sir.« Sulu drückte auf einen Knopf. Sofort reduzierte sich der volle Glanz der dicht zusammengeballten Sonnen, Gase und Nebel auf ein erträgliches Maß.

Kirk schüttelte den Kopf. Ein bestimmter Teil der Besatzung der *Enterprise* war wirklich zu beneiden. Dies war ein Paradies für Astronomen, und tatsächlich arbeitete diese Abteilung des wissenschaftlichen Personals aus freien Stücken rund um die Uhr.

Selbstverständlich war Kirk zu sehr mit administrativen Dingen beschäftigt und kam so nur gelegentlich in den Genuß, die Sternenlandschaft in aller Ruhe zu betrachten. Seufzend drückte er auf einen Knopf an der Armlehne seines Kommandosessels.

»Logbuch des Captains, Sternzeit 5524.5. Jahrelang wurde von Wissenschaftlern behauptet, die Galaxis wäre durch eine große, zentrale Explosion entstanden. Falls dies der Fall war, so postulieren zusätzliche Theorien, daß das galaktische Zentrum noch immer neue Materie erzeugt.

Die *Enterprise* hat die Ehre, das erste Schiff zu sein, das den Versuch unternimmt, in das Herz der Galaxis vorzustoßen. Wir werden versuchen, die Richtigkeit oder Unrichtigkeit dieser und zahlreicher anderer Hypothesen über den Weltraum herauszufinden.«

Trotz des zusätzlichen Filters auf dem Aufnahmeteleskop wurde die erstaunliche Helligkeit des umgebenden Weltraums immer intensiver. Die Materie der gasförmigen und radioaktiven Partikel war hier so dick, daß es manchmal den Anschein hatte, als schwebe die *Enterprise* wie ein Unterseeboot in einem Ozean aus Tiefseefischen durch einen phosphoreszierenden Nebel. Die Strahlungswerte blieben innerhalb der Toleranzgrenze, aber auf einem älteren Sternenschiff als der *Enterprise* hätte sich die Besatzung lebensgefährliche Verbrennungen zugezogen.

»Momentaner Kurs null null ein Grad ostwärts zur galaktischen Ebene, Captain«, meldete sich Sulu. »Bleiben auf erforderlicher Beobachtungs-und-Aufnahme-Geschwindigkeit von Sol Eins.«

Sie waren schon ziemlich nahe dran. Wieder drückte er auf den Knopf. Den Eintrag ins Logbuch würde er später beenden.

»Geschwindigkeit beibehalten, Mr. Sulu. Korrigieren Sie den Steuerkurs auf null Grad.« Keinem anderen Sternenschiffcaptain der Geschichte war es vergönnt gewesen, diesen bedeutsamen Satz zu sagen, und es würde einige Zeit dauern, bis ihn ein anderer wiederholen würde.

»Das Zentrum der Galaxis«, murmelte er zum soundso vielten Mal. Er sah zur Bibliothekscomputerstation hinüber, an der Spock wie die Astronomen Überstunden machte, um neue Informationen aufzuzeichnen.

»Ich weiß nicht, was ich tun werde oder wie ich reagiere, wenn wir herausfinden, daß es tatsächlich ein zentrales Etwas gibt, von dem jegliche Materie entspringt, so etwas wie eine Quelle. Was meinen Sie, Spock? Sie haben doch bestimmt auch schon darüber nachgedacht.«

»Vom astrophysikalischen Standpunkt her finde ich das alles sehr faszinierend, Captain. Persönlich fesselt mich aber weitaus mehr, was wir dort im Hinblick auf untergeordnete Phänomene vorfinden könnten. Zum Beispiel, wie die Gravitation im Zentrum reagiert.

Dennoch fürchte ich, daß wir eine gewisse Enttäuschung erleben werden und herausfinden, daß ebenjenes Zentrum sehr stark seiner unmittelbaren Umgebung ähnelt, wie dem Sektor, den wir im Moment gerade durchqueren«, schloß der Wissenschaftsoffizier.

»Galaktisches Zentrum in drei Minuten, Captain«, meldete Sulu.

»Danke, Mr. Sulu. Leutnant Uhura, geben Sie wie geplant Alarmstufe Gelb.«

»Aye, Sir, Alarmstufe Gelb.« Uhura gab die entsprechenden Befehle in ihre Instrumente ein. Das Alarmsignal ertönte.

Nach einer kurzen Wartezeit sah die Kommunikationsoffizierin zu ihm zurück. »Alle Decks und Stationen melden, daß Alarmstufe Gelb in Kraft getreten ist, Captain.«

»Dann sind wir ja auf alles vorbereitet«, flüsterte Kirk leise und fügte dann laut hinzu: »Hoffentlich.«

»Wie bitte, Captain?«

»Nichts, Mr. Spock. Nichts.«

Zunächst schien es, als würde sich Spocks Einschätzung als korrekt erweisen. Auf dem Bildschirm erschien nichts Außergewöhnliches, nichts, dem sie nicht schon vorher begegnet wären.

Dann erschien es mit unerwarteter Plötzlichkeit. Irgendwo direkt vor ihnen befand sich ein Phänomen, das anders war als alles, was die Brückenbesatzung je zuvor gesehen hatte.

Auf den ersten Blick ähnelte es einem kleinen Nebel, der versuchte, sich von innen nach außen zu drehen. Aber gemäß den Sensoren war es kein normaler Nebel. Die zuckende, sich windende Farbenmasse befand sich in ständiger, ungestümer Bewegung und spuckte in alle Richtungen Partikel und Gase aus.

»Mr. Spock«, sagte Kirk schnell, aber der Wissenschaftsoffizier saß bereits an seinem Aufzeichnungsgerät.

»Visueller Kontakt galaktisches Zentrum, Captain«, meldete er. »Das Volumen an Masse und Energie ist überwältigend. Die Instrumente können lediglich einen Teil der Gesamtfluktuation auf ein genaues Maß bringen – höhere Meßwerte können sie nicht bestimmen.«

»In Ordnung, Spock, seien Sie vorsichtig. Da draußen befindet sich genug Energie, um sämtliche Schiffssensoren zu überladen.« Das hätte er nicht zu sagen brauchen. Er sprach lediglich aus, was Spock und allen anderen völlig klar war.

Kirk starrte wie gebannt auf den Schirm. Dieser gewaltige, schäumende Energiesturm besaß weder Form noch Muster oder Struktur.

»Auswertung, Mr. Spock.«

»Es ist tatsächlich der angenommene Erschaffungspunkt, Captain. Detektoren zeigen an, daß er riesige Mengen an Partikelmaterie, hauptsächlich aus subatomaren Bereichen, erzeugt. Aber auch neue, bisher nicht identifizierbare Strukturen... Auch radioaktive Gase, freie Energie. Glücklicherweise müssen wir von hier keinen interstellaren Ruf losschicken – er würde schon einen Meter von der Hülle entfernt übertönt werden.«

»Okay, Spock, wir wissen also, was herauskommt. Geht auch etwas hinein?« Das war der kritische Test. Spocks Antwort würde unter Umständen eine Menge Astronomen glücklich machen.

»Wenn überhaupt, dann sehr wenig, Captain. Es gibt Anzeichen, daß das Weltraumgefüge in der unmittelbaren Nachbarschaft des Erschaffungspunkts nicht stabil ist.«

»Das überrascht mich kaum«, bemerkte Kirk, »wenn man bedenkt, welche Kräfte hier am Werk sind.«

»Trotz Anzeichen eines beträchtlichen Gravitationspotentials«, fuhr Spock fort, als spräche er über irgendeinen Haushaltsgegenstand, »deutet nichts darauf hin, daß Wasserstoff oder etwas anderes aus der näheren Umgebung in den Kern gezogen wird. Alles in allem ein außergewöhnliches Phänomen. Ich glaube, wir betrachten die vielleicht seltenste Einzelstruktur des uns bekannten Universums: ein negatives Schwarzes Loch – eines, das Materie ausspuckt, anstatt sie anzuziehen.«

Kirk nickte. »Das würde bestätigen, daß die gesamte Materie in unserem Universum von anderen Universen abgezogen wurde und daß die Schöpfung wirklich unendlich ist, wie einige Theorien ja auch behaupten.«

»Die Tatsache, daß unsere Galaxis ihre Substanz vom Schwarzen Loch eines anderen Universums bezieht, Captain, und daß jedes unserer Schwarzen Löcher der galaktische Kern anderer Sternhaufen sein könnte, bedeutet nicht, daß das Universum selbst unendlich ist – sondern lediglich größer, als wir dachten.«

Kirk konnte sich über seinen Ersten Offizier nur wundern. Nur Spock brachte es fertig, die mögliche Existenz einer Milliarde Milliarden anderer *Universen* einzuräumen und das als Untertreibung klingen zu lassen.

Er richtete seine Aufmerksamkeit wieder auf den Bildschirm, aber es dauerte nur einen Augenblick, bis Spock von seinem verdeckten Sichtgerät hochblickte. »Es gibt auch Hinweise auf das Wirken anderer Kräfte, die nach standardmäßigen, astronomischen Erkenntnissen nicht einzuordnen sind, Captain. Ich schlage daher dringend vor –« Er verstummte.

An der Konsole zu seiner Linken fing ein automatischer Zeiger zu wackeln an. Noch während er zusah, nahm die Schwingung zu. Schließlich wurde sie so stark, daß sie den Zeiger aus seiner Halterung schlug. Er rollte über die schräge Konsole auf das Deck.

Gleichzeitig hielt sich Spock an den Rändern der Konsole fest. Die *Enterprise* hatte zu schaukeln angefangen, erst zur Seite, dann nach oben und unten und jetzt wieder zur Seite.

»Ganz ruhig«, sagte Kirk, ohne jemand bestimmten anzusprechen.

Das Rütteln wurde stärker. »Energie umpolen, Position halten, dann Kurs null null ein Grad links.« Diese neue, seltsame Kraft sollte ihnen dabei helfen, um den Sturm aus dem Zentrum zu umgehen. »Deflektorschilde auf volle Kraft.«

»Deflektoren hochgezogen, Sir«, meldete Sulu und fügte hinzu, »wir brauchen eine ganze Menge Energie, um diesen Kurs beizubehalten, Sir.«

»Wir werden ihn halten, Mr. Sulu«, sagte Kirk gelassen.

Das Rütteln verschwand nicht ganz, aber die erhöhte Energie, mit der die Sol-Antriebsmaschinen gespeist wurden, schien zu genügen, um es auf ein gelegentlich heftiges Zittern zu reduzieren. Die Gefahr, aus dem Sessel geworfen zu werden, war gebannt.

Die *Enterprise* setzte ihren Flug um den feurigen Kern fort.

»Gütiger Himmel – schaut euch das an!« rief Sulu. Kirk hatte seine Aufmerksamkeit nicht vom Schirm abgewandt, aber er verstand Sulus automatischen Ausruf. »Einen Moment, Sir... ich vergrößere den Winkel.« Der Steuermann betätigte einige Schalter.

Sofort schien sich ihr Blickfeld zu vervierfachen, und das Phänomen, das durch ihre neue Position enthüllt wurde, wurde voll sichtbar.

Und wieder reichte kein Superlativ.

Linien aus reiner Energie waren so stark geworden, daß sie zu strahlen angefangen hatten. Sie streckten sich in großen, flackernden Bögen vom spastischen Zentralkern zu den nächstgelegenen Sonnen. Das Schauspiel fesselte alle auf der Brücke, selbst diejenigen, die sich für abgebrüht hielten. Die Linien glühten, verschoben sich etwas und verhielten sich zu einer Sonnenprotuberanz wie ein Spinnennetz zu einer Hängebrücke.

»Ich frage mich«, murmelte Kirk, »ob die umliegenden Sterne

den Schöpfungspunkt über diese Energielinien im Zentrum der Galaxis fixiert halten.« Oder focht der Schöpfungspunkt selbst einen steten Kampf, um durch Millionen und Abermillionen weniger erkennbarer Energielinien seine Myriaden Sonnen bei sich zu behalten?

»Kartographische Abtaster eingeschaltet, Captain«, sagte Spock. »Beginne offizielle Vermessung Zentrumsquadrant.« Weniger komplizierte Instrumente übernahmen die Aufgabe des formellen Kartographierens.

Die Türen des Brückenaufzugs rutschten zur Seite, und McCoy kam hereingeeilt.

»Jim, Spock, was zum Teufel geht hier eigentlich...?« Seine Stimme verlor sich, als er zum ersten Mal das irre Panorama sah, das sich auf dem Bildschirm darbot.

»Was um alles in der Welt ist das denn?«

»Nichts, was man von der Erde aus entdecken könnte, Pille – und nicht einmal von hier aus der Nähe. Wir sind hier – im Zentrum der Galaxis –, und alle Theorien, Vermutungen und Hypothesen über diesen Ort scheinen zu stimmen... und zwar exakt.«

Sie sahen zu, wie sich die *Enterprise* am zentralen Kern vorbeibewegte.

Zum ersten Mal klang Spocks Stimme unsicher. »Captain, wir scheinen uns auf ein völlig neues Phänomen zuzubewegen.«

»Schon wieder?«

Anscheinend waren die Wunder noch immer nicht zu Ende. Tatsächlich tauchte auf dem Bildschirm etwas völlig anderes auf.

Kirk beobachtete, daß sich einige der federartigen, schillernden Energielinien zusammenzogen, anstatt in glatten Bögen auf umliegende Sterne überzuspringen. Sie zuckten und krümmten sich gleich einer vom Kern abgetrennten Energieverkettung, die von einer galaktischen Töpferscheibe manipuliert wird.

Als sie näher kamen, nahmen die Kräfte, die von diesem zweiten Zentrum erzeugt wurden, eine endgültige Form an. Statt eines zentralen Chaos formten sie einen deutlich erkennbaren, kolossalen Kegel. Dieser wurde aber nur dann sichtbar, wenn an seinen Rändern zerstörte Materie explodierte oder wenn eine Energielinie mit einer Entladung aufflackerte, die den Ausstoß mehrerer Sonnen winzig erschienen ließ.

Dennoch verrieten die Sensoren, daß hier nicht wie im Zentrumspunkt die Energie-Materie ausgestoßen, sondern angezogen wurde. Aber es war auf keinen Fall ein Schwarzes Loch oder ein Neutronenstern. Es war etwas völlig Neues, wie das negative Schwarze Loch in Spocks Hypothese, und etwas noch weniger Erkennbares.

Eine Anzahl von Sternen wirbelte wie Staubkörnchen in einer verrückten Drehbewegung um seinen Rand herum. Hie und da stieß einer davon mit dem Rand des Kegels selbst zusammen. Das Ergebnis war ein Lichtflackern – überwältigend im Vergleich zu einer von Menschen erzeugten Explosion, aber noch lange nicht vom Ausmaß einer Nova.

Sulu störte die ehrfürchtige Versunkenheit. »Captain, ich bin auf Sol Sechs, um auf dem revidierten Kurs vorbeizufliegen, aber das Ding scheint uns hineinzuziehen. Dennoch zeigen die Gravitationsdetektoren keine Veränderung im umliegenden Feld an. Ich verstehe die Kräfte nicht, die hier arbeiten. Und es ist auch keine Fehlfunktion des Computers, Sir. Unser Kurs wird definitiv beeinflußt.«

Noch während er sprach, wurde die Brücke von einer starken Vibration erschüttert. Aber sie war anders als zuvor.

»Die Abtastgeräte zeigen an, daß sich der Energiekegel wie der Kern aus Materie und Energie zusammensetzt«, sagte Spock, der die Werte überprüfte. »Aber hier scheint irgendeine Art von Ordnung zu wirken, während der Zentrumspunkt seinem Wesen nach anarchisch war.

Innerhalb des Wirbels arbeitet tatsächlich eine sehr starke Anziehungskraft, aber sie ist, wie Mr. Sulu schon sagte, etwas anderes als normale Gravitation. Etwas, das außerhalb unserer Erfahrungswerte liegt, fürchte ich.«

»Sol Sieben, Captain«, unterbrach Sulu ihn aufgeregt. »Sol Acht!«

»Holen Sie uns hier heraus, Mr. Sulu«, befahl Kirk; aber der Steuermann arbeitete schon an seiner Konsole.

»Das versuche ich ja, Sir. Wir werden aber immer noch angezogen. Sol Neun... Sol Zehn, Sir!«

»Notfall-Umkehrschub!«

Zurück auf seinem Posten in der Maschinenraumzentrale bemerkte Scott, was man seinen Maschinen alles abverlangte. Er klammerte sich fest an einen Querbalken, um von den starken Vibrationen nicht zu Boden geworfen zu werden, und hoffte, daß der Antrieb mit den Kräften, die sich gegen sie richteten, fertig wurde.

Während die *Enterprise* unerbittlich näher zum Energiewirbel herangezogen wurde, begannen die Farben auf dem Bildschirm vehement zu pulsieren, und der pastellfarbene Regenbogen wurde von tiefem Gold und Rot abgelöst, was schließlich in ein lebhaftes, flimmerndes Purpurrot überging.

Mittlerweile war das Schiff bis an den Rand des kosmischen Zyklons herangezogen worden. Dort blieb es eine Sekunde lang hängen, dann fing es an, sich mit immer schneller werdender Geschwindigkeit um den Rand zu drehen. Die Kompensatoren für künstliche Schwerkraft auf der *Enterprise* konnten kaum mit der ständig zunehmenden Zentrifugalkraft mithalten.

Scott klammerte sich immer noch verzweifelt an den Querbalken und starrte mit grimmigem Gesicht auf seine Meßgeräte. Einige Mitglieder seines Stabs, die sich nicht rechtzeitig irgendwo festgehalten hatten, schrien und stöhnten vor Schmerzen.

Während er mit beiden Beinen und einem Arm gegen den seitlichen Druck ankämpfte, gelang es ihm irgendwie, eine Hand zum nächsten Wandintercom auszustrecken. Von da aus versuchte er, die Brücke zu rufen.

»Captain... hier Scott. Ich weiß nicht, wieviel Notenergie wir noch aufbringen können, bevor die Maschinen auseinanderbrechen.«

Kirk hörte zu, konnte den Empfang jedoch nicht bestätigen. Er war zu Boden geworfen worden. Trotz der Gravitationskompensatoren erzeugte der Wirbel Beschleunigungskräfte, die zu stark waren, um sie völlig auszugleichen.

Spock saß immer noch in seinem Sessel auf der Bibliotheksstation und klammerte sich an den Armlehnen fest. Er versuchte, einen noch besseren Halt zu bekommen. Er spürte einen heftigen Ruck, als die *Enterprise* auf einen Strudel im Rand traf und sich losriß. Er rutschte an Kirk vorbei und wurde erst auf der anderen Seite der Brücke von einer Konsole aufgehalten.

»Spock... ist Ihnen etwas passiert?«

Er ignorierte Kirks Nachfrage. »Captain, uns bleibt vielleicht nur noch eine Chance. Wir können nur hoffen, daß dieser Wirbel von seiner internen Struktur her sich analog zu seinen terranisch/vulkanischen Ebenbildern verhält... hoffen, daß sich in seinem Zentrum ein Ruhepunkt befindet, wo diese Kräfte entweder nicht existieren oder sich gegenseitig aufheben.«

»Abgemacht, Mr. Spock. Wir versuchen, zum Auge des Zyklons vorzudringen – falls er eines hat. Mr. Sulu, Mr. Arex...«

Beide Steuermänner waren nicht in der Lage, Befehle auszuführen. Sulu hatte sich irgendwie mit Armen und Beinen um Kirks

Kommandosessel gewickelt, während Arex trotz intensivsten Einsatzes aller sechs Extremitäten bis zur Kommunikationsstation gerutscht war und Uhura zu Füßen lag.

Kirk biß die Zähne zusammen und versuchte, sich zur verlassenen Navigationsstation vorzukämpfen. Als er aufstand, wurde er leicht hochgehoben und gegen die Bibliotheksstation geschleudert.

»Erlauben Sie, Captain«, sagte Spock. Jetzt schienen die G-Kräfte launischerweise zu- und abzunehmen und die Richtung zu ändern, so daß es noch schwieriger wurde, die eigenen Bewegungen einzuschätzen. Nach oben, unten und zur Seite wechselte ohne Warnung ab.

Uhura schrie, als sie plötzlich gegen die Decke geworfen wurde. Wenn das so weiterging, dachte Kirk, war es egal, ob das Schiff auseinanderbrach oder nicht, denn die Besatzung wäre ihm schon lange vorausgegangen.

Irgendwie gelang es Spock, zum Steuer vorzudringen. Es gab eine knisternde Entladung, und die Lichter des Decks gingen aus und an. Das Knistern ging weiter, gepaart mit dem Ächzen einer Metallegierung, die bis zum Zerreißen gedehnt wurde. Kirk revidierte seine Einschätzung der herannahenden Katastrophe.

Die *Enterprise* würde doch zuerst auseinanderbrechen. Und sie würden alle das einzigartige Gefühl eines freien Flugs in den Mahlstrom erfahren, bevor sie von der umgebenden Strahlung und dem lebensfreundlichen Weltraum in die einzelnen Atome zerlegt werden würden.

Spock erreichte das Steuer. Während er sich fest mit einem Arm abstützte, benutzte er den anderen, um an mehreren Schaltern herumzutasten. Die *Enterprise* begann sich von dem wirbelnden, gewaltigen Schillern zu lösen und auf das Zentrum des Wirbels zuzufliegen.

Dort hing sie mehrere Sekunden lang bewegungslos, während die Sol-Antriebsaggregate darum kämpften, sie in den normalen Weltraum zurückzubefördern. Dann begann das Schiff, zunächst langsam, dann mit konstant zunehmender Geschwindigkeit, in den sich schnell verengenden Tunnel hineinzutreiben.

Das war auch schon alles. Die Vibrationen hörten auf; ebenso der Geruch überladener Stromkreise und das Geräusch gequälten Metalls. Selbst die vernichtende Zentrifugalkraft wurde sofort getilgt. Oben und unten waren wieder klar definiert, als der Computer für künstliche Gravitation die Ordnung wiederherstellte.

»Maschinenraum… Lagebericht.« Scott war mittlerweile wieder auf den Beinen und überprüfte mit vorsichtigen Bewegungen die Werte. Einige der feinen Instrumente, mit denen die Schwerkraft gemessen wurde, waren nicht mehr zu gebrauchen, nachdem sie bis zur Zerstörung malträtiert worden waren. Da sie weit über den Anzeigenbereich hinaus überlastet worden waren, registrierten sie nichts mehr.

Scott pfiff leise. Ohne die starken Gravitationskompensatoren wären von der Besatzung der *Enterprise* nur noch eine Anzahl bräunlicher Schmierflecken an Böden, Wänden und Decken übrig.

Aber die Werte an den Instrumenten, die intakt geblieben waren, waren ermutigend. Scott sprach in das weit geöffnete Aufnahmegitter.

»Wir haben einige Schäden, Captain, aber ich glaube, wir können sie wieder instand setzen.« Er stöhnte und faßte sich an den unteren Teil seines Rückens. »Mich selbst eingeschlossen.«

»Okay, Scotty, versuchen Sie Ihr Bestes. Wir rasen zum Zentrum einer Art spiralförmigen Energiesturms hinab. Ich weiß nicht, wie lange es dauern wird, bis wir unten sind. Haltet euch bereit. Brücke Ende.«

»Haltet euch bereit, sagt er«, murmelte Scott, »und wofür?«

Nun, was immer es war, er würde jedenfalls sein Bestes geben, damit die *Enterprise* darauf vorbereitet war.

»Gabler, Jacobs – euch ist schon nichts passiert! Macht euch auf die Socken und holt ein paar Mikroschweißgeräte. Zur Abwechslung wartet mal eine richtige Arbeit auf euch!«

Auf der Brücke versuchten alle, sich langsam umzulagern und wieder eine normale Position einzunehmen. Glücklicherweise waren nur wenige der Gravitationsveränderungen zur Normalschwerkraft angefallen, so daß die Stürze nicht so schlimm ausgefallen waren, wie sie hätten sein können. Arex half Uhura, die vielleicht am schlimmsten herumgestoßen worden war, hoch.

»Möchten Sie sich im Bordlazarett anschauen lassen, Leutnant?« fragte Kirk besorgt.

»Nein, danke, es geht mir gut, Captain.« Sie ließ sich langsam in ihren Sitz fallen, zuckte aber zusammen. »Ich glaube nicht, daß denjenigen Teilen von mir, die schmerzen, das Hinlegen guttut. Und meine Arbeit beeinträchtigen sie auch nicht – und keine Bemerkungen, Mr. Spock!«

Spock blickte verdutzt drein, und Kirks Lächeln wurde auf Grund der offensichtlichen Verwirrung seines Ersten Offiziers noch breiter.

Schließlich beschloß Spock, zu ignorieren, was offenbar ein weiterer Anflug unerklärlichen, menschlichen Humors war – es war jedenfalls dem Gedanken, daß Uhura ernster verletzt war, als sie zugeben wollte, vorzuziehen.

»Ein unglaubliches Erlebnis, Captain.«

»Ah, es hat Sie also doch bei den Emotionen gepackt, Spock«, bedrängte ihn McCoy.

»Wie gewöhnlich eine inkorrekte Interpretation einer freimütigen Bemerkung, Doktor. Natürlich fand ich es vom wissenschaftlichen Standpunkt aus faszinierend.«

»Und natürlich hatten Sie auch keine Angst.«

»Angst, Doktor? Ich sehe nicht ein, warum man vor verständlichen, natürlichen Phänomenen Angst haben sollte. Ich gebe jedoch zu, daß mehrere Augenblicke lang die Einschätzung der Kräfte, die sich ungünstig auf unser Schiff auswirkten, in mir nicht gerade Optimismus bezüglich unserer allgemeinen Überlebenschancen auslösten, jedoch –«

»Oh, schon gut, Spock.« McCoy richtete seine Aufmerksamkeit auf Kirk. »Wenigstens ich hatte den gesunden Menschenverstand, mich zu fürchten, Jim. Was nun?«

Kirk starrte den Schirm an, der mittlerweile eine scheinbar endlose Serie konzentrischer Kreise aus flackerndem, violettem Licht zeigte. Die kleinsten Kreise waren so dunkel, daß sie fast schwarz erschienen.

»Mr. Sulu?«

»Wir bewegen uns erwartungsgemäß den Wirbel hinab, Captain«, meldete der Steuermann, während er seine Instrumente überprüfte. »Und zwar mit astronomischer Geschwindigkeit. Bei der ersten Überprüfung schien der Kegel bei weitem nicht so lang zu sein. Normale Raum- und Zeitgesetze gelten hier nicht. Die Sensoren scheinen normal zu funktionieren.«

»Besteht eine Chance, auszubrechen und zum Rand zurückzukehren?« fragte Kirk. Die Antwort des Steuermanns war ernüchternd.

»Unsere Maschinen laufen bereits seit einigen Minuten mit vollem Rückschub, Captain.«

»Hm.« Kirk verdaute die Nachricht ruhig. »Drosseln Sie die Beschleunigung auf Sol Zwei.« Es hatte keinen Sinn, die Maschinen weiterhin sinnlos zu beanspruchen – vielleicht konnten sie die so ersparte Energie später noch brauchen.

Er wandte sich wieder an McCoy, da er sich an dessen Frage

erinnerte. »Wir lassen uns treiben, Pille. Was können wir sonst schon tun?«

»Wohin werden wir denn getrieben?«

Spock antwortete mit einer weiteren seiner umwerfend gelassenen Bemerkungen. »Vielleicht zum Zentrum aller Dinge, Doktor.«

McCoy war nicht beeindruckt, sondern eher verwirrt. »Aber ich dachte, wir hätten das Zentrum bereits passiert, Spock?«

»Das haben wir auch, Doktor. Dieser Wirbel kam völlig unerwartet. Aber um unser beider Welten als simple Analogie heranzuziehen – sowohl auf der Erde als auch auf Vulkan gibt es einen fixen Nordpol. Aber das ist nur eine geographische Bequemlichkeit. Es gibt einen zweiten ›Nordpol‹, der das wirkliche Zentrum der Naturkräfte ist.«

»Der magnetische Nordpol«, fügte Kirk hinzu, »und der verschiebt sich von Jahr zu Jahr. Ich verstehe, was Sie meinen, Spock. Die Galaxis könnte zwei Zentren besitzen. Ein räumliches, von dem aus alles andere gemessen werden kann und ein anderes, in dem bestimmte, unterschiedliche Kräfte zusammenlaufen.«

»Das ist es, Captain«, meinte Spock, »und es ist diese zweite Kräftekonvergenz, deren Ende wir anzusteuern scheinen.«

»Wo immer das sein mag – und es sieht so aus, als wären wir bald da.« Kirk deutete auf den Bildschirm, auf den sich sofort sämtliche Blicke richteten.

Das violette Licht schien sich zu mischen und lief in einem glatten, kastanienbraunen Tümpel, der wie ein düsterer, roter Riese glühte, zusammen. Sekunden später trafen sie darauf. Aber zu diesem Zeitpunkt bewegte sich die *Enterprise* bereits so schnell, daß, egal, was das bösartige, kastanienbraune Auge war – ein roter Riese oder etwas anderes –, sie darin eingedrungen und es durchquert hatten, noch bevor eine Reaktion zu spüren war.

Ein riesiger, roter Blitz explodierte rund um das Schiff. Karmesinrote Funken und aktivierte Partikel flogen von seinem Rumpf davon und lösten sich in der Folge in sämtliche primäre Farbtöne auf. Auf Spocks Sensorenstation und den Navigationskonsolen spielten plötzlich alle Instrumente verrückt.

Ein langes Schweigen folgte.

»Du meine Güte«, flüsterte McCoy, der als einziger der Anwesenden, die allesamt auf den Bildschirm starrten, etwas sagte.

Der Weltraum, wie sie ihn kannten, war... verschwunden.

Seinen Platz hatte der wilde Alptraum eines farbenblinden Surrealisten eingenommen. Nichts schien ortsfest oder beständig zu sein. Was gerade noch das Schwarz des normalen, interstellaren, mit fernen Sternen angefüllten Weltraums zu sein schien, zerbrach sich plötzlich wie eine blutende Amöbe in kleine, sternenübersäte Fetzen verstreuter Dunkelheit und wurde überraschenderweise magentafarben, kastanienbraun oder rot.

Hie und da schien es, als schwebte nur wenige hundert Meter unter der *Enterprise* ein weißer Ozean aus heißem Magma. Kurze Zeit später formte er ein glühendes Dach über ihren Köpfen, dann an jeder Seite eine Wand, während er beständig blubbernde Tropfen von sich warf, die in alle Richtungen davonschwebten.

Als die *Enterprise* hindurchflog, fing dieser Nichtweltraum an, zu verschmelzen und eine bestimmte Form anzunehmen. Er wurde nach und nach zu einer Art kreisförmigen Tunnel mit instabilen Seitenwänden, die aus einer flüssigen, gelben Substanz bestanden.

Sie existierten in einem gelben, zylindrischen Universum. Als die *Enterprise* weiter den Korridor hinabflog, wurde das Schiff langsamer. Seine Geschwindigkeit fiel von Unmöglich auf Sol Zehn, dann Eins und schließlich unter Lichtgeschwindigkeit.

Zunächst schien der fluoreszierende Korridor mindestens einen

Durchmesser von einer Million Metern zu haben. Jetzt war er geschrumpft, bis seine Wände fast den Schiffsrumpf berührten. Am Ende des Korridors befand sich ein kugelförmiges Objekt, das in seinem Zentrum rotierte und die Weiterfahrt blockierte. Es mochte vielleicht eine Welt sein.

»Ist das ein Planet?« rief Sulu und faßte die Frage, die jedem im Kopf herumspukte, in Worte. Das Objekt sah schockierend und lähmend stabil aus – das erste, wirklich stabil aussehende Ding, das sie seit dem Eintritt in den Wirbel gesehen hatten.

Stabil mochte es zwar sein, aber es war bestimmt nicht normal. Kaum größer als die Erde, war es rot-weiß gestreift wie ein Jupiter aus Kandiszucker... falls man den Sensoren Glauben schenken durfte.

»Was ist das?« fragte sich Uhura laut. »Wo sind wir?«

Spock sah von seinem verdeckten Sichtgerät hoch. »Ich fürchte, unsere normalen, navigatorischen Anhaltspunkte haben hier sehr wenig Bedeutung, Leutnant. Alle Werte deuten darauf hin, daß wir uns nicht in der Zeit, wie wir sie kennen, befinden. Daß wir uns nicht mehr im Weltraum, wie wir ihn kennen, befinden, brauche ich wohl nicht hinzuzufügen.« Er sah McCoy an.

»Doktor, vielleicht sagen Ihnen diese Werte mehr.« McCoy ging hinüber und musterte die Information im Sichtgerät.

Sulu hatte sich bereits von der Navigationskonsole entfernt, während Arex träge die Finger seiner drei Hände über die Schalter gleiten ließ. Gleichmütig betätigte er die verschiedensten Schalter und Knöpfe. Es war egal, welche. Er erzielte nicht die geringste Reaktion.

Er sah zu Kirk zurück. »Das Steuer ist tot, Sir. Einige der Instrumente registrieren immer noch Informationen, aber sie ergeben keinen Sinn. Die meisten Navigationswerte sind ganz einfach auf Null gefallen.«

Kirk gab einen unverbindlichen Laut von sich und richtete seine Aufmerksamkeit auf die Kommunikationsstation. »Leutnant Uhura, versuchen Sie, eine Nachricht an die Sternenflotte durchzustellen. Zumindest dort müßte man etwas über unsere derzeitige Position wissen. Vielleicht ist im Wissenschaftszentrum jemand zu erreichen, der uns weiterhelfen kann.«

Sie arbeitete mehrere Minuten lang an ihren Apparaturen, dann warf sie einen hilflosen Blick über die Schulter.

»Captain, auch das Subraumradio ist tot. Ebenso alle Empfangsgeräte. Ich müßte zumindest von irgendeiner Energie, die uns umgibt, atmosphärische Störungen empfangen, aber da ist nichts, überhaupt nichts.«

In diesem Augenblick fiel McCoy zufällig das Chronometer über Spocks Station auf. Er verglich es mit seinem eigenen, dann machte er einen schnellen Test mit dem immer noch funktionstüchtigen Bibliothekscomputer.

»Jim, hier ist nicht nur keine Zeit, wie *wir* sie kennen, sondern es scheint, als gäbe es überhaupt keine Zeit. Sämtliche Chronometer des Schiffs sind stehengeblieben. Die Reserveenergie scheint nichts daran zu ändern.«

»Maschinenraum an Brücke.«

»Hier Brücke, Captain am Apparat.« Kirk war in der Zwischenzeit so abgestumpft, daß ihm Scotts Anruf nicht besorgniserregend, sondern unvermeidbar erschien.

»Es gibt keinen Grund dafür, Captain, keinerlei Grund«, beschwerte sich die erstaunte und verblüffte Stimme des Chefingenieurs, »aber die Materie- und Antimateriegeneratoren lassen nach... fallen aus. Alles scheint perfekt zu funktionieren, die Maschinen, Konverter, einfach alles... aber sie lassen nach. Wir verlieren Energie. Die Notfallspeicherzellen fallen rapide ab, und ich kann nicht mal sagen, warum. Alles kommt... zum... Stillstand.« Plötzlich ertönte ein Knistern, dann hörten sie wieder Scotts Stimme, aber diesmal schwächer, da die Kommunikatorenergie zur Neige ging.

»...zum...stand...« Ein letztes Zischen, und das Intercom gab endgültig seinen Geist auf.

Gleichzeitig gingen auf der Brücke die Lichter aus. Wie beim Intercom, so versagten auch hier die automatischen Notstromaggregate.

»Es hat den Anschein, als gälte hier keines der Naturgesetze unseres Universums, Captain«, bemerkte Spock. Zum ersten Mal klang auch seine Stimme gedämpft.

»Naturgesetze«, kam das Echo von McCoy. »Die Lebenserhaltungssysteme... sie schwinden wahrscheinlich ebenfalls dahin. Wird denn einfach alles... vergehen? He, ich schwebe plötzlich.«

»Ich auch«, kam Kirks Stimme von irgendwo in der Nähe aus der Dunkelheit.

»Und ich ebenso«, meldete Sulu. Nacheinander bestätigten alle den Gravitationsverlust.

Ohne Licht und Anziehungskraft verlor das Universum seine Bedeutung. Es gab keine Richtung mehr, keinen Sinn für Oben und Unten – oder Richtig und Falsch. Kirk merkte, daß er sich beim vergeblichen Versuch, mit dem Realitätsverlust fertig zu werden, in eine fötale Position zusammenrollte.

Nein! Er zwang sich, Arme und Beine auszustrecken. Er würde als Mann sterben.

McCoy hustete und merkte, wie ihn diese geringfügige Handlung vorwärts trieb. Schließlich stieß er gegen eine harten Gegenstand – Boden oder Decke, er konnte es nicht sagen. Dann fiel ihm etwas anderes auf.

»Jim... die Luft wird schlecht... braucht mehr Zirkulation... Säuberung.«

Kirk versuchte, sich in der Finsternis zu orientieren, während er sprach. Es war hoffnungslos. Er konnte nur beten, daß das offene Intercom seine Stimme auffing.

»Maschinenraum!« brüllte er. »Die Luft ist verbraucht. Gehen Sie auf allen Zirkulationsinstrumenten auf Batterie. Primäralarm, Scotty!«

Stille und sanfte Dunkelheit.

»Mr. Sulu.«

»Hier, Captain«, ertönte widerstrebend und schwach die Antwort. Der Steuermann hüstelte irgendwo in der Nähe.

»Mr. Sulu«, sagte Kirk langsam und bestimmt, »wir haben einen Notfall. Gehen Sie auf Batteriebetrieb.«

»Ich kann nicht, Captain. Ich weiß nicht, wo die Konsole ist.«

»Ich sitze noch immer in meinem Sessel, Captain.« Die Stimme von Arex! Aber mit der Antwort des Navigators schwanden Kirks letzte Hoffnungen. »Als die Lichter ausgingen, versuchte ich, auf Reserve zu schalten. Auch auf der Brücke gibt es keine Batterieenergie. Entweder sind die Batterien aufgebraucht, oder sie funktionieren ganz einfach in diesem Raum-Zeit-Kontinuum nicht. Ich habe bestimmt die richtigen Schalter gedrückt. Alles ist tot.« Er hustete, und seine Stimme ging in ein pfeifendes Keuchen über.

»... tot ...«

»Arex?« Kirk atmete ein und bekam sofort ein Erstickungsgefühl. Seine Hand fuhr zum Hals. Luft... er erstickte, und die Dunkelheit legte sich wie eine Decke über ihn.

Er vernahm eine schwache Stimme... McCoy. »Jim... Jim... wir müssen etwas tun... wir...« Sie verklang und war nicht mehr zu hören.

Keuchend versuchte Kirk, die Hand nach ihm auszustrecken. Er fuchtelte mit den Armen im Leeren herum, um ein letztes Mal ein menschliches Wesen zu berühren. Er fühlte etwas und drehte sich mit äußerster Anstrengung um. Eine andere Hand berührte die seine und packte sie.

»Captain?« Kirk konnte die Gestalt nicht wirklich sehen... nur in Gedanken.

»Adieu, Mr. Spock.«

»Adieu, Captain...«

11

Friede.

Nacht.

Blindheit... Kirk wurde geblendet, überrascht vom unerwarteten Flackern, das die Brücke in schillernde, geometrische Muster tauchte. Sie leuchtete mit einer unnatürlichen Helligkeit. Die seltsamen Formen pulsierten noch einige Sekunden lang, dann verschwanden sie.

Kirk spürte, wie seine Sehkraft zurückkehrte, als seine gereizten Netzhäute anfingen, sich an die neue Beleuchtung zu gewöhnen. Auch schien sich wieder eine künstliche Schwerkraft einzustellen. Einen Augenblick später befand er sich wieder mit der richtigen Seite nach oben auf dem Boden und saß neben dem Kommandosessel.

Von allen Seiten hörte man Stöhnen und Husten, aber sie hatten wieder Luft, wenngleich sie auch, wie die neue Schwerkraft, nur schwach ausgeprägt und dünn war. Als er sich umsah, merkte er, daß die Brückenbesatzung wieder zur Normalität zurückgekehrt war.

Fast. Mit einer Ausnahme.

Einem neuen Mann.

Nein... ein Außerirdischer. Einem Mann ähnlich, aber dennoch ein Außerirdischer. Kirk starrte ihn ungläubig an, nicht wegen seiner Fremdartigkeit, sondern weil er ihm so vertraut war.

War es möglich, daß er sich dies alles nur einbildete? Daß ein Mensch, bevor er starb, eine Periode wundersamen, zeitweiligen Wahnsinns durchlebte?

Das Wesen, das vor ihm stand, war halb Ziege, halb Mensch. Nicht größer als Kirk oder Spock, verkörperte er bis zu den Ziegenhörnern, gespaltenen Hufen und einem kurzen, peitschenden Schwanz sämtliche Ziegengötter aus alten, terranischen Mythen. Er war breitschultrig und muskulös und trug außer einem kurzen Bart nichts als das dicke Fell, das ihn von der Hüfte bis zu den Zehen bedeckte.

Für menschliche Begriffe schien der Ziegenmensch um die Fünfzig zu sein. Aber das hatte wahrscheinlich nichts zu sagen. Kirk hätte jedoch nie geglaubt, wie schwer er sich dabei verschätzt hatte.

Die Erscheinung musterte sie mit einem milden, leicht amüsierten Grinsen. All seine Bewegungen ließen auf stete Lebenslust und unbeschränkte Energie schließen. Und in seinen Augen lag ein merkwürdig umhertanzendes Glitzern.

»Ah, Menschen!« Seine Stimme donnerte wie ein Erdbeben über die Brücke. »Liebenswerte, primitive Menschen. Könnt ihr denn überhaupt nichts richtig machen?«

Kirk merkte, daß der Ziegenmensch zu ihm herabschaute. Er versuchte aufzustehen, aber die Anstrengung war in der immer noch sehr dünnen Atmosphäre zuviel für ihn. »Bitte...« Das Deck fühlte sich wie der Boden eines Sargs an. »Wir brauchen bessere Atemluft und normale Schwerkraft...« Seine Bitte endete in einem keuchenden Husten.

»Natürlich, natürlich. Ich habe mich so gefreut, euch zu sehen – wie gedankenlos von mir. Einen Augenblick.«

Er hob beide Hände über den Kopf und schlug sie mit einem ohrenbetäubenden Klatschen zusammen. Ein Blitz zuckte aus seinen Handflächen heraus und formte eine knisternde, in der Luft schwebende Kugel, die voll Energie pulsierte.

Während er sich mit einer Hand über den Bart strich, studierte der Ziegenmann den Kugelblitz, wie er ein komplexes Diagramm aus reiner Energie bildete. Dann nickte er zufrieden. Er streckte einen Finger in sein Zentrum und rührte in der Energie wie in einem Teig herum. Gleichzeitig sprach er mit Donnerstimme ein einziges Wort.

»RADAMANTHUS!«

Das Energiediagramm zerbrach, und die flackernden Scherben wirbelten um die Spitze seines sich bewegenden Fingers herum. Sie fielen in einem winzigen Punkt zusammen und verschwanden. Ein anschwellendes Summen wurde von einer Serie lauter Klickgeräusche unterbrochen – etwas, das Kirk bisher nur selten gehört hatte: stromlose Brückenrelais, die bei der Reaktivierung einschnappten! Sowohl die Lichter als auch die Gravitation wurden wieder normal. Und in der Luft lag eine Süße, von der Kirk geglaubt hatte, sie nie mehr wieder riechen zu können.

Spock warf einen Blick auf die Bibliotheksstation. Die Computerlichter blitzten in schnellen Mustern auf und zeigten normale Betriebsbereitschaft an. Verwundert starrte Arex die Navigationskonsole an. Die Instrumente registrierten wieder... obwohl die angezeigten Werte immer noch unverständlich waren. Zweifellos bedeuteten sie etwas, aber Arex hatte eben keine Vergleichstabellen für diesen... Ort.

Selbst der Bildschirm leuchtete wieder in gewohnter Helligkeit und zeigte erneut das Panorama der rot-weißen Welt unter ihnen.

Spock kam langsam auf die Beine. Er holte probeweise tief Luft und zeigte dabei Anzeichen, als erwarte er, daß sein Körper von der Kraft der Inhalation auseinanderfliegen würde.

Als nichts derartig Drastisches passierte, versuchte er es nochmals und nochmals, dann nickte er zufrieden. Auch er funktionierte wieder.

Auch Kirk lächelte erleichtert, als er beim Aufstehen merkte, daß er in gutem Zustand war. Nichts schien gebrochen zu sein. Und wie wundervoll es doch war, einfach nur atmen zu können. Er ging zum Kommandosessel und nahm darin Platz.

McCoy dagegen zog es vor, auf dem Deck sitzenzubleiben und sich mehrere Minuten lang nicht vom Fleck zu rühren.

Offenbar sehr mit sich selbst zufrieden, blieb der Ziegenmann inmitten dieser neu erwachten Aktivitäten stehen. Lächelnd begann er, auf der Brücke umherzuwandern und neugierig das eine oder andere Instrument zu betrachten, wobei er entweder verständnisvoll nickte oder ein amüsiertes Kichern von sich gab.

Schließlich blieb er stehen, stemmte die Hände in die Hüfte und wandte sich wieder Kirk zu.

»Alles wieder in Ordnung, Freunde?«

»Ja«, gab ein verwirrter Spock zu, nachdem er die Werte schnell überprüft hatte, »aber das dürfte eigentlich nicht sein. Das kann nicht sein. Es ist nicht... logisch.«

Olympisches Gelächter tobte und donnerte über die Brücke, als der Ziegenmensch seinen Kopf zurücklegte und lauthals loslachte.

»Das amüsiert Sie?« erkundigte sich Spock höflich.

»Logisch!« Der Ziegenmann grinste ihn an. »Auf welche Logik beziehen Sie sich, mein elfenartiger Freund?«

»Schauen Sie sich doch um, Spock«, riet McCoy, der immer noch auf dem Deck saß und das Leben wieder genoß. »Alles funktioniert wieder, Sie und mich eingeschlossen.« Er machte eine beschwichtigende Handbewegung. »Wir wollen diesen Herrn doch nicht etwa von seinen Wundern abbringen, hm? Es mag vielleicht unlogisch sein, daß wir noch leben, aber ich bin durchaus gewillt, diese Situation zu akzeptieren.«

»Seien Sie glücklich, Mr. Spock«, riet der Ziegenmann. Er ignorierte die anhaltende Verwirrung des Ersten Offiziers und breitete die Arme zu einem herzlichen Willkommensgruß aus. Er umarmte sie alle – zumindest auf geistiger Ebene.

Und er schien über ihre Gesundheit und Anwesenheit zumindest genauso erfreut zu sein wie sie von seiner.

»Willkommen, willkommen. Ich wußte, daß die Menschen irgendwann einmal nach mir suchen würden – denn suchen tun sie immer. Endlich sehen wir uns wieder. Trinken wir darauf.« Er griff in die Luft. Ein großer Krug erschien plötzlich in seiner Hand. Kleinere Versionen davon pufften aus den Händen aller anderen hervor. Der Ziegenmann prostete ihnen zu und leerte seinen Krug mit unverhohlenem Genuß.

Zögernd nippte Sulu an seinem Krug. Seine Augen fingen zu leuchten an. Er nahm einen tiefen Schluck. Seine Schiffskameraden taten es ihm schnell nach.

Nachdem der leere Krug wieder aus seiner Hand verschwunden war, ging der Ziegenmann zu McCoy hinüber und half ihm sanft auf die Beine. Das gab McCoy die Gelegenheit, den Außerirdischen aus der Nähe zu betrachten. Als er wieder auf beiden Beinen stand, war er davon überzeugt, daß ihr Besucher keine raffinierte Verkleidung trug. Er war echt, von der Spitze seiner Hörner bis zu den gespaltenen Hufen.

Diese Hufe knallten laut auf dem Deck, als der Ziegenmann zurücktrat. Jetzt legte er einen Arm um Spock, brachte ihn hinüber zu McCoy und umarmte beide wie zwei vor langer Zeit verlorene Brüder.

»Ich will nicht unhöflich sein«, begann Kirk, »besonders nach dem, was Sie für uns getan haben... aber wer sind Sie?«

»Wer ich bin? Oh, Sie wollen einen Namen! Nennen Sie mich Baal.« Ein nachdenkliches Schweigen folgte. »Oder Lucien. Ja, Lucien. Vor allem aber nennen Sie mich Freund.« Deklamierend hob er den Finger. »Niemals könnte ich diejenigen aufgeben, die von so weit gekommen sind, um mit mir ausgelassen zu sein... zu diesem Zweck müßt ihr hierhergeschickt worden sein.«

Nochmals warf er einen Blick über die Brücke. Bevor ihm Kirk noch mitteilen konnte, daß sie aus einem anderen Grund und nicht gerade freiwillig hier waren, sprach er weiter.

»Aber nicht hier, nein, nein. Dies ist nicht der geeignete Ort. Laßt uns das Schiff verlassen und uns zu wagemutigeren Vergnügungen begeben.« Mit einer komplizierten Schwungbewegung, die einen Schweif verblassenden, bernsteinfarbenen Lichts hinter sich ließ, hob er die Hände wie bewegliche Lichter in einem Zeitrafferbild über den Kopf.

Es folgte eine Explosion mattroten Lichts, dann waren die Lichtschweife verschwunden.

Und mit ihnen Kirk, Spock, Dr. McCoy – und das Wesen, das sich selbst Lucien nannte.

Sulu starrte auf die leeren Plätze auf der Brücke. Er ging zu der Stelle, wo noch vor wenigen Sekunden der Schiffsarzt gestanden hatte, und fuhr wie ein Blinder, der nach unbekannten Gegenständen umhertastete, mit den Händen durch die Luft.

Uhura beobachtete ihn. Angst und Verwirrung standen ihr ins Gesicht geschrieben, während Arex reglos an der funktionstüchtigen, aber unbrauchbaren Navigationskonsole saß.

In gewisser Weise schwebten sie noch immer in der Dunkelheit...

Ein oder zwei letzte Worte klangen in Sulus Gedächtnis nach, das letzte, was der Ziegenmann vor seinem Verschwinden gesagt hatte. Waren es Worte – oder bedeutungslose, unsinnige Silben in einem fremden Dialekt, die sein Verstand automatisch in menschlich klingende Laute übertrug?

»Megas-tu...«, hatte der Ziegenmann gesagt.

Kirk spürte, wie er schwebte und schwebte. Eine Kugel drehte sich langsam und geduldig unter ihm, kam näher. Er sah, daß ihre rot-weißen Zuckerstreifen riesige Wolkenformationen waren. In ständiger Bewegung krachten und wirbelten sie aufeinander, gingen zuweilen in verschiedene, rosafarbene Schattierungen über und bildeten dazwischen scharfe Linien. Wie auf vertrauteren Welten die See gegen das Land kämpfte, so kämpfte hier Rot gegen Weiß.

Sie schwebten weiter, näher aneinander – denn jetzt konnte er Gestalten sehen, die mit ihm schwebten – und befanden sich plötzlich innerhalb der gestreiften Atmosphäre. Während seines Abstiegs behielten die rot- und cremefarbenen Bänder ihre Farben, und jetzt sah er zum ersten Mal, was die Röte verursachte. Meilenhohe Stürme aus glitzerndem, roten Staub und Sand verfärbten die Wolken.

Dann wurde die Oberfläche sichtbar, ein unstetes, wirbelndes Chaos sich ständig ändernder Form und Gestalt. Nur gelegentliche, vereinzelte Andeutungen von etwas Festem unter ihm ließen darauf schließen, daß dieser Planet eine echte Oberfläche besaß. Aber selbst so fühlte er, als könne sie nichts davon abhalten, durch diesen fließenden Grund hindurchzuschweben, bis sie auf der anderen Seite dieser Welt wieder herauskamen.

Sobald er dachte, auf der Oberfläche endlich einen Fixpunkt gefunden zu haben, brach dieser auseinander und löste sich in Nichts auf oder explodierte in einem Feuerwerk aus Farben.

Nichts war endgültig; nichts von Bestand; nichts Wirklichkeit.

Selbst die Luft hatte eine Farbe. Der Wind erzeugte rauhe Schreie und seltsame Geräusche wie von Lebewesen und Stoffen, die sich aneinander rieben.

Diese seelenerfüllte Brise blies rot-weiße Partikel in Miniatursandstürme, die sich zu wahnsinnigen, fremdartigen Formen krümmten.

Inmitten dieser Anarchie erschienen vier Leute.

Kirk war einer von ihnen, Spock und McCoy gehörten auch dazu, und Lucien war der vierte. Sofort bedeckten die drei Offiziere ihre Augen. Bis zu ihrem eigentlichen Aufsetzen der drei Offiziere hatte es den Anschein gehabt, als wären sie gleichzeitig ein Teil der Elemente und doch von ihnen getrennt. Jetzt war der Wind kühl, und der Flugsand scheuerte an der ungeschützten Haut.

Sie bedeckten so gut es ging ihre Gesichter und versuchten, sich umzusehen. Es gab keinen erkennbaren Horizont. Unbewegt und abwartend stand Lucien in der Nähe und beobachtete sie.

»Spock, Pille – seid ihr in Ordnung?« gelang es Kirk zu rufen. Der Klang seiner Stimme an diesem Ort ließ ihn zuversichtlicher werden.

»Nichts Ernstzunehmenderes als ein Gesicht voll mit Sand, Jim«, antwortete McCoy. »Aber ich wünschte, ich hätte einen medizinischen Trikorder, dann könnte ich nachschauen, ob wir –« Er verstummte. Kirk drehte sich um und sah durch seine gespreizten Finger, daß der Doktor ihn anstarrte. Das war nicht überraschend. Er selbst sah McCoy ebenso fasziniert an.

»Jim, sieh dich doch mal an!«

Kirk merkte nichts – und doch gab es da etwas. Er sah sich selbst an und sah, wie sich seine Finger von den Händen lösten, die Hände von den Handgelenken, die Handgelenke von den Armen, die Arme von den Schultern. Sämtliche Glieder schwebten von seinem Rumpf weg und veränderten dabei ihre Form. Er sah, wie sich sein Oberkörper in saubere, unregelmäßige, immer noch bekleidete Kleckse auflöste. Er verspürte keinen Schmerz. Was blieb, war der stille, überraschende Anblick seiner Einzelteile, die sich wie ein Puzzlespiel, das man ins Wasser geworfen hatte, auflösten.

Spock und McCoy widerfuhr das gleiche. Ihre Körper teilten sich in spielzeugartige Teile und Stücke, die voneinander wegdrifteten, so daß sich Teile des aufgelösten Spock mit Fragmenten von McCoy vermischten.

Träge schlitterten kleine Fragmente des Ersten Offiziers der *Enterprise* an Kirk vorbei. Die schmerzlosen Amputationen veränderten sich. Mal dehnten sie sich wie Gummi, mal zogen sie sich zu dicken, fetten Klumpen zusammen.

Fasziniert starrte Spock seinen linken Arm an, der sich verlängerte und sich in einen Fluß aus buntem Sand verwandelte.

»Lucien, tun Sie doch etwas!« schrie Kirk.

»Aber warum denn, Captain?« Plötzlich schüttelte er bedauernd den Kopf, als es ihm einfiel. »Oh, also gut. Ich hatte ganz vergessen, wieviel euch armen Menschen doch die körperliche Integrität bedeutet.« Kirk merkte, daß sich der Ziegenmann ebenfalls in diverse Einzelteile aufgelöst hatte, aber es schien ihn nicht weiter zu stören.

Eine wirbelnde Staubwolke formte eine von Luciens Händen, komplett mit allen Fingern ausgestattet. Sie bewegte sich, und eine Art Neonpentagramm erschien schwebend in der Luft und glühte hell auf. Erneut leuchtete ein heller, karminroter Blitz auf – entweder war Lucien in Rot vernarrt, oder es war ganz einfach hier die Farbe manipulierter Energie –, und zwar von jedem Punkt des Fünfecks an. Dieser Vorgang wiederholte sich ein-, zweimal, dann noch zweimal.

Fünf schwebende Flammenkugeln berührten die freien Partikel, drückten sie zusammen und stellten die verstreuten Einzelteile wieder zu einem Ganzen zusammen.

Kirk sah, wie sich seine Arme, Beine und der Unterleib zurückformten, sich bewegten und naht- und schmerzlos wieder zusammenfügten. Sofort erlosch die schwebende Flamme. Das Pentagramm folgte ihr sogleich und verschwand in dem alles verzehrenden Wind.

Kirk betastete sich vorsichtig. Probeweise zog er mit der Linken an seinem rechten Handgelenk, wobei er nicht so recht wußte, was er tun würde, falls die Hand sich ablöste. Der Rest dieser unvorstellbaren Welt um ihn herum blieb immer noch formlos. Wallende Nebel, Röhren und Winseln drangen aus dem Nichts.

Lucien seufzte. Vermutlich aus Rücksicht auf seine Gäste hatte auch er seinen Körper zurückverformt. »Wissen Sie, das ist gar nicht so einfach, uns so zusammenzuhalten. Und obendrein auch nicht natürlich.«

»Wenn Sie wirklich so viel über uns wissen, wie Sie behaupten«, sagte ein spürbar erleichterter McCoy, »dann müßten Sie auch wissen, daß es da, wo wir herkommen, ganz natürlich ist, aus einem Stück zu sein.«

»Wirklich, Doktor?« bemerkte Spock. »Ich persönlich finde das alles sehr aufregend.«

»Ja, aber das liegt zunächst einmal daran, daß Sie selbst nicht natürlich sind, Spock.«

Plötzlich erschien ein Paar langer, grüner Tentakeln wie die Arme eines Tintenfischs aus den Nebelschwaden und strich dem verdutzten Kirk über das Gesicht. Instinktiv wich er ruckartig aus, und sie verschwanden.

»Also Lucien«, fing er an, um sich von der störenden Erscheinung abzulenken und sich zu informieren, »oder wie immer Sie sich auch nennen wollen – ich hätte gerne gewußt, warum Sie uns hierhergebracht haben.« Wobei er ganz genau wußte, daß sie ihn nicht zu einer Antwort zwingen konnten, falls er es vorzog, die Frage zu ignorieren.

Aber so weit kam es gar nicht. Bevor ihr Retter und Fänger antworten konnte, kam der tosende Lärm eines wilden Orkans auf sie zugerast. Ein peitschender Windstoß hob Kirk hoch und warf ihn sofort wieder zu Boden. Dieser wurde bequemerweise gerade rechtzeitig zu weichem Sand, der den Aufprall minderte.

Lucien runzelte die Stirn und machte eine weitere seiner rätselhaften Gebärden. Rote und rosafarbene Energie blitzte aus seinen Fingerspitzen. Der Orkan legte sich so plötzlich, wie er gekommen war, und Lucien beendete seine komplizierte Handbewegung.

Noch während sie ihm zusahen, begann die Landschaft, sich schimmernd zu verändern und Form und Substanz anzunehmen. Dann standen sie auf einem grasigen Hügel, auf dem Kräuter und Bäume wuchsen und ein kleiner Strom floß. Der Hügel war mit Glockenheide und Schwalbenwurzgewächs bedeckt. Kirk nahm eine neue Gestalt wahr, die neben ihm stand. Er sah nach unten.

Ein kleiner Ziegenjunge starrte ihn ebenfalls an. In seiner geöffneten Handfläche drehte sich ein Miniaturwirbelwind – der Orkan, der gerade Kirk so unsanft zu Boden geworfen hatte. Der Spielzeugtornado wurde immer langsamer und formte sich zu einem Kreisel, der stehenblieb und in der Hand des Jungen umfiel.

Lucien schenkte dem Knaben ein mildes Lächeln. »Kinder wollen spielen.« Der Junge grinste zurück, umklammerte fest seinen Kreisel und lief auf die Spitze des Hügels.

Kirk riß im Aufstehen ein kleines Grasbüschel aus und musterte das soeben materialisierte Gewächs. Es sah aus und roch wie guter alter Feldklee von der Erde. Aber er wäre keineswegs überrascht gewesen, wenn es sich plötzlich in eine zwölfbeinige, denebianische Spinne verwandelt hätte.

Lucien war immer noch beschäftigt. Er ließ die Hände fallen und hob sie dann wieder langsam und zitternd gen Himmel. Im Rhythmus seiner erhobenen Hände wuchs dicht um sie herum ein Wald mit Büschen, Setzlingen und reifen Bäumen.

In diesem Wald befand sich eine Bresche. Lucien deutete durch sie hindurch auf ein Gebilde, das zunächst Kilometer entfernt zu sein schien, aber im nächsten Moment in greifbare Nähe rückte.

»Ist es so besser, meine Freunde? Ihr dürft nicht vergessen, daß es lange her ist, seitdem ich mit Menschen zusammen war. Ich hoffe, meine Erinnerung trügt mich nicht. Ich habe versucht, meine Welt in Symbole zu übertragen, die ihr verstandesmäßig erfassen könnt. Damit ihr meine Welt begreift, hätte ich auch euren Verstand ändern können, aber soweit ich mich entsinne, habt ihr das nicht so gerne.«

Niemand versuchte, ihn vom Gegenteil zu überzeugen.

Mittlerweile starrten jedoch alle durch die Lichtung hindurch auf die bald nahe, bald ferne Stadt.

Es war ein Märchenland aus Kristall und Keramikmosaiken, Glas und freigeformten Metallen – ein Märchenland, in das sich der Wald nach den Gesetzen der Perspektive hätte erstrecken müssen, es aber nicht tat. Auf offenen Straßen gingen Männer, Frauen und Kinder über sauber gepflasterte Wege. Sie waren allesamt unterschiedlich, aber sorgfältig gekleidet.

»Willkommen, meine Freunde, auf Megas-tu«, verkündete Lucien glücklich und stolz wie ein alter Mann, der seinen Lieblingsenkel vorzeigt.

Kirks Blick wanderte von der unvorstellbaren Metropole zu dem Ziegenmann. »Und was ist Megas-tu? Normalerweise hätte ich gesagt, es ist eine Welt, aber in den letzten Stunden, Wochen oder was immer der Zeitbezug hier ist, habe ich zuviel erlebt, um mich nur auf das, was ich sehe, zu verlassen.«

»Es ist nur das, Captain James Kirk. Eine Welt. Eine Welt, die anderen Gesetzen gehorcht als Ihr Universum.« Er schnipste mit den Fingern, und plötzlich hockten sie vor einem fließenden Bach im Gras.

Überall war Brokatstoff ausgebreitet. Über die Ränder fast berstender Weidenkörbe quollen Unmengen wohlriechender Speisen und Getränke. Alles war wunderschön, nett und doch erschrekkend.

Lucien bemerkte die zwiespältigen Mienen seiner Gäste und blickte nachdenklich drein. »Mal sehen... ich brauche einige Zeit, um mich wieder an einige eurer Ausdrücke zu erinnern, wißt ihr. Wie lautete doch gleich das Wort?« Er schwieg kurz, dann erhellte sich seine Miene.

»Ah ja, Magie. Unser Universum funktioniert nach den Gesetzen dessen, was ihr voller Aberglauben Magie nennt. Unsere Gesetze sind jedoch nicht unrealistisch – lediglich anders.« Er pflückte einen Apfel aus der Luft, biß hinein und pflückte einen weiteren. Er warf ihn McCoy zu.

Der Doktor fing ihn reflexartig auf. »Ich weiß, es ist ein reines Phantasieprodukt, aber –« Er knabberte probeweise daran und lächelte zustimmend.

»Wie Sie sehen, ist er völlig echt, Dr. McCoy«, fuhr Lucien fort. »Alles hier ist echt, wenn Sie nur versuchen, zu sehen. Zum Beispiel...« Einen Moment lang schien er den Hügel, den sie verlassen hatten, zu suchen, dann machte er eine gestikulierende Bewegung.

In kurzer Entfernung erschien vor ihnen auf dem Gras ein mit kabalistischen Symbolen aufwendig dekoriertes Zelt. Ein attraktives Mädchen, so zart wie chinesisches Porzellan, schickte sich an, das Zelt zu betreten. Es blieb am Eingang, der von einer alten, faltigen Frau geöffnet wurde, stehen.

Für die Beobachter der *Enterprise* waren sie zu weit entfernt, um ihre Unterhaltung verstehen zu können, aber das Gespräch schien sich um einen Handel zu drehen. Nach einigen Minuten nickte die alte Frau und verschwand im Inneren. Kurz darauf kam sie mit einer kleinen, verkorkten Flasche wieder heraus.

Während die beiden Frauen – waren es wirklich Frauen? – ihre Unterhaltung fortsetzten, sprach Lucien weiter. »Ist sie nicht hübsch? Aber schließlich sind alle unsere Frauen so jung und attraktiv, wie sie wollen. Und wenn alle so hinreißend sein können, wie es ihrem Geschmack entspricht, dann tritt bald der Charakter an die Stelle der Eitelkeit. Daher zieht die Frau, dic den Trank verkauft, eine eher traditionelle Gestalt vor. Das ist besser fürs Geschäft.

Um sich den Mann ihrer Träume zu angeln, brauchte die Junge auch ein paar Ecken und Kanten.«

»Nicht etwa einen Liebestrank?« fragte Kirk skeptisch. »Daran wäre nämlich nichts Magisches. Es ist lediglich eine Frage der chemischen Zusammensetzung.«

Lucien sah ihn seltsam an. »Ihr müßt seit meinem letzten Besuch in bestimmten Bereichen Fortschritte gemacht haben, Captain.« Er machte eine Handbewegung, und die Zeltszene verschwand.

Ein weiterer Wortwechsel fand zu ihrer Rechten statt, und zwar da, wo die verlassene Spitze des Hügels gewesen sein mußte. Zwei menschliche Gestalten unterhielten sich dort. Einer von ihnen war ein großer, dünner Herr, der in fließende Roben gekleidet war und einen konischen Hut trug, in den mystische Symbole eingraviert waren. Er strich sich über seinen langen, weißen Bart und war in eine Unterhaltung mit einem menschenähnlichen Wesen, das ein Paar Flügel und das Gesicht eines Ungeheuers hatte, vertieft.

Nach einigen Minuten drehte sich der große Mann in den Roben um und machte einige gestikulierende Handbewegungen. Nach einem mittlerweile vertrauten Knistern erschienen aus dem Nichts heraus Funken losgelöster Energie. Sie dehnten sich aus, vereinigten sich und formten Tragbalken, Wände und Decken.

Die miteinander kollidierenden Farben vereinigten sich zu vier soliden Wänden. Indessen gestikulierte, tanzte und tollte der Alte um sie herum und festigte das kleine Gebäude. Es erhob sich geschmeidig und zart mit hohen, verzierten Türmchen, Spitzen und glatten, polierten Kuppeln.

Schließlich kam der robenbekleidete Tänzer zum Stillstand. Er stemmte die Hände in die Hüften, musterte das fertiggestellte Projekt und nickte zufrieden. Eine letzte Gebärde, und über dem Eingang zu dem kompakten Schloß erschien ein Zeichen. Die Inschrift war in einer unbekannten Kalligraphie.

»Brauchen Sie ein Zuhause?« fragte Lucien. »Einen Stall, eine Stadt? Dann schauen Sie doch mal bei unserem freundlichen Hexereiunternehmer vorbei. Überlassen Sie ihm den schweren Teil der Arbeit.«

»Hexer«, murmelte Spock. »Natürlich. Die Wissenschaftler der Föderation lagen richtiger, als sie selbst vermuteten. Um zu funktionieren, muß sich jedes supranormale Raumphänomen durch normalen Raum und Zeit auf eine andere dimensionale Ebene ausdehnen.

Das Zusammenwirken interdimensionaler Kräfte liefert die Energie zur Produktion neuer, galaktischer Materie. Das erklärt nicht nur die Expansion unseres Universums, sondern auch, warum sich die hiesigen physikalischen Gesetze so sehr von unseren eigenen unterscheiden.«

»Ich bin mir nicht sicher, ob ich Ihnen folgen kann, Spock, aber soll das heißen, daß Sie an Magie glauben?«

Spock hielt seinem Blick unerschütterlich stand. »Ich glaube an das, was logisch ist und aus zu beobachtenden Fakten gefolgert werden kann, Doktor. Hier scheint es sich bei den grundlegenden Gesetzmäßigkeiten um etwas zu handeln, was wir zuweilen als ›Magie‹ bezeichnen. Die *Enterprise* funktioniert nicht gemäß diesen Prinzipien, deshalb hörte sie auf, zu funktionieren. Und wir selbst fast ebenso.«

»Sie benutzten also Magie«, rief Kirk, als er sich zu Lucien umdrehte, »um unser Schiff wieder flottzumachen.«

»Das lag nahe, Captain. Sie hätten es nach einer kleinen Unterweisung auch selbst tun können. Auf der anderen Seite haben sich bisher nur wenige Menschen ernsthaft darum bemüht, sich in der Magie zu üben.« Er runzelte die Stirn. »Diejenigen unter euch, die es taten, hatten nicht unbedingt einen guten Ruf. Einigen von ihnen gelang es sogar, durch kleine, interdimensionale Wirbel Megas-tu zu erreichen.«

»Die ganze Strecke von der Erde bis hierher zurückzulegen?« kam der zynische Ausruf McCoys. »Unmöglich.«

»Die Distanzen in unserem Universum richten sich ebenfalls nicht nach euren Gesetzen, Doktor«, erzählte ihm Lucien. »Nach unseren Rechenmethoden befinden sich bestimmte Gebiete der Erde sozusagen direkt vor der Haustüre.«

»Lucien«, unterbrach ihn Kirk, der plötzlich ernst wurde, »Sie beharren darauf, uns Freunde zu nennen und implizieren dadurch, uns zu kennen. Ja sogar, daß wir Sie kennen sollten. Aber woher?«

»Aber, aber, Captain!« Der Ziegenmann lehnte sich im Gras zurück, legte den Kopf in die Hände und starrte den blauen Himmel an. »Einfach so zu tun, als würden Sie *mich* nicht kennen. Aber das *war* schon immer eines meiner Probleme.« Er verstummte, und Kirk hatte den Eindruck, als hätte er den Ziegenmann gekränkt.

Lucien kroch weiter vor und ließ seine Hand über die klare

Oberfläche des Baches gleiten. Seine Finger tauchten ein einziges Mal ins Wasser, dann zog er die Hand zurück.

»Hört zu. Schaut. Ich werde versuchen, es euch genauer zu erklären.«

Die Wellen glätteten sich. Farben erschienen und trübten die Klarheit. Formen bildeten sich, und nach kurzer Zeit war es, als schaute man in einen Bildschirm. Der sandige Grund des Stroms war völlig verschwunden. Statt dessen sahen sie ein breites Spektrum von Männern und Frauen – Meganern – exotisch und doch vertraut, edel und doch absichtlich einfach dargestellt, die inmitten des heulenden Chaos, das die wahre Oberfläche von Megas-tu war, in innere Einkehr versunken dasaßen.

»Dies mag euch Menschen als eine Welt des Wahnsinns und der Instabilität erscheinen«, erklärte Lucien. »Aber sie besitzt die Eigenschaft der Veränderung, die wir alle begehren. Mein Volk ist ruhig und zufrieden. Jeder einzelne existiert in der Welt seiner oder ihrer Imagination.«

Das Bild verschwamm, wechselte, und Kirk und seine Kameraden erblickten von neuem das meganische Universum, wie sie es zum ersten Mal gesehen hatten, als Tumult sich mischender Farben und Splittern stellaren Formats.

»In unserem kleinen Universum gibt es überhaupt keine Rivalität, Captain Kirk. Und keine anderen Lebensformen außer uns.« Das Bild sprang weiter, und sie waren wieder auf Megas-tu. In dem Fluß-Bild sahen sie, wie die Leute beisammenstanden. Einige von ihnen begannen, sich zu erheben und vom Planeten loszulösen.

»Vor Jahrmillionen«, fuhr Lucien fort, »passierten wir Meganer auf unserer Suche nach Gesellschaft die verschiedenen Tore zwischen den Dimensionen, darunter auch den großen Wirbel, durch den ihr hier eingedrungen seid.

Schließlich entdeckten wir auf einer dieser Expeditionen«, und wieder kam ein Szenenwechsel, der seine Worte vorwegnahm, »eure Welt, die Erde.« Nun sahen sie die blauweiße Kugel Terras, wie vom Weltraum aus betrachtet. Kirk spürte eine unerwartete Erregung. Zu lange war er bereits von zu Hause weg gewesen.

»Wo immer wir auch hingingen, wir wurden Freunde und Ratgeber der Menschheit. Um euren Vorfahren aus ihrem Elend herauszuhelfen, verließen wir uns, so gut es ging, auf die Macht, die wir in unserem Universum zurückgelassen hatten, und brachten sie durch kleine Tore herein.« Seine Hände plantschten im Wasser, und die Wellen ließen die blauweiße Kugel verschwinden.

Als sich die Wogen erneut geglättet hatten, sah Kirk nur noch den sandigen Grund und einige traumhafte Schatten, die von kleinen Fischen geworfen wurden.

Lucien setzte sich zurück und schüttelte die Tropfen ab. »Schließlich waren wir gezwungen, euch zu verlassen«, sagte er abschließend. »Es war eine Gruppenentscheidung. Ich selbst wollte jedoch bleiben. Ah, wie ich kämpfte, wie ich stritt! Unter Spezialisten war ich nämlich derjenige mit Allgemeinwissen, der Apologet.

Der Unruhestifter, sagten andere. Aber ich liebte die Erde und ihre unberechenbare, merkwürdige Bevölkerung.« Er hatte Visionen aus der Vergangenheit. »So war es damals... ihr verrückten, irrationalen Menschen.« Er sah zu ihnen hinüber.

»Aber nun seid ihr zu mir zurückgekehrt. Es tut so gut, euch wiederzusehen.« Er sprang auf die Beine und vollführte zu einer fröhlich pfeifenden Begleitung, die von überall her zu kommen schien, einen regelrechten Freudentanz.

Die Musik war ansteckend, und Kirk mußte lächeln, als er das Wort ergriff. »Wenn euch Meganern die Erde so gut gefallen hat, warum habt ihr sie dann verlassen? Ich verstehe nicht...«

»Captain, mein guter Captain, immer so neugierig, immer muß es einen Grund geben«, lachte der tanzende Lucien. »Ein weiterer Grund, warum ich euch Menschen so gern mochte. Der Wirbel weiß, daß ihr viele außergewöhnliche Qualitäten besitzt – und ganz besondere Fehler.«

Er vollführte einen gigantischen Sprung, wirbelte durch die Luft, führte eine mehrfache Pirouette meisterhaft aus und landete auf den Gipfeln der höchsten Bäume... wo er bewegungslos erstarrte. Als er sprach, lag in seiner Stimme ein anderer Ton, ein Anflug von Besorgnis, etwas, das dem Lucien, den sie gerade kennenzulernen begannen, fremd war.

»Nein.« Die Pfeifmusik ging in Stille über, und eine Sekunde später stand er wieder an ihrer Seite. Sein kindliches Vergnügen hatte sich in verzweifelten Ernst verwandelt.

»Ihr müßt gehen.«

»Wieso?« fragte McCoy nervös. »Was ist los?«

»Das kann ich euch jetzt nicht sagen. Aber ihr müßt sofort auf euer Schiff zurückkehren. Und zwar leise. Ihr dürft eure Anwesenheit nicht verraten.«

Kirk suchte nach einer Erklärung, aber Lucien machte bereits eine gestikulierende Bewegung. Ein Schleier aus Regenbogenfarben versperrte ihm die Sicht, und er fühlte, wie er aufstieg, aufstieg und sich auflöste...

Scott, Sulu und Uhura hatten sich besorgt auf der Brücke zusammengedrängt und standen um die Hauptnavigationskonsole herum, an der sich Arex abmühte, sich einen Reim aus den Computerwerten zu machen. Sie wurden durch ein plötzliches Knistern hinter ihrem Rücken aufgeschreckt und drehten sich schnell um.

Eine rotweiße Wolke, die vor riesiger Energie pulsierte, die mühsam im Zaum gehalten wurde, erschien mitten auf der Brücke. Sie zerstob zu drei kleineren Wolken, die sich nach und nach zu den Gestalten von Kirk, McCoy und Spock zusammenzogen.

Sämtliche Anwesenden eilten auf die zurückgekehrten Offiziere zu. Alle versuchten, auf einmal zu sprechen.

»Captain Kirk... was ist passiert?... wo waren Sie denn?... sie aufgegeben, Mr. Spock...«

»Der Reihe nach, eins nach dem andern«, ermahnte sie Kirk mit beschwichtigenden Gesten. »Wir sind... wir sind gerettet.« Er holte tief Luft und blickte in die Runde.

Sie waren zurück auf der *Enterprise*, und noch niemals hatte sie so gut ausgesehen. Nach dem tosenden Mahlstrom unter ihnen vermittelten die klaren Linien der Brücke ein Gefühl der Sicherheit – auch wenn sie ihre Form nur durch Luciens Willen halten konnten. Und es war gut, wieder unter *echten* Menschen zu sein. Obwohl der Blick in Uhuras Augen...

»Zuerst der Lagebericht.«

»Es scheint, als wäre alles okay, Captain. Bis auf die Solmaschinen arbeiten alle Systeme einwandfrei, und die kann ich in zwei bis drei Stunden hinkriegen. Aber Sie...«

»Das einzige, was mir fehlt, Mr. Scott, ist, daß mich eine Anzahl von Dingen äußerst verwirrt.«

»Da bist du nicht alleine, Jim«, bemerkte McCoy. »Was meinte Lucien, als er sagte, wir dürften uns ›nicht verraten‹? Ich denke, wir fallen doch ziemlich auf.«

»Da bräuchten sie schon ziemlich starke Abtaster, um uns jetzt noch zu finden«, sagte Scott, der über die Verhältnisse auf Megas noch im Unklaren war. »Sehen Sie das?« Er deutete auf den Hauptschirm.

Eine dicke Schicht dichten, partikelbeladenen Materials lag mittlerweile wie leuchtendgrauer Rauch zwischen der *Enterprise* und der Oberfläche und verdunkelte die rotweißen Wolken unter ihnen.

»Es ist so etwas wie eine große Staubwolke, Captain«, sagte Scott, »und doch anders. Sie liegt zwischen uns und der Oberfläche, seit Sie verschwunden sind. Kommunikator und Abtaststrahlen drangen nicht hindurch... wir haben es versucht.« Kirk drehte sich zur Bibliotheksstation um.

»Wenn es Lucien war, der sie dort postiert hat, Captain«, sann Spock laut nach, »dann stellt sich die Frage... warum versteckt er uns? Welche Gefahr haben wir auf seiner Welt zu befürchten?« Kirk nickte und wandte sich wieder seinem Chefingenieur zu.

»Wie ist die Situation bei den Bordwaffen, Mr. Scott? Anscheinend müssen wir darauf vorbereitet sein, uns zu verteidigen.«

»Da müßten wir uns aufs Beschwatzen verlegen, Captain. Unsere Phaserbatterien und Schutzschilde benötigen zumindest einen teilweisen Energieanstieg der Soltriebwerke. Geben Sie mir ein paar Stunden, dann sehen wir weiter.«

»Geben Sie Ihr Bestes, Scotty.« Kirks Stimme wurde zu einem Gemurmel. »Wir können uns nicht verteidigen und auch nicht weglaufen. Und wir wissen nicht einmal, gegen wen wir kämpfen sollen. Deshalb«, und er schlug mit beiden Händen fest auf die Armlehnen des Kommandosessels, »werden wir abwarten.«

»Und was tun?« fragte sich McCoy laut. »Vielleicht läßt sich Lucien erst wieder nach dreihundert Jahren unserer Zeitrechnung blicken. Bis dahin könnte ich ein alter Mann sein.«

»Ich habe eine interessante Idee«, schlug eine ruhige Stimme vor. Die Aufmerksamkeit aller richtete sich auf Spock. »Captain, ich denke, wir sollten das zuerst einmal unter uns versuchen. Wenn Sie mich zu meinem Quartier begleiten wollen? Und Dr. McCoy ebenso?«

»Was haben Sie vor, Spock?«

»So etwas wie ein Experiment, Captain. Es könnte sich als ziemlich interessant erweisen. Und wenn wir Glück haben, auch als praktisch.«

Die Tür schob sich leise zur Seite, als die drei Offiziere Spocks geräumiges Quartier betraten. Kirk und McCoy sahen zu, wie Spock zu seinem Schreibtisch ging und einen dicken, weißen Markierstift herausfischte. Er winkte sie zur Seite.

»Ich brauche etwas Platz, bitte, meine Herren.« Sie traten zurück und stellten sich an die gegenüberliegende Wand.

Während sie mit wachsender Neugier zusahen, begann Spock ein grobes Pentagramm auf dem glatten Fußboden zu skizzieren. Als ihm ein Arm länger als die anderen vorkam, löschte er ihn aus und zeichnete ihn nochmals. Kirk und McCoy erkannten die Form des Pentagramms, etwas, was in Zusammenhang mit Spock keinen Sinn ergab. Sobald die graphische Darstellung fertiggestellt war, erklärte Letzterer sein Handeln.

»Da die Magie keinen logischen Zusammenhang zur Physik besitzt, widmete man ihr auf Vulkan nicht dasselbe ernsthafte Studium wie auf der Erde. Zweifellos erschien sie auf Ihrer Welt wegen der Handlungen der Besucher von Megan glaubhafter. Einige Ihrer leichtgläubigeren – oder scharfsichtigeren – Philosophen gingen gar so weit zu versuchen, die formalsten Prinzipien der sogenannten ›Schwarzen Künste‹ zu kodifizieren. Während meiner Vorträge auf der Erde hatte ich Gelegenheit, mir derlei Informationen anzueignen.« Er stand auf und blickte nachdenklich auf das Pentagramm.

»Ich halte dies für das wichtigste und grundlegendste mystische Symbol, das von den terranischen ›Zauberern‹ beschrieben wurde. Auch beobachtete ich Lucien dabei, wie er dieses Muster benutzte.« Kirk begann zu verstehen, worauf Spock hinauswollte.

»Lucien meinte tatsächlich, daß wir die gleichen Techniken meistern könnten«, grübelte Kirk. »Spock, sagen auch Sie, daß wir ebenfalls Magie ›bewirken‹ können, solange wir uns in diesem Universum aufhalten?«

»Man muß immer die Mittel einsetzen, die gerade zur Verfügung stehen, Captain.« Er zögerte. »Obwohl ich gestehen muß, daß es mich eine ziemliche Überwindung kostet, mein Denken derart umzustellen.« Er trat in die Mitte des Pentagramms.

»Schauen Sie jetzt dahin.« Er deutete auf seinen Schreibtisch. Ein kunstvolles, dreidimensionales Labyrinth, das mit in zweierlei Farben getönten Kristallfiguren beladen war, befand sich an einem Ende.

»Ich werde versuchen, eine der vulkanischen Schachfiguren nur mit Magie zu ziehen – Magie in unserm Universum, was hier jedoch gleichbedeutend mit der sinnvollen Anwendung örtlicher, wissenschaftlicher Prinzipien sein sollte.«

»Aber wie denn, Spock?« warf McCoy ein. »Ich meine, Sie kennen doch die Worte nicht und auch nicht die passenden Handbewegungen, und –«

»Es müßte der mentale Zustand sein, auf den es ankommt, Doktor. Und ich kann die magischen Prinzipien der Erde als Grundlage benutzen.« Er wies sie an, still zu sein und nahm einen Zustand tiefer Konzentration an.

Dann streckte er die Arme in Richtung des Tisches aus und sprach: »Möge die Energie dieses Universums die Kraft in mir sein.« Kirk und McCoy starrten das Schachbrett mit hoffnungsvoller Erwartung an. Nichts bewegte sich dort auch nur andeutungsweise.

»Vergessen Sie es, Spock«, riet McCoy nach mehreren Minuten ergebnisloser, intensiver Konzentration von seiten des Ersten Offiziers. »Es klappt nicht.«

Spock senkte die Arme und öffnete die Augen. »Es *muß* funktionieren, Doktor. Es muß logischerweise funktionieren – hier.« Er schloß halb die Augen und versuchte es nochmals.

»Ich benutze deine Energie... ich weiß, ich kann es. Ich *glaube* daran. Laß für jede Handlung eine gleiche und gegenteilige Reaktion entstehen.«

Plötzlich lag ein Knistern in der Luft. McCoy wäre fast aus seinen Dienststiefeln gesprungen. Gelbes und schwarzes Feuer flakkerte um Spocks Körper herum. Ein dünner Energiestreifen sprang von einer seiner Hände auf den Tisch über.

Er berührte einen vulkanischen Turm, hüllte ihn in eine gelbe Flamme und bewegte ihn drei Felder vorwärts. Kirk lächelte.

»Ich will es auch versuchen, Spock.« Gehorsam trat Spock aus dem Pentagramm heraus und ließ Kirk seinen Platz einnehmen.

Zögernd hob er die Arme in Richtung des Tisches und warf seinem Ersten Offizier einen hilfesuchenden Blick zu. »Ich komme mir ziemlich lächerlich vor, Mr. Spock.«

»Worauf es ankommt, ist, sich zu entspannen und sich zu konzentrieren, Captain. Ich denke, die eigentliche Handbewegung ist nur eine Ergänzung... eine psychologische Stütze, die dem Geist lediglich dabei hilft, seine Gedanken auf einen Punkt zu richten. Wie wenn man etwas laut ausspricht.«

»Also wirklich, Jim«, begann McCoy. »Du glaubst doch nicht etwa, das genau nachvollziehen...«

McCoy wurde durch das Grollen eines kleinen Donnerschlags, der durch das Zimmer ging, unterbrochen. Aber er hatte recht, Kirk konnte Spocks Resultate nicht nachvollziehen... nicht exakt.

Die Farben, die um ihn herumflackerten, waren nicht gelb und schwarz, sondern blau, grün und meerfarben. Ein Saum des Feuers schob einen Läufer zwei Felder vor, hob ihn dann und ließ ihn wieder herunterfallen.

»Ein guter Zug, Captain«, bemerkte Spock beiläufig. Kirk

senkte die Arme und starrte auf das Schachbrett. Er konnte noch immer nicht glauben, daß er es geschafft hatte.

McCoys Skepsis wich einem plötzlichen Begeisterungssturm. »Moment mal – jetzt bin ich dran.«

»Das Spiel kann nur von zwei Leuten gespielt werden, Doktor. Aber ich glaube, es gibt interessantere Bereiche für den Einsatz dieser außergewöhnlichen Fähigkeiten. Mit ein wenig Übung müßte es möglich sein, den örtlichen Energiefluß ohne Verwendung von umständlich gemalten Symbolen wie diesem Pentagramm zu nutzen.«

Die Demonstration, die Kirk, Spock und McCoy auf der Brücke lieferten, erzeugte die erwartete Wirkung, aber Schock und Überraschung verwandelten sich schnell in Vergnügen, als Sulu, Uhura und die anderen entdeckten, daß auch sie die meganische Magie beherrschten.

Da kein Schachbrett bereitstand, folgten sie Spocks Anweisung und übten mit den Instrumenten der Brücke. Kirk entdeckte, daß er den Hauptschirm mit einer simplen Handbewegung aktivieren und desaktivieren konnte. Aber es gelang ihm nicht, die Vergrößerungsschalter zu betätigen. Je zarter das Instrument war, desto feiner mußte offenbar die Handhabung der jeweiligen Energien erfolgen.

»He, wo ist Scotty?« fragte McCoy plötzlich, während er sich auf der Brücke umsah.

»Ich glaube, er ging zum Erholungsraum auf dem B-Deck«, antwortete Sulu geistesabwesend. Er machte komplizierte Stretchingbewegungen, hatte bisher jedoch lediglich eine Energiewolke, die einen Meter vor seinen Händen schwebte, zustande gebracht.

»Was kann er da bloß wollen?« fragte sich Kirk.

Scott warf einen Blick in den Erholungsraum, um sich zu vergewissern, daß er leer war. Dann ging er zum Zubehörautomaten und verlangte einen normalen Tennisball. Aber er ging nicht zur Tür, die zum Hallenplatz führte.

Statt dessen machte er mit beiden Händen eine Anzahl von Schwung- und Schwenkbewegungen. Energie kam aus der Luft und formte einen glühenden Schein um den Ball herum. Sofort wurde sie von dem Ball, der wie ein Vakuum reagierte, aufgesaugt. Der Ball zitterte, als sich Scott darauf konzentrierte, dann fiel er zu Boden, sprang einmal auf und prallte schließlich von der gegenüberliegenden Wand ab.

Die Ausführung war perfekt – aber Scotty hatte eine Kleinigkeit übersehen. Der Ball bewegte sich mit einer Geschwindigkeit von einhundert Stundenkilometern und schien nicht die Absicht zu haben, abbremsen zu wollen.

Er sprang an die Decke und schoß dann auf Scott zu. Der Chefingenieur bewies seinerseits, daß er über bemerkenswerte Geschwindigkeitsreserven verfügte und hechtete unter einen in der Nähe stehenden Spieltisch. Der Ball sprang nahe seinem linken Fuß auf, schoß quer durch den Raum, prallte gegen die gegenüberliegende Wand, sprang gegen die Decke, wieder auf den Fußboden, quer durch den Raum – und schien *noch* schneller zu werden.

Sekunden später zischte er an seinem Kopf vorbei, und Scott bedeckte schleunigst sein Gesicht mit beiden Händen. In dieser geduckten Stellung wackelte er verzweifelt mit den Fingern. Der Ball zeigte jedoch nicht die leiseste Wirkung und zischte weiterhin wie ein wildgewordenes Soltriebwerk durch die Gegend. Mittlerweile war er so schnell, daß Scott ihn nur noch als verschwommenen Fleck wahrnahm.

Schottische Magie hatte es wohl in sich.

Oben auf der Brücke hatte Sulu einen Ausdruck wilder Entschlossenheit aufgesetzt. Er hieb ein letztes Mal auf den Energieball, den er herbeigezaubert hatte, ein. Dieser verdunkelte sich plötzlich und verschmolz zum schönsten Mädchen dieses und aller anderen Universen.

Darauf hatte er schon die ganze Zeit gewartet – denn der Steuermann dachte immer positiv. Er trat mit ausgestreckten Armen vor, um sie zu umarmen... aber als seine Lippen sie berührten, löste sich das Bild auf.

»Daß es Leute geben soll, die verheerend küssen, wußte ich bereits«, sagte McCoy, der zugesehen hatte, »aber Sie stellen alle in den Schatten, Sulu.«

»Sehr witzig, Doktor.« Sulu bewegte erneut die Hände und formte aus buntem Feuer eine weitere menschliche Gestalt.

Die Offiziere der *Enterprise* übten weiterhin ihre neuen Talente. Kirk fand schließlich heraus, daß er dem Bildschirm dieselben Befehle wie in normaler Raumzeit geben konnte, ohne einen einzigen Schalter berühren zu müssen.

Auf dem B-Deck kam der winselnde Ball endlich zum Stillstand. Scott blickte vorsichtig unter dem Tisch hervor. Nach der Hülle hatte sich auch das Innenmaterial aufgelöst – es war ganz einfach durch die Geschwindigkeit zerfetzt worden. Aber erst nachdem der Ball einige respektable Dellen in die Metallwände geschlagen hatte.

Nachdem er die nutzlosen Überbleibsel des Balles vorsichtig beäugt hatte, ging er zum Automaten zurück... und bestellte ein Damespiel. Diesmal würde er mit etwas Harmloserem üben.

Sulu schwitzte vor Anstrengung. Es war ihm gelungen, ein weiteres Mädchen hervorzuzaubern. Wieder beugte er sich zu ihr herab. Diesmal beinhaltete sein Publikum weitere Mitglieder der Brückenbesatzung, die ihre eigenen Übungen unterbrachen, um ihm zuzuschauen.

»Viel Glück«, gab Uhura zum besten.

Sulu küßte die Erscheinung... und das Mädchen legte den Arm

um ihn und erwiderte den Kuß. Überrascht riß er die Augen auf. Das hatte er nicht erwartet. Aber er erholte sich schnell und erwiderte seinerseits leidenschaftlich den Kuß – zu leidenschaftlich. Das heimatlose Energie-Kind zerstob in kleine, zündholzgroße Flammen und war verschwunden.

Sulu wollte es noch ein drittes Mal versuchen, aber plötzlich füllte eine rotweiße Wolke das Zentrum der Brücke. Sie löste sich auf, und Lucien stand wieder vor ihnen. Aber diesmal grinste und tanzte er nicht. Vielmehr sah er aufgeregt und verärgert aus.

»Was tut ihr hier?« Ängstlich und verwirrt blickte er in die Runde. Kirk erwiderte den Blick.

»Wir lernen, uns zu schützen, Lucien.«

»Euch zu schützen? Ist das alles, worüber die Menschheit jemals nachdenkt – ans Kämpfen? Ich werde mich um euch kümmern. Dafür sind Freunde schließlich da.« Er fing an, auf und ab zu gehen.

»Ich weiß nicht... ich weiß einfach nicht. Diese ganze mentale Energie, die ihr verbraucht habt. Eure speziellen Muster... man kann sie zurückverfolgen. Ihr könntet gefunden werden.«

Eine donnernde Stimme, die Lucien an Lautstärke übertraf, erfüllte plötzlich die Brücke, begleitet von den pfeifenden, heulenden und markerschütternden Klagen des echten, unkontrollierten Megas-tu.

»SIE WURDEN GEFUNDEN!« donnerte sie.

Lucien blieb sofort stehen. Es verblüffte Kirk, so etwas wie Furcht im Gesicht des Ziegenmannes auftauchen zu sehen. Zum ersten Mal kam er auf den Gedanken, daß Lucien unter seinesgleichen womöglich keine außergewöhnlichen Kräfte besaß.

Wer sie besaß, daran wagte er gar nicht erst zu denken.

Aber es schien, als würden sie es bald herausfinden.

Eine neue Farbwolke begann sich auf der Brücke zu formen.

Der Anteil des feurigen Schwarz war diesmal größer – Gelb, Weiß, elektrisches Blau und Orange wirbelten und ringelten umeinander herum; sämtliche grausigen Alptraumgebilde der Welt unter ihnen schienen in dieser Wolke vereint zu sein.

Ein furchterregendes Ding mit krummen Zähnen und Glubschaugen kroch vor Lucien aus dem Boden. Als Uhura aufschrie, vermischte es sich wieder mit der Wolke.

»DIE ERDENMENSCHEN WOLLEN ALSO IHRE ÜBEL SOGAR IN UNSERE HEIMAT TRAGEN? DIESMAL SIND WIR AUF MENSCHLICHE TÜCKE VORBEREITET. DIESMAL WERDEN ES DIE MENSCHEN SEIN, DIE LEIDEN… DENN HIER IST UNSERE MACHT GRENZENLOS.«

»DIE MENSCHEN… UND DU, LUCIEN«, und die Stimme äffte den Ziegenmann nach, »WERDEN BEZAHLEN.« Bei der letzten Silbe erhob sie sich zu einem grausigen Wimmern, dann verstummte sie.

Es gab einen heftigen Ruck. Ein Stoß, und alle mußten sich schnell festhalten, um nicht auf das Deck geworfen zu werden. Sofort wanderte Kirks Blick auf den Bildschirm.

Die glühende, graue Wolke, die sie vor dem Planeten geschützt hatte, war verschwunden. Wie ein Felsblock stürzte die *Enterprise* auf die tosende Oberfläche hinab. Er war überzeugt, daß sie auf den festen Sandflächen zerschellen würde, aber plötzlich wurde das Sternenschiff langsamer und setzte unbeholfen auf dem Boden auf. Ein heulender Sturm regenbogenfarbenen Regens begann, in das Schiff hineinzuprasseln.

Er wurde von feurigen Hagelkörnern begleitet, als hätte das Schiff keinen Rumpf. Alle, selbst Lucien, wurden zu Boden geschlagen.

»Bleibt ruhig!« schrie Kirk halb betäubt über das Rattern der seltsamen weichen Hagelkörner hinweg.

Ein ominöses Donnern erklang, und die *Enterprise* fing zu zittern an... zunächst langsam, dann immer schneller, bis sich Kirk wie ein Teil der verquirlten Zutaten zu einem Kuchen vorkam.

Ein ohrenbetäubendes Krachen ertönte, und die *Enterprise* brach genau in der Mitte auseinander. Dann veränderten die beiden Hälften des Sternenschiffs ihre Form und lösten sich wie Kirk, Spock und McCoy bei ihrer ersten Landung auf Megas-tu auf. Immer kleinere Stücke lösten sich, brachen ab und schwebten mit dem Heulen des Windes davon.

Aber diesmal war die Umbildung anders. Die schwebenden Teile der *Enterprise* sammelten sich wieder, aber nicht, um ein Sternenschiff zu bilden, sondern Gebäude – Gebäude, die entlang einer Straße verliefen. Alles sah wie ein altes, sogar sehr altes terranisches Dorf auf.

»Siebzehntes Jahrhundert«, murmelte Kirk, als er rematerialisierte. Er merkte, daß er in einer hilflosen, gebückten Haltung gefangen war. Seine Hände waren in der Nähe seiner Ohren befestigt. Er steckte in einer alten, hölzernen Vorrichtung. Als er nach links, rechts und über die Straße schaute, bemerkte er, daß die gesamte Besatzung der *Enterprise* in ähnlichen Klötzen steckte.

Reihe um Reihe reichten diese T-förmigen Pfosten so weit, daß sich das Ende in fernen Schleiern verlor. Scott, Spock, McCoy und Lucien saßen gleich nebenan in der Falle. Kirk schien sich am oberen Ende dieser langen Reihe gefangener Besatzungsmitglieder zu befinden.

Er drehte den Kopf nach rechts. Neben einer knorrigen, alten Eiche war ein roh beschriftetes Schild in den Boden gerammt.

SALEM, MASS., stand dort. Kirk konnte sich keinen Reim darauf machen.

Die Welt fing zu schimmern an und löste sich erneut auf. Wieder spürte Kirk, wie er langsam auseinandergezogen und umgeformt wurde. Stadt und Besatzung verschwanden. Staubwände, mit flakkernden Energieausbrüchen zusammengemörtelt, formten sich um ihn herum.

Die Wände wurden immer höher und vereinigten sich zu einer riesigen, betagten Versammlungshalle, die offenbar terranischen Ursprungs war. Nur der Maßstab stimmte nicht. Der Raum war groß... viel zu groß.

Er hing noch immer an dem hölzernen Klotz, aber jetzt gab es eine Bank, auf die er sich setzen konnte. Nochmals blickte er in die Runde und sah Spock, der ihn ebenfalls anstarrte.

»Ich weiß, Mr. Spock. Terranische Architektur des sechzehnten oder siebzehnten Jahrhunderts, würde ich sagen – wobei in der Größe keinerlei Relation besteht.«

Spock versuchte, seinen Kopf in Richtung des Captains zu drehen. »Ich sah das Schild ebenfalls. Wenn ich mich richtig an Ihre Geschichte erinnere, war Salem eine kleine Stadt an der Ostküste des nordamerikanischen Kontinents. Was das Datum betrifft, so würde ich es ungefähr auf 1691 schätzen.«

»›Ungefähr‹?« wiederholte Kirk. »Wieso 1691?«

Der Erste Offizier gab keine Antwort. Statt dessen konzentrierte er sich auf die scheinbar endlosen Reihen von Sitzen, Sitzreihen, die sich nach hinten bis in absurde Entfernungen erstreckten. Sowohl Perspektive als auch Proportionen schienen hier verzerrt zu sein.

Die Sitze füllten sich nach und nach mit Männern und Frauen, die mit Kostümen derselben Epoche, aus der auch die Halle stammte, gekleidet waren.

Da alle, die in den Halskrausen steckten, bis auf Lucien Besatzungsmitglieder waren, schlossen Kirk und Spock schnell daraus, daß es sich bei den Personen, die die endlosen Reihen füllten, um die Meganer selbst handelte. Der Grund, warum sie menschliche

Gestalt annahmen, verstand sich von selbst. Nicht so jedoch der Grund, warum sie Kostüme aus jener Epoche trugen.

Hunderte, ja Tausende von ihnen drängten herein und wurden, je größer die Distanz war, immer kleiner. Trotzdem merkte Kirk, daß er auch diejenigen, die in den hintersten Reihen saßen, ganz deutlich sehen konnte. Es ergab keinen Sinn – aber er begann, derlei Dinge als normal für Megas-tu zu akzeptieren.

Die Ankommenden sprachen feierlich miteinander. Aber als der letzte, oberste Sitz eingenommen worden war, endete das Gemurmel der leisen Unterhaltung wie auf ein Signal hin.

Nach einer kurzen Pause erschien ein gleißendes Lichtflackern in der Mitte des Raums vor den ersten Halsbinden. Dies war ein letzter Meganer in menschlicher Gestalt, ein großer, düster dreinblickender Mann, der einen schwarzen, breitkrempigen Hut trug.

Dieser Mann musterte die Besatzung der *Enterprise* in ihren hölzernen Fesseln, dann drehte er sich zu den zusehenden Meganern um. Seine Stimme war tief, mächtig... und vertraut.

Es war die Stimme, die gerade erst vor einigen Augenblicken... Tagen, Jahren... auf der Brücke ertönt war.

»GUTE BÜRGER, WIR HABEN UNS HEUTE HIER VERSAMMELT UM DER GERECHTIGKEIT WILLEN. IHR MÜSST DIE RICHTER SEIN. DIESE...«, und er deutete auf die mit den hölzernen Halskrausen, »SIND DIE ANGEKLAGTEN.

ALS REPRÄSENTANTEN DER ÜBELSTEN RASSE DES UNIVERSUMS... DER HEIMTÜCKISCHEN MENSCHHEIT... MÜSSEN SIE VERURTEILT WERDEN.« Er trat vor und starrte Lucien grimmig an. »...ZUSAMMEN MIT IHREN HELFERN.« Er wandte sich ab.

»ALS SPEZIALIST IN DER ETHIK DER MAGIE WURDE ICH ZUM ANKLAGEVERTRETER ERNANNT.« Er begann eine komplizierte Handbewegung, aber Kirk, der gegen das sperrige Holz ankämpfte, unterbrach ihn.

»Wenn dies eine Gerichtsverhandlung sein soll, dann denke ich, haben wir auch das Recht zu erfahren, welche Tat wir eurer Überzeugung nach begangen haben sollen.«

Der riesige Ankläger, der Kirk in Flammen hätte aufgehen lassen können, nickte zustimmend. Er deutete auf Lucien.

»HAT EUCH DER DA NICHT ERZÄHLT, WIE WIR DIE ERDE BESUCHT HABEN UND WAS UNS DORT ANGETAN WURDE?«

»Lucien erzählte lediglich, daß ihr als weise Männer kamt, Zauberer, die...«

Der Ankläger beugte sich vor und schüttelte zornentbrannt die Faust.

»DANN HÖR ZU. AUF DEINER WELT KANNTE MAN MICH ALS ASMODEUS, DER ALLES SEHENDE. SIEH IN MEIN GESICHT, DAMIT AUCH DU DIE WAHRHEIT ERFÄHRST.«

Und das Gesicht des Anklägers löste sich auf. Es dehnte sich, wurde platt und verwandte sich in einen wirbelnden, rechteckigen Bildschirm. Darin formte sich ein Bild, das Bild der wahnsinnigen Galaxis, die um Megas-tu herum tobte.

Die Farben wurden schwarz, wechselten, und das Bild zeigte plötzlich überraschenderweise den normalen Weltraum – die Schwärze des Weltraums, mit den glühenden Punkten ferner Sterne durchsetzt.

Ein erneuter Bildwechsel folgte. Die Erde, die immer näher kam. Während die verschiedenen Sequenzen erschienen und sich auf dem Gesichtsbildschirm abspielten, sprach der Ankläger.

Die ersten Szenen zeigten die Meganer in menschlicher Kleidung bei ihren zahlreichen, täglichen Aktivitäten – als Hexen, Zauberer und Magier.

»WIR KAMEN ALS FREUNDE AUF EURE WELT«, donnerte die Stimme des Anklägers, »ABER WOHIN WIR AUCH GINGEN, NAHM DIE GESCHICHTE DEN GLEICHEN VERLAUF. EINIGE MENSCHEN

VERSUCHTEN, UNS AUSZUNUTZEN, UM AN MACHT ZU GEWINNEN, INDEM WIR IHRER EIGENEN GIER UND WOLLUST DIENTEN. UND IN UNSERER UNKENNTNIS DER MENSCHLICHEN ART WAREN WIR MANCHMAL SOGAR AN DIESEN RAFFINIERTEN SCHANDTATEN BETEILIGT.

ALS WIR DIESE KORRUPTHEIT ERKANNTEN UND UNS WEIGERTEN, SOLCHEN MENSCHEN ZU DIENEN, HETZTEN SIE DIE LEUTE GEGEN UNS AUF, LEHRTEN DEM GEMEINEN VOLK, UNS ZU FÜRCHTEN UND ZU HASSEN.

DA UNSERE KRÄFTE IN EUREM UNIVERSUM BEGRENZT SIND, WAREN WIR VERWUNDBAR.« Das Bild wechselte und zeigte Meganer, die von der ängstlichen Bevölkerung aus Städten vertrieben, bespuckt und geschmäht wurden.

»SIE NANNTEN UNS TEUFEL, DÄMONEN, ZAUBERER!« ereiferte sich die Stimme, die in einem Schrei endete. Gleichzeitig zerbrach der Gesichtsbildschirm in tausend flimmernde Partikel, die ins Nichts verschwanden.

Wieder erschien das Gesicht des Anklägers.

»DIEJENIGEN UNTER UNS, DIE DIESE FRÜHEN SÄUBERUNGSAKTIONEN ÜBERLEBTEN«, fuhr er fort, »BESCHLOSSEN, EINEN LETZTEN VERSUCH ZU MACHEN UND AUF EURER WELT EINE HILFSKOLONIE ABZUSICHERN. SIE SAMMELTEN SICH IN DER KLEINEN STADT SALEM IN MASSACHUSETTS.

DORT ENTDECKTEN UNSERE ÜBERLEBENDEN, DASS WIR BEI DEM VERSUCH, EUCH ZU STUDIEREN UND UNS ANZUPASSEN, VIELES VON UNSEREM WISSEN VERGESSEN HATTEN. TROTZDEM VERSUCHTEN WIR, EUCH IN DIESEM NEUBESIEDELTEN LAND ZU HELFEN, ABER...«

»Ihr begingt Fehler«, rief Spock.

»ES STIMMT, DASS WIR UNSERE KRÄFTE ZUWEILEN UNGESCHICKT EINSETZTEN, WESHALB VIELE VON UNS LEIDEN

MUSSTEN. EINIGE VON UNS… WURDEN DESHALB VERBRANNT, VERBRANNT! ALS HEXEN!«

Kirk nickte traurig. Er erinnerte sich jetzt wieder an die Bedeutung Salems.

»WIR VERSAMMELTEN DIE ÜBERLEBENDEN UNSERER SIEDLUNG AUSSERHALB DER STADT UND VERSUCHTEN, GENÜGEND MEGANISCHES WISSEN ZU SAMMELN, UM IN UNSER EIGENES UNIVERSUM ZURÜCKZUKEHREN UND EURE HÖLLISCHE WELT ZU VERLASSEN. ZU SICHERHEIT, GEBORGENHEIT UND VERNUNFT…«

»Und Einsamkeit«, warf Lucien ein, »und Furcht und…«

»SOLLTEN WIR DIE ERDLINGE ETWA NICHT FÜRCHTEN?« beteuerte der Ankläger. »SOLLTEN WIR DIE GRAUSAMKEIT DIESER HIRNLOSEN PRIMITIVLINGE ETWA NICHT FÜRCHTEN? BEDENKE DIE WAFFEN, DIE SIE SEIT UNSERER ABREISE MEISTERTEN UND MISSBRAUCHTEN, SEITDEM VERSUCHTEN WIR NIE WIEDER, EUER UNIVERSUM ZU ERFORSCHEN«, sagte er direkt an Kirks und Spocks Adresse.

»NIE WIEDER SUCHTEN WIR GESELLSCHAFT VON AUSSERHALB, UM UNSERE HILFE NICHT DENEN ANZUBIETEN, DEREN CREDO ABERGLAUBE, GIER UND TERROR IST. TROTZ ALL DIESER VORKEHRUNGEN SEID IHR BIS ZU UNSERER HEIMAT VORGEDRUNGEN.«

»Wenn uns ein Föderationsschiff finden kann, dann auch andere«, flüsterte Lucien Kirk zu. »Das ist es, was sie fürchten.«

Der Ankläger schien etwas von seiner Feindseligkeit zu verlieren. Tatsächlich mischte sich in sein Donnern eine überraschend traurige Note.

»WIR WOLLEN DAS NICHT TUN, CAPTAIN KIRK. WIR WOLLEN EUCH NICHTS ANTUN. DAS WESEN UNSERES UNIVERSUMS BESTEHT IN DAUERNDER VERÄNDERUNG. ALLES IST VER-

GÄNGLICH. SO AUCH UNSER GROLL. WIR WAREN NOCH NIE GEZWUNGEN, JEMANDEM ETWAS ANZUTUN.

GÄBE ES WIRKLICH EINEN GRUND, ES NICHT...« Er drehte sich um und warf einen Blick auf die zahllosen Tausende, die die verzerrten Reihen der Halle füllten. »WER WILL FÜR DIE MENSCHHEIT SPRECHEN? WER?«

Ein leises Geräusch von Körpern, die auf Holzsitzen hin- und herrutschten, war die einzige Antwort.

Eine vertraute Stimme zu Kirks Linken brach das Schweigen. »Ich, Asmodeus. Ich komme nur zum Teil von der Erde.« Der Ankläger trat näher und schien Spock zu inspizieren.

»WIE WAHR. DU BIST ANDERS. IRGENDWELCHE EINWÄNDE...?« Er blickte zur Menge zurück. Totenstille.

»DAS GERICHT WIRD HÖREN, WAS DU ZU EURER VERTEIDIGUNG ZU SAGEN HAST.« Eine beiläufige Handbewegung, und Spocks Halskrause verwandelte sich in Sägemehl.

Der Erste Offizier stolperte auf die eingeschlafenen Beine, nachdem seine Fesseln so plötzlich verschwunden waren. Dann richtete er sich auf und rieb sich die Knöchel und Handgelenke.

»Da ich keine Zeit hatte, eine formelle Verteidigungsrede vorzubereiten, beantrage ich eine Vertagung, bis...«

»VERTAGUNG ABGELEHNT...«, ertönte ein gespenstisches Stöhnen von der Galerie.

Spock wollte sich trotz dieser einstimmigen Ablehnung keine Blöße geben. »Dann bleibt mir nichts anderes übrig, als mich auf Zeugenaussagen zu berufen.« Der Ankläger schien nicht geneigt, ihm auf irgendeine Weise entgegenzukommen.

»Als ersten Zeugen rufe ich Lucien auf.«

Ein zweites Aufflackern freier Energie, und auch Luciens Halskrause verschwand. Spock trat vor ihn. »Lucien, von allen Meganern bist scheinbar du der einzige, der die Menschen weder fürchtet noch haßt. Im Gegenteil, du scheinst sie sogar sehr zu mögen. Warum?«

»Weil ich unbedingt bestraft werden will«, antwortete der Ziegenmann grinsend. »Nein, dies ist nicht der richtige Zeitpunkt für Späße. Ich will versuchen, ernst zu sein, auch wenn es mir schwerfällt.« Er überlegte genau.

»Ich denke, weil sie so wie ich sind oder ich wie sie. Immer wollen sie Fragen beantwortet haben! Wie ein Kind, das ständig seinen Vater ausfragt, bis er ihm sagt: ›Muß es denn für alles einen Grund geben?‹ Sie sind wie dieses seltene Kind, das trotzig hochblickt und ja dazu sagt!

Ich bin auch so. Und ihr Verstand dehnt sich unaufhörlich aus, ständig auf der Suche, danach strebend, ihr Wissen zu vergrößern... um des Wissens willen und nicht immer aus Gier, wie zuvor angedeutet wurde.

Dies ist es, was sie einzigartig macht und wodurch sie meine Zuneigung gewonnen haben. Wir dagegen sind anders. Der Meganer ist immer allein, voller Selbstvertrauen, in einer einzigartigen Sphäre der Sicherheit geborgen. Wogegen die Menschen, trotz aller Individualität, derer sie sich ständig rühmen, eine wahrlich gruppenbewußte Gesellschaft darstellen. Offensichtlich brauche ich diese Assoziation mit einer Gruppe.«

Er fing an, vor der ersten Reihe von Bänken auf und ab zu gehen, wobei er gelegentlich zu den höhergelegenen Balkonen aufsah.

»Wie ihr wißt, war ich einer der ersten, der sich bei ihnen aufhielt. In Mesopotamien, Ur, Babylonien und Griechenland. In den Flußtälern des Hwang und des Indus konnte ich sehen, wie diese Bande zwischen ihnen entstanden. Eine einfache Kameradschaft, die Megas-tu niemals kannte und traurigerweise auch niemals kennen wird. Ich wollte ihnen helfen und sie verändern, aber schließlich ließ ich zu, daß sie mich veränderten.« Er drehte sich zu Spock um. »Deshalb adoptierte ich euch nach eurer Ankunft. Es war nochmals eine Chance, etwas wiederzugewinnen, was ich bereits... verloren hatte.«

»Danke, Lucien«, sagte Spock zufrieden. »Als nächsten Zeugen bitte ich Captain James T. Kirk vorzutreten.«

Licht flackerte auf, und Kirks Halskrause wurde zu einem bequemen Holzsessel.

»Erzählen Sie dem Gericht, ob sich die Menschheit seit der Zeit von Salem nicht geändert hat, Captain.«

Kirk war verblüfft, wie gut er sich ausdrückte und wie entspannt er in Anbetracht der ernsten Lage war. »Ich denke, wir haben es versucht, Spock. Zumindest Stück für Stück.

Die bestimmten Tugenden der Menschheit, die Lucien auf so schmeichelhafte Weise dargestellt hat, gehen Hand in Hand mit unseren Fehlern – Gier, Neid und Furcht. In den Jahrhunderten seit den Hexenprozessen lernten wir viel über uns selbst. Wir versuchen, uns trotz aller Eigenheiten gegenseitig zu verstehen und zu respektieren. Und wir versuchen, alle Lebensformen zu verstehen und zu respektieren.

Und die menschliche Rasse hat ein Motto, einen Standard, der zur Zeit von Salem nur als Traum in den Köpfen einiger weniger Aufgeklärter existierte.« Seine Stimme wurde lauter.

»WISSEN IST FREIHEIT.«

»In der Tat, Captain«, stimmte ihm Spock leise vor dem Hintergrund der einsetzenden Stille zu. »Könnten Sie diese neuen Maßstäbe der Menschheit genauer erläutern?«

Kirk stand aufrecht vor der endlosen Galerie. »Die Aufzeichnungen der *Enterprise* können von euch, Bürger von Megas-tu, eingesehen werden. Wir könnten sie unmöglich vor euch verstekken oder sie jetzt noch ändern, selbst wenn wir wollten.

Die gesamte Geschichte der Erde und die der Föderation der

Vereinigten Planeten steht euch zur Verfügung. Seht sie euch an... zum Beispiel die Generaldirektive Nummer eins: *Kein Sternenschiff darf die normale Entwicklung einer fremden Lebensform oder Gesellschaft stören, egal, ob sie fortgeschritten oder primitiv ist!*

Selbst Hilfsansuchen von sterbenden Primitiver werden des öfteren mißbilligt, im Glauben, daß eine Einmischung von außen mehr schadet als nützt. Vergleicht das mit der Erde, wie ihr sie einst gekannt habt. Und vergleicht bitte –«

»GENUG!« Die Stimme des meganischen Anklägers donnerte durch die Halle. Im Zentrum der Galerie bildete sich eine funkelnde, wirbelnde Wolke, die sich in kleine Fragmente aufteilte. Diese schrumpften noch weiter zusammen und wurden zur gesamten Aufzeichnungsabteilung der *Enterprise*.

Bänder, Computereingaben, Kilometer von Mikrofilmen... alles schwebte in der Luft. Ein Windstoß erhob sich und verteilte das Wissen wie Blätter, die auf die aufmerksamen Meganer herabfielen, über die Tausende von Bänken.

»HIER IST EURE GESCHICHTE, HIER SIND EURE AUFZEICHNUNGEN... BEWEISSTÜCK A DER VERTEIDIGUNG!« Der Ankläger machte eine weitere Handbewegung. Die herumfliegenden Bänder und Cassetten verschwanden wieder.

»IHR HABT GEHÖRT UND GESEHEN, UND IHR WISST«, sagte der Ankläger zu der riesigen Kammer. »BÜRGER... WIE LAUTET EURE ENTSCHEIDUNG?« Er verstummte und fiel in tiefe Konzentration.

Kirk, Spock und die anderen hörten ebenfalls angestrengt zu, aber es war so still wie in einem Grab. Was immer für eine Diskussion stattfinden mochte, von menschlichen Sinnen war sie jedenfalls nicht wahrzunehmen.

Kirk ertappte sich dabei, daß er nicht über die Tatsache sinnierte, daß sein Leben und das der gesamten Besatzung auf dem Spiel stand, sondern daß er seit Luciens Picknick nichts mehr gegessen hatte. Er wurde langsam hungrig.

Die Bedürfnisse des menschlichen Körpers waren eben nicht von philosophischer Natur.

»DIE ENTSCHEIDUNG IST GEFALLEN, CAPTAIN JAMES T. KIRK.« Er vergaß das Essen und lehnte sich vor.

»DEN AUSSCHLAG GAB IHRE ASTROPHYSIKABTEILUNG, NICHT DIE HISTORISCHE. AUS DIESEN AUFZEICHNUNGEN GEHT HERVOR, DASS IHR EINDRINGEN EIN FORSCHUNGSUNFALL WAR, DER NICHT GEFAHRLOS WIEDERHOLT WERDEN KÖNNTE. FÜGT MAN DIESEN BETRACHTUNGEN DIE NEUEN, FÜR DIE MENSCHHEIT SPRECHENDEN BEWEISE HINZU, SO HAT ES DEN ANSCHEIN, ALS WÄREN WIR VON MEGAS-TU IN SICHERHEIT.« Er verstummte, und seine Miene verfinsterte sich buchstäblich.

»JEDOCH MUSS LUCIEN BESTRAFT WERDEN! FÜR SEINEN VERRAT AN SEINEM VOLK UND DIE GEFAHR, IN DIE ER UNS GEBRACHT HAT. WER GESELLSCHAFT WÜNSCHT, SOLL BIS IN ALLE EWIGKEIT IM LIMBUS SITZEN!«

Während er diese schicksalhaften Worte sprach, umhüllte plötzlich eine durchsichtige, rote Blase den Ziegenmann. Sie pulsierte sanft und ließ auf große Macht, die vorsichtig kontrolliert wurde, schließen. Ohne nachzudenken, verließ Kirk seinen Stuhl und rannte neben die Blase.

»Nein – das dürft ihr nicht. Jemanden wie Lucien zu isolieren – das ist schlimmer, als ihn zum Tode zu verurteilen.« Die Stimme des Anklägers wurde noch lauter und schriller.

»WEISST DU ÜBERHAUPT, WEN DU DA VERTEIDIGST? ER SAGTE DIR, SEIN NAME SEI LUCIEN. WÜRDEST DU IHN IMMER NOCH IN SCHUTZ NEHMEN, WENN DU IHN UNTER EINEM ANDEREN NAMEN KENNEN WÜRDEST?«

»TATSÄCHLICH WAR ER ES, DER SICH ZU EUCH GESELLTE UND EURE FREUNDSCHAFT SUCHTE!« lachte die Stimme. »IN DER TAT WAR ER ES, DER SEINE MAGIE AUF EUCH AUSÜBTE, AUF SEINE GANZ BESONDERE ART. NEIN, ES SOLL NICHT LÄNGER SO SEIN.

HINAB, LUZIFER!«

Der Ziegenmann lehnte sich gegen die dünnen, undurchlässigen Wände der Blase. Schreckliches, alles zerstörendes Feuer flackerte orangefarben um seine Handflächen, die nicht in der Lage waren, diese Schale zu zerbrechen. Die Blase stieg langsam in die Höhe.

Nachdem sich Kirks Stimme vom anfänglichen Schock des Wiedererkennens erholt hatte und wieder sprechen konnte, war sie fest und entschlossen.

»Wir sind an den Überbleibseln von Legende und Aberglauben nicht interessiert, Ankläger. Ich sagte bereits, daß wir uns von derlei Dingen distanziert haben. Er ist ein lebendes, fühlendes Wesen, eine intelligente Lebensform. Und er hat uns geholfen. Das ist alles, was ich über ihn wissen muß. Wir werden nicht dastehen und zusehen, wie er für unsere früheren Fehler bestraft wird.«

Der Ankläger machte eine Handbewegung. Eine rauchender Ring aus blauer Energie erschien im Raum und fing an, auf Kirk zuzuschweben. Er wich aus, aber der Ring änderte wie ein denkendes Wesen die Richtung und verfolgte ihn.

»BEUGE DICH DER ENTSCHEIDUNG UND GEHE IN FREIHEIT, CAPTAIN. DU HAST NICHT DIE MACHT, UNS ZU BEKÄMPFEN.«

»Captain!« drängte Spock. »Setzen Sie die Magie, die Sie kennen, ein.« Kirk flitzte um das untere Ende der aufsteigenden, roten Blase herum, mit dem Ring dicht auf den Fersen. Plötzlich sah es so aus, als finge er selbst zu glühen an.

Um seinen Körper herum flackerten und sprühten kleine Funken und Blitze aus blau-grüner Energie. Mit leicht verdrehten

Augen drehte er sich um und gestikulierte. Ein grüner Feuerball wirbelte auf den Ankläger zu.

Plötzlich erschien grelles Feuer über ihn, das von nirgendwoher gespeist zu werden schien. Es senkte sich auf ihn herab. Kirk machte eine weitere Handbewegung und schrie: »Mächte der Erde und des Himmels, erscheint! Ein extremes Niederdrucksystem zieht in Richtung Nordnordost.«

Donner grollte, kleine Blitze zuckten, und ein Regensturm ging auf die Kammer nieder und löschte das drohende Feuer.

Rauschender Applaus donnerte von der Galerie.

Jetzt wechselte die Szenerie immer schneller. Der Ankläger und Kirk machten abwechselnd ihre Handbewegungen und sahen wie Tänzer im intermittierenden Licht einer Diskothek aus.

Gerade noch standen sie auf einer Straße von Salem Town – dann waren sie schon wieder zurück auf der nackten Oberfläche von Megas-tu. Ein tosender Sandsturm begrub beide.

»Hohe Luftfeuchtigkeit!« sprach Kirk ehrfurchtsvoll, als der rauhe Sand an ihm scheuerte. »Laubwerk und starke Niederschläge...!«

Die Wüste verwandelte sich in Dschungel. Aber der Ankläger machte bereits eine Gegenbewegung, und der Dschungel ging in einen tiefblauen Ozean über, und die Baumwipfel wurden zu Wellenkämmen.

Kirk wäre fast erstickt, als er zu seiner Verblüffung Seewasser schlucken mußte. Er merkte, daß er am Ertrinken war.

»DU KANNST NICHT BESSER ALS EINE GANZE WELT SEIN, CAPTAIN KIRK. DU KANNST NICHT GEWINNEN.«

»Ich muß aber!« schrie er unter einem erneuten Erstickungsanfall. »Ankläger, merkst du nicht, daß du so schlimm wie die primitiven Menschen, die du fürchtest, wirst? Gerade hast du gefragt, daß du es noch nie für notwendig hieltst, einem andern Wesen zu schaden. Aber gerade das hast du jetzt vor, indem du aus Furcht handelst, statt den höheren Idealen zu folgen, die du einzig und allein für dich beansprucht hast!«

Der Ankläger, der hoch über den Wellen schwebte, zögerte nur eine Sekunde, bevor er die nächste Handbewegung machte.

Die Welt verschwand.

Kirk merkte plötzlich, daß er wieder trocken war. Die große Halle war verschwunden. Er war zurück auf der Oberfläche des wirklichen Megas-tu. Harmlos umschwirrten ihn farbige Partikel und Sandkörner.

In der Ferne konnte er die *Enterprise* erkennen, die wieder zusammengesetzt war. Hinter ihm lagen der Wald und die Märchenstadt. Der Sand verschwand, und er stand mit Spock und dem Ankläger auf einem Rasen. Auch Lucien war anwesend, aber immer noch in die rote Blase eingeschlossen.

Noch während er hinsah, löste sich das durchsichtige Gefängnis auf.

»DIE GRÖSSTE MAGIE LIEGT IMMER IM HERZEN, MENSCH«, sinnierte der Ankläger, der sein bedrohliches Aussehen verloren hatte. »DU WOLLTEST FÜR LUCIEN, EINEM WESEN, DAS DIR FREMD IST UND AN DESSEN RASSE DU NICHT DIE BESTEN ERINNERUNGEN HAST, STERBEN.«

»Ich war mir sicher, daß du auf alle Fälle etwas Törichtes anstellen würdest, Freund Kirk«, lächelte der Ziegenmann. »Es wäre nicht menschlich gewesen, es nicht zu tun. Ich sagte ihnen, daß ihre Angst vor euch unbegründet war. Aber sie sind mittlerweile sehr vorsichtig geworden – im Gegensatz zu uns.« Für ein Wesen, dem gerade mit dem Limbus gedroht worden war, schien er bemerkenswert fröhlich zu sein.

»Wie konntest du dir so sicher über die Reaktion des Captain sein?« fragte ein neugieriger Spock.

Lucien zwinkerte mit den Augen. »Ich kenne meine Menschen. Ihre Unberechenbarkeit ist es, die sie so berechenbar macht.«

»Das verstehe ich nicht«, begann Kirk, aber der Ankläger unterbrach ihn lächelnd.

»ALS LETZTES TESTETEN WIR EUER WAHRES ICH, CAPTAIN. WIE RECHT DU DOCH HATTEST, ALS DU MICH AN MEINE EIGENE WORTE ERINNERT HAST, DASS WIR NICHT ABSICHTLICH ANDEREN SCHADEN ZUFÜGEN KÖNNTEN.

WIR MUSSTEN SICHERGEHEN, DASS EURE AUFZEICHNUNGEN KEIN TRICK WAREN, SIE HÄTTEN BEREITS VOR EUREM EINFLUG IN DEN WIRBEL GEFÄLSCHT WERDEN KÖNNEN. WIR WURDEN SCHON ZU OFT GETÄUSCHT, UM NOCH EIN RISIKO EINZUGEHEN.«

»Jetzt verstehe ich«, nickte Spock. »Ihr habt einen bestreitbaren Beweis dafür gebraucht, daß sich nicht nur die Gesetze der Menschheit, sondern die Menschen selbst geändert haben.« Er wandte sich an Kirk. »Ihr Mitleid mit Lucien war dieser Beweis, Captain.«

»SOLLTE DEIN VOLK UNS JEMALS WIEDER BESUCHEN, CAPTAIN KIRK, SO WERDEN WIR UNSER BESTES TUN, ES WILLKOMMEN ZU HEISSEN. DAS ABLEGEN DIESER FURCHT IST ETWAS GROSSARTIGES. DU HAST UNS ETWAS WIEDERGEGEBEN, WAS UNS DEINE VORFAHREN GENOMMEN HATTEN. WIR WERDEN DIR DEN EXTRADIMENSIONALEN ANTRIEB, DEN DU FÜR DEN WIEDEREINTRITT IN DEIN EIGENES UNIVERSUM BENÖTIGST, GEBEN.«

»Und ich gebe dir etwas, um die Umstellung etwas zu erleichtern!« brüllte Lucien. Er machte eine Handbewegung, und Krüge erschienen in jedermanns Hand.

»Eine meiner liebsten, archaischen Erdgewohnheiten, Asmodeus. Laßt uns anstoßen – auf neue Freundschaft und dem Ablegen alter Ängste.« Er neigte den Kopf zurück, hob seinen riesigen Becher und ließ die Flüssigkeit in seine Kehle und über Kinn und Bart hinablaufen.

Kirk ahmte ihn so gut es ging nach, nicht nur, was die Begeisterung, sondern auch den Konsum betraf. Spock nippte ein wenig an seinem Getränk und schüttelte verwundert den Kopf über die Reize exzessiven Alkoholgenusses...

Das Universum war unverändert. Die Sterne lagen wie goldene Flecken auf dem Boden einer Goldsucherpfanne und schienen beständig durch den flackernden Hintergrund strahlender Nebel hindurch.

Im Vergleich zu dieser Pracht war der Gegenstand, der aus einem seltsamen Zusammenfluß von Kraftlinien in den galaktischen Zentrumsquadranten hineinraste, relativ glanzlos.

Für diejenigen, die darin reisten, war dieser winzige, symmetrische Fleck – die *Enterprise* – jedoch ein perfekteres Juwel als der größte Stern.

Wie zuvor, so konnte auch diesmal der Bildschirm auf der Brücke nur einen kleinen Teil des glühenden Panoramas einfangen.

»Lagebericht, Mr. Scott«, sprach Kirk rasch in das in den Kommandosessel eingebaute Aufnahmegitter. Die Stimme des Chefingenieurs antwortete von einem anderen Teil des Sternenschiffs.

»Alle Systeme einsatzbereit, Captain. Solnetzwerke funktionieren einwandfrei. Alles arbeitet mit maximaler Leistungsfähigkeit. Es war nicht allzu schlimm.« Nach einer kurzen Pause: »Allerdings mußte ich dem Zentralcomputer ein Huhn und zwei Ziegen opfern.«

»Sehr witzig, Scotty«, bemerkte Kirk trocken, als er das Glucksen des Chiefs im Intercom hörte. Er schaltete es aus.

»Jetzt ist es vorbei mit dem ganzen Zauber, Jim«, sagte ein sichtlich erleichterter McCoy neben Kirk. Er deutete auf den Schirm. »Die Magie befindet sich dort, und da kann sie meinetwegen auch bleiben. Obwohl ich in Zukunft so schnell über keinen außerirdischen Medizinmann mehr lachen werde.«

Eine Weile genossen sie ganz einfach die wiederkehrende Pracht des galaktischen Kerns, einem Strom reißender, ungezähmter Energie. Jetzt hatte es den Anschein, als existiere er einzig und allein zu ihrem visuellen Vergnügen.

»Ich bin nicht gerade besonders religiös, Jim«, murmelte McCoy nach mehreren Minuten besinnlicher Versunkenheit in das überwältigende Spektakel, »aber glaubst du, Lucien war wirklich der alte Teufelsdämon, den manche Menschen Luzifer nannten? Oder war alles nur eine Rolle, eine Maske, die er zu seinem eigenen Vergnügen annahm?«

»Du meinst«, fragte Kirk, »hat Lucien den Mythos als Vorlage genommen, oder entstand der Mythos aus Lucien? Ich weiß es nicht, Pille. Spielt es denn eine Rolle?«

»Oh, ich glaube nicht.« McCoy schwieg mehrere Minuten lang, bevor er wieder zu sprechen anfing.

»Es ist nur, daß – wenn er es war, Jim – wäre dies das zweite Mal gewesen, daß er verstoßen wurde. Aber dank deiner war es das erste Mal, daß er gerettet wurde.«

Kirk warf McCoy einen durchdringenden Blick zu. Auf dem Gesicht des Doktors lag jedoch nicht die Spur eines Lächelns. Er wollte gerade etwas sagen, fing sich jedoch wieder und konzentrierte sich erneut auf den Bildschirm. Es gab andere Dinge, an die er zu denken hatte.

Ein weiter Weg lag noch vor ihnen.